战典 ❷

李　涛著

红二方面军征战纪实

作家出版社

前　言

中国人民解放军是中国共产党缔造和领导的人民军队，诞生在武装斗争中，成长于浴血奋战里，至今已经走过了八十八年的辉煌历程。

这支历经磨难、英勇善战、百炼成钢的军队自诞生起便展现出历史上一切剥削阶级军队从未有过的风貌，英勇顽强，不怕牺牲，冲破艰难险阻，纵横山河疆塞，战胜了一个个强悍凶恶的敌人，创造了无数个军事史上的奇迹，上演了一场场气势恢宏的英雄活剧。众所周知，我军所走过的并非一条平坦大道，是极其曲折和无比艰辛的。其间经历过苦难，遭受过挫折，甚至陷入过绝境，充满着鲜血与泪水。八十八年来，我军历经大大小小上千次战役战斗，既有陆战、海战、空战，也有山地战、平原战、丛林战；既有敌后游击战、运动战、阵地战，也有大兵团围歼战、追击战、攻坚战；既有进攻战、伏击战、奇袭战，也有防御战、遭遇战、突围战；既有运筹帷幄、决胜千里的经典传奇，也有英勇果敢、以柔克刚的战争奇观；既有酣畅淋漓的大胜，也有刻骨铭心的失利……这一次次战役战斗汇成了人民军队从无到有、由弱转强的发展壮大史，令世人叹为观止。

习近平总书记指出：历史是最好的教科书，也是最好的清醒剂。只有熟悉历史、读懂历史、借鉴历史，才会认清昨天、珍惜今天、放眼明天，不会为浮云遮望眼；才会热爱党、热爱祖国、热爱人民军队，不会迷失政治方向；才会以史鉴今、承前启后、继往开来，不会在前进的行途中走弯路。在不久前召开的全军政治工作会议上，习近平着眼实现中国梦强军梦的战略运筹，强调要着力培养有灵魂、有本领、有血性、有品德的新一代革命军人。军队因战争而存在，军人以打赢而荣耀。当前，我军由机械化向信息化迈进任重道远，必须牢记强军目标、坚定强军信念、献身强军实践，认真学习和研究人民军队的战争史，从历史的角度加以审视，用辩证的眼光加以剖析，更好地把握治军规律、带兵要则、指挥方略，不断提高驾驭未来信息化战争的能力，勠力同心追寻强军兴军的光荣梦想。这也正是编写《战典》丛书的初衷。

本丛书按照土地革命战争、抗日战争、解放战争和抗美援朝战争四个历史时期，分别撷取了中国工农红军第一方面军、第二方面军、第四方面军和西北红军；八路军、新四军和东北抗日联军；中国人民解放军第一野战军、第二野战军、第三野战军、第四野战军和华北野战部队，以及中国人民志愿军所属各支部队具有鲜明代表性的近300个战例，力求在浩瀚的史料中寻找那幅血与火、生与死的历史画卷和不朽传奇。需要指出的是，这些林林总总的战役战斗，根本无法穷尽人民军队所走过的惊心动魄的战斗历程、所书写的荡气回肠的英雄传奇、所孕育的凝心聚魂的革命精神，只是力图运用权威的文献资料、珍贵的历史照片和当事人的亲身经历，以纪实的手法和生动的语言，崭新的视野和独到的见解，还原历史真相，讲述传奇故事，展现英雄本色，揭示我军血脉永续、根基永固、优势永存的根本所在。

由于作者水平及查阅资料等因素所限，书中难免有不当之处，恳请读者批评指正。在编写过程中，参考了一批历史文献和当事人的回忆文章，得到了军事图书资料馆等单位和有关同志的大力支持与帮助，并由军事科学院军史专家进行审读把关，军事科学院政治部宣传部包国俊副部长为丛书的最终付梓付出了艰辛劳动，在此表示衷心感谢。

李　涛
2015年3月

红二方面军征战纪实

目录

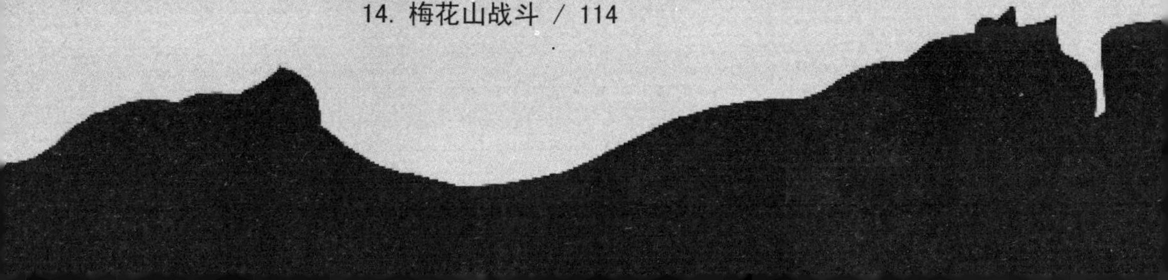

1. 南岔赤溪战斗

1928 年 6 月，湘西北桑植起义保存下来的工农革命军发展到 1500 余人。

7 月初，桑植县民团总指挥陈策勋率部进袭洪家关，工农革命军未能击退敌人，撤至乐育。这时，中共湘西特委代表陈协平到达桑植，带来湖南省委指示：湘西北特区并入湘西特区，湘西北特委取消，在红军中成立党的湘西前敌委员会，以领导红军及红军所在地区地方党的工作。前敌委员会由贺龙、陈协平、李良耀、贺锦斋、张一鸣等组成。

按照中共湖南省委指示，贺龙领导的工农革命军改编为第 4 军，即湘鄂边红 4 军。贺龙任军长，黄鳌任参谋长，下属第 1 师，师长贺锦斋，党代表张一鸣，

“桑植起义”指挥部旧址

贺龙使用过的菜刀（复制品）

近 800 人。此外，还有文南浦、贺桂如、贺佩卿等率领的几个支队、大队，约 700 人。

贺龙，字云卿，1896 年生于湖南桑植洪家关。1910 年，年仅 14 岁的贺龙就与人结伴出外运盐，目睹种种社会不平，萌发了反抗思想。1914 年，贺龙参加孙中山领导的中华革命党。1917 年，贺龙在石门、慈利交界的两水井，以两把菜刀起家，杀掉盐匪湖霸，揭竿举旗，投身革命军中。“两把菜刀闹革命”传遍湘西，也为贺龙赋予了传奇色彩。

此后，贺龙历任湘西护法援鄂军民军第 1 路所属游击司令，湘西靖国军第 3 梯团梯团长，巡防军第 2 支队司令，东边防军警备旅旅长，四川“讨贼军”第 1 混成旅旅长，建国川军第 1 师师长，澧州镇守使，国民革命军第 8 军第 6 师师长兼湘西镇守使，第 9 军第 1 师师长等职。

1926 年，贺龙率部参加北伐，接受由共产党员周逸群所率领的国民革命军总政治部左翼宣传队到所部开展工作。1927 年 2 月，贺龙任直属国民革命军总司令部的独立第 15 师师长，5 月率部参加第二次北伐，6 月升任第 20 军军长。8 月参与领导了南昌起义，打响了武装反抗国民党反动派的第一枪。一个月后，贺龙加入了中国共产党。

南昌起义失败后，贺龙经香港到上海，于 1928 年初与周逸群等组成中共湘西北特委，回湘西发动领导武装斗争。4 月组织桑植起义，攻克桑植县城，后在优势国民党军的进攻下失败。贺龙率余部在桑植、鹤峰两县交界地区坚持游击战争。6 月，乘国民党第 43 军西撤之机返回桑植地区。

湘鄂边红4军成立后，即前出石门县境支援当地农民起义。9月5日，红4军奔袭澧县大堰垱、王家厂一带团防和税务机关，召开群众大会，处决了反动头目。

两天后，红4军返回渫阳。8日，遭国民党第14军教导师李云杰部袭击。红4军仓促应战，退到泥沙，再次遭到李云杰部和叛变的原石门县委军事部长罗效之率领的团防袭击。红4军损失严重，参谋长黄鳌、第1师师长贺锦斋牺牲，全军大部溃散，仅余200余人在贺龙率领下于9月底退回鹤峰县堰垭一带大山中休整。

贺龙第20军在南昌的指挥部旧址

时值冬初，山区气候寒冷，部队缺粮少衣，没有医药，生活异常艰苦，又有不少人陆续脱离部队，逃下山去。最后，贺龙身边仅剩下91人和72条枪。

这时，贺龙的姐姐贺英为极端困难中的红4军送来了一批弹药、棉花、布匹、药品和银元，解决了给养问题，极大地鼓舞了士气。

贺锦斋

见到大姐，贺龙百感交集，难过地说："半年多，我把队伍组织起来，垮掉了，又组织起来，又垮掉了。如今，这个队伍不是我贺龙的，是党的。我们这个队伍是党的工农革命军第四军啊！我贺龙是党的湘西前敌委员会书记啊！肩膀上的担子重，我挑得起，只是许多政策我搞不清楚，怕给党带来损失哪！"

贺英说："你搞的是共产党，你组织起的队伍，就要发展党员、团员，要他们懂得革命道理，这才能打不垮、拖不烂嘛！过去，人家跟着你，为的是当官、发财，虽然你是实行三民主义的，他们发不了多少财，可总有个薪饷啊。如今，没得薪饷发，没得官好升，他们投你图个什么？如果不让他们懂得革命道理，哪能稳得住？还不是五根手指抓豆子，抓一把，撒一把？”

几十年后，贺龙回忆这次和贺英的谈话时说：“石门垮后比较苦，我身上的衣服都换不下来……脑子也清醒了些，个人英雄的骄傲劲儿也减少了一些。我把廖卓然、陈协平、张一鸣等召集在一起找我姐姐谈。我姐姐说要好好整顿队伍，就整了 3 个月，共编成 9 个班，每个班都有党员、团员。廖卓然当排长，王炳南当大队长。也有了团员。”

经过堰垭整顿，红 4 军政治素质有了巨大变化，精神面貌大为改观。此时，湘西前委受湘西和湘鄂西特委的委托，负责领导湘鄂边地方党的工作，更名为湘鄂西前委，由贺龙任书记。

1929 年初，蒋介石与桂系军阀李宗仁、白崇禧准备开战，施鹤地区国民党军主力马文德旅外调，兵力十分空虚。

鹤峰县背倚大山，前面临河。县衙门在河对面的山坡上，驻扎着百余个敌人。1 月 7 日夜，贺龙率红 4 军乘夜幕掩护悄悄接近鹤峰县城，在城外山上的各个关口附近布置好兵力，把敌人包围起来。

次日拂晓，红军突然发起冲锋。战士们有的端着枪，有的扬起大刀，有的举着长矛，怒吼着向敌人扑去。四面山上枪声大作，敌人不晓得来了多少人马，吓得四处奔逃。国民党鹤峰县长带领数十人好不容易跑出城外，就被红军战士追上击毙。红 4 军乘胜攻占了鹤峰县城及太平镇、洞柘湾。

红 4 军占领鹤峰后，成立中共鹤峰县委和鹤峰县苏维埃政府，宣布取消苛捐杂税，焚烧地主田契文约，建立群众组织，轰轰烈烈地开展根据地建设的工作。

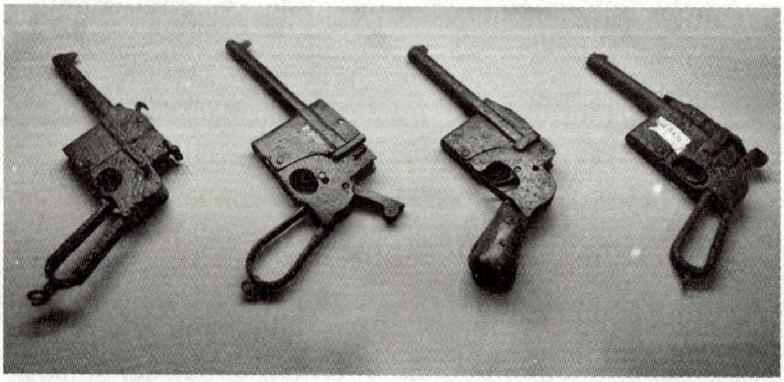

湘鄂西红军用过的手枪

鹤峰县城新貌

鹤峰县成为湘鄂西第一个建立了苏维埃政权的革命根据地。

随后，红4军向鄂西利川、建始一带游击，迅速恢复到1000余人、300多支长短枪，并进行整编，军以下设第一路指挥部，王炳南任指挥，张一鸣任党代表，下辖若干大队和中队。工农群众积极参加土地革命，斗争形势大好。这令周围各县国民党当局惊恐不已，纷纷向长沙、武汉报警求援。

桑植县代理县长向湖南省政府发出电报称："贺匪剽悍，全湘著名，职县团防虽多……自守力尚不足，恳速派雄师，歼灭巨匪。"

湖北清乡督办则电告湖南省主席："贺龙用兵多诈，出没无常，非双方兜击，不足以绝根株。"

3月，湖南、湖北两省国民党当局命令恩施、利川、来凤、咸丰、鹤峰、宣城、建始7个县的清乡司令和桑植、石门2个县的团防联合"进剿"红4军。

利川、来凤、咸丰3县团防畏慑贺龙声威，借口路远没有派兵。发动围攻的是鹤峰团防头目、湘鄂西民团联防总指挥王文轩，桑植团防刘子维、向凤翔，五峰团防孙峻峰等部，以及恩施、建始几支团防共3000余人。18日，他们分数路合击鹤峰，企图夺取县城，围歼红4军。

贺龙以农民警卫团节节抗击刘子维、向凤翔部，集中红4军全力打击王文轩、孙峻峰部。双方在距鹤峰20里的张家坪激战，红4军没费多大气力便击溃了鹤峰、五峰县团防的进攻，击毙王文轩。随后乘胜发展，进到桑植龙潭坪、土地垭一带发动群众，5月上旬继续向南推进，并攻克桑植县城，红4军也发展到

湘鄂边苏区革命烈士纪念碑

3000余人，各大队、中队整编为团，初步建立了以桑植、鹤峰两县为中心的湘鄂边苏区。

湘鄂边苏区及红4军的蓬勃发展，令人称“湘西王”的陈渠珍如坐针毡。

陈渠珍，号玉鍪，1882年生于湘西凤凰古城。早年毕业于保定陆军军官学校。1927年从广东孙中山大元帅府谋得一个“湖南讨贼军”湘西第2军军长头衔后，便以凤凰为中心，精心构筑他的湘西独立王国。

经过10多年的苦心经营，陈渠珍当上湖南警备第1军军长，并牢牢控制了湘西10余个县的地盘，当上了名副其实的土皇帝。

为恢复对桑植的统治，陈渠珍悬赏5000大洋取贺龙的首级，并命令独立旅旅长向子云率部进攻桑植。

向子云早年曾在贺龙手下任职。得知这一情况后，贺龙立即给向子云写了一封信，叫他不要进攻，“来则送礼而已”。可向子云自恃人众枪多，没把贺龙的红4军3000多人放在眼中，认为这些造反的“泥腿子”根本不是正规军的对手。

7月初，向子云命团长周寒之率1000余人由永顺经碑里坪、水田坪、水井垭进占南岔。面对敌军压境，贺龙决定放敌人渡过澧水，迫其背水作战。

当时，红4军一些经过北伐战争和南昌起义的老战士都习惯猛打猛冲，认为敌人来了一枪不放就向后撤太丢人，想不通。

贺龙解释道：情况千变万化，打仗也不能一成不变。现在红军人少，枪支弹药更少，就要打巧仗。既能歼灭敌人，又少受损失，才是好指挥员。

周寒之部进占南岔后，分三路从水滩口、南岔、龚家嘴渡澧水向桑植县城前进。红 4 军以配置于澧水东岸的第 2 团依托有利地形，对敌实施节节抗击，迟滞和疲惫敌军，诱敌深入；主力则隐蔽占领桑植县城北侧高地，张网以待，只等周寒之自投罗网。

上午 9 时，周寒之部进至利福塔，遭到红 2 团的阻击。为诱敌深入，红 2 团且战且退，与敌始终保持接触。周寒之不明真相，以为红军不堪一击，骄横之心大起，挥师一路紧逼过来。下午 2 时，周寒之部进至吴家坡一带，一头撞入贺龙早已为他准备好的天罗地网中。

红 1、红 4 团和军特务连从八斗溪西北高地突然出击，红 2 团也返身杀了个回马枪。周寒之部立即阵脚大乱，被红军截为数段，无法集中兵力组织有效的抵抗，只得仓皇后撤。

红 4 军衔尾追至澧水岸边，在南岔渡口毙伤其大部，缴枪数百支，周寒之也做了红军的枪下鬼。

向子云不甘心失败，自恃人多枪好，力图报复红军，致电何键称："即日亲赴桑植围剿，誓灭共魁，以报党国。"又向陈渠珍拍胸脯说："五千光洋给我准备好，我就拿贺龙的首级来兑现。"

7 月中旬，向子云亲率 2000 余人，在大庸（今张家界市）、桑植、慈利三县地主武装的配合下，经桃子溪、赤渡溪再次进攻桑植。出发前，他特意命令部队募集绳索分发给士兵，说是见一个"赤匪"捆一个，以此激励士气。

桑植县城地势险要，一面靠水，三面环山。红 4 军决定将向子云部放进城

澧水

内，然后反击，予以围歼。

贺龙豪气万丈："敌人以为我们兵不强，将不勇，不经打，他们占桑植城很容易。好嘛，就让这帮家伙放开胆子往里闯。我们一步一步后退，就做出个不经打的样子，这有什么，最后还是我们吃掉他嘛！"

14日，红4军集中主力击溃桑植、慈利地主武装，随即撤出桑植县城。撤退之前，红4军拆去了桑植部分城墙，烧毁城门，使之不利敌人固守。而后以一部兵力置于城南的西界、茅岩地区，准备断敌退路；主力埋伏于城北八斗溪、梅家山、白家冲地区待机。

15日晨，独立旅先头部队特务营从桑植西南的赤溪渡过澧水，于9时许进占桑植城，其后续主力部队分批渡河跟进，兵力相当分散，首尾不能相顾。

红4军抓住敌人的弱点，立即集中4个团发起反击，首先围歼城内之敌。红4团经高家坪、乌龟嘴进攻桑植城东门，红1团自白家冲出击进攻城西门，红2团、独立团等部从八斗溪直插汪家坪，截断敌退路并阻敌后续部队。

向子云所部突遭红军打击，措手不及，顿时一片混乱。城内之敌大部被歼，后续部队见势不妙，纷纷向城外溃逃，妄图抢占蛾子坡一线高地负隅顽抗。

红4军乘胜追击，以一部兵力经蛾子坡南侧山谷向赤溪渡口迂回，攻敌侧背。

敌人腹背受击，渐渐不支，继续向渡口溃退，被压迫到澧水岸边。赤溪渡口一带水流湍急，浊浪滚滚，河滩陡险。当地人言：放排只怕烂岩壳，摆渡只怕赤

桑植县城一角

溪河。恰逢赤溪河上游暴雨，河水猛涨，而摆渡的船工早已弃船逃命，残敌无法渡河，在河滩上如无头的苍蝇东撞一头西冲一下。

战至下午 4 时，走投无路的残敌大部缴械投降，一部随向子云企图泅水逃跑，结果被滔滔洪水冲得无影无踪。事后得知，向子云的尸体随波逐流，竟一直漂到了津市，脖子上还挂着驳壳枪。

此战，红 4 军大获全胜，共歼湖南警备第 1 军独立旅旅长向子云以下约 2000 人，缴获各种枪 1000 余支。

南岔、赤溪战斗是湘鄂边红 4 军创建以来取得的第一次大捷，震动了整个湘西地区。至今在桑植、永顺一带仍流行着这样一首民谣：

> 贺龙将军献空城，
> 喜煞永顺向子云。
> 自投罗网逃不脱，
> 全军覆没快人心。

红 4 军声威大振，迅速扩充至 4000 余人，下设特务营、第一路指挥部和第二路指挥部。其中第一路指挥部下辖第 1、第 2、第 4、第 5 团和补充团。《贺龙传》是这样记叙的：

> 南岔、赤溪战斗的胜利，说明红四军有了长足进步。贺龙在总结作战经验教

湘鄂西苏区革命烈士纪念馆展出的当年红军缴获敌人的武器

训时说："我们三千，他们三千，我们把他们吃得光光的，只伤亡几十个同志，这种仗很合算啰！"

大家纷纷说："你指挥得好啊！"

贺龙摇摇头说："错了！一年前，在家门口，我们三千，他们三千，仗打下来，我们散完了，后来，又扩充到一千五百多人，石门两仗一打，只剩下一二百人，我贺龙连件换洗衣裳都搞没了。这一败一胜，说明什么？第一，我们红军变了，已经有了党的坚强领导，再也打不散，打不烂了；第二条，我们每个班都有了党团员，团结一班人，冲锋在前，撤退在后，我们红军就成了铁军、钢军；第三条，我们建立了工农政权苏维埃政府，得到了人民的拥护和支援，我们生了根啦！再嘛，你们大家齐心协力，你们指挥得不错，会打机灵仗了。我贺龙算什么？一枪没放，一个俘虏没抓到，大不了是出了些点子嘛！"

南岔、赤溪大捷极大地鼓舞了湘西工农群众的革命热情，巩固并推动了根据地建设，各路敌军闻贺龙之名无不惊恐变色，不敢贸然进犯红4军及苏区。

2. 监利战斗

1930年初，蒋介石的南京政府同控制华北和西北的阎锡山、冯玉祥以及盘踞广西的李宗仁、张发奎等部之间矛盾激化，双方调集兵力，在中原地区陈兵百万，剑拔弩张，大战有一触即发之势。

4月初，规模空前的中原大战爆发了。从东起山东，西至襄樊，南迄长沙，绵延数千里的战线上全面展开混战。南方各省原来用以“进剿”红军的国民党军纷纷调离原地，北上参加这场新军阀之间的大战。

国民党统治集团内部的这种严重分裂和战争，使红军和革命根据地得到了

中原大战前，蒋介石与冯玉祥（左）、阎锡山合影

赤卫队袖标

迅猛发展的有利时机。此时，中国工农红军经过三年游击战争，主力部队和地方武装迅速发展到约10万人，并开辟了10余块苏区，根据地数量和面积不断扩大。仅赣西南革命根据地就已在34个县建立了县苏维埃政府，拥有9座县城，根据地内人口达200多万，并已开展分田运动。分得土地的贫苦农民积极支持红军和苏维埃政府，主动参加各县、区、乡、村组织的赤卫军、赤卫纵队、赤卫大队和赤卫队以及红军。

就在这时，以李立三为代表的第二次“左”倾路线在中共中央取得了统治地位。他们过分夸大国内统治阶级的危机，过高地估计了革命力量的发展。

5月，中共中央在上海召开红军代表会议，决定各地红军分别集中组成军团，执行“争取革命暴动在一省与数省首先胜利直到全国政权夺取的总任务”，要求红军集中力量“进攻交通要道、中心城市，消灭敌人主力”。

6月11日，中共中央发布了《新的革命高潮与一省或数省的首先胜利决议案》。随后又制定了以夺取武汉为中心的全国中心城市武装起义和集中红军进攻中心城市的冒险计划。其中规定，湘鄂西红军帮助鄂西与鄂西南地方暴动，而后各路红军向武汉进迫，会师武汉，饮马长江。

这时，中原大战激战正酣。驻沔阳（今仙桃市）、潜江的国民党军新编第5师东调，驻监利、沙市（今荆州市沙市区）的“剿赤”军也开赴徐州地区参战。这样，在鄂西地区只有少数国民党正规军，其余大多是保安队，根本无力抵挡红军的攻势。

湖北省委抓住这一有利时机，决定首先夺取公安，实现鄂西地区的红6军与

开往中原大战前线的国民党军

湘西地区的红 4 军会师，继而再攻荆州、沙市，完成鄂西暴动，然后配合全省红军进攻武汉，实现湖北省的首先胜利。

红 6 军是这年 2 月由红军中央独立师改编而成的，孙德清任军长（因病未到职，由旷继勋继任），周逸群任政治委员，下辖第 1、第 2 纵队，共约 5000 人。

旷继勋、周逸群率领红 6 军展开拔除洪湖苏区国民党军据点的作战，先后攻占龙湾、老新口、张金河、潜江、郝穴等城镇。

4 月，红 6 军跨长江南下，连克藕池、石首、调弦口等地，以旋风之势横扫苏区内敌军据点，进一步巩固和扩大了苏区，部队也发展到 6000 余人。

5 月，中原大战激战正酣，鄂西地区国民党军兵力薄弱，地主武装动摇，红 6 军趁势东进，相继攻克沔阳城、仙桃镇、汉川城，随后转而向西，攻克峰口，重占郝穴。

7 月 1 日，红 6 军攻克公安县城。

七月流火，烈日炎炎。

周逸群

公安县新貌

3日，进驻西斋的红4军得知红6军攻占公安的消息后，立即经申津渡向公安进发。4日，红4军在贺龙率领下冒着酷暑进抵公安县城，与红6军胜利会师。

时任红6军参谋长的许光达回忆道：

我们红六军几个负责同志，到城西迎接贺军长他们。我们来到城外不久，就看见大路上来了几个骑马的人，为首的一个穿着一身灰洋布便服，头上戴着一顶大草帽，嘴唇上头一撮胡须，一看就知道是贺军长。南昌起义的时候，他担任总指挥，我在第二十五师第七十五团当排长，当时曾经见过他。他来到我们跟前下了马，我们一拥而上向他问好……到驻地休息了一会儿，我们向贺总汇报了洪湖苏区和红六军的情况。贺总一面抽着他那三尺来长的旱烟袋，一面给我们介绍了湘西地区与红四军的建立和发展的情况，晚上，我们两个军的负责同志在一起会餐。当时天气很热，贺总摇着大芭蕉扇，一面吃着饭一面笑着、谈着……

1955年被授予大将军衔的许光达

7日，红4、红6军在公安召开联席会议，将红4军改称红2军，成立红2军前委。随后开始北渡。红6军自公安出发，攻打弥陀寺，歼敌200余人。此后，两军在斗湖堤一带渡过长江，红6军在前，红2军在后。

到达郝穴后，决定进攻监利。红2军攻克堤头镇，歼敌200余人；红6军经普济观、太马河向监利进攻，但在刘家铺遭敌新编第5师2个团的顽强阻击，未能实现攻城计划。

红2、红6军随即撤到江陵县普济观、沙岗一带休整，宣布正式组建中国工农红军第2军团，下辖红2、红6军，共1万余人。贺龙任总指挥，周逸群任政治委员，孙德清任参谋长，柳克明（柳直荀）任政治部主任。其中，红2军由贺龙兼任军长，朱勉之任政治委员，辖第4师及警卫团；红6军由旷继勋任军长，辖第16、第17师。同时，成立以周逸群为书记的中共红2军团前敌委员会。

红2军团的成立，标志着湘鄂西革命斗争进入了一个新的阶段。正如贺龙所说的："它和鄂豫皖、湘鄂赣红色地区相呼应，构成了对敌人的统治中心城市之一——武汉的包围。这是党的人民革命事业的巨大胜利。作为这个胜利的一部分的湘鄂西根据地的创建，是以周逸群同志为首的湘鄂西党政军民团结一致、坚忍努力的结果。但从革命发展的渊源来说，应该追溯到大革命期间毛泽东领导的具有战略意义的农民运动。这是一条红线。湘鄂西根据地的创建，是和原有农民运动的基础分不开的。"

公安县南平文庙。1930年7月4日，中国工农红军第4、第6军在公安会师，两军前委在文庙召开联席会议，合编成立红2军团

红2军团前委在普济寺开会研究了部队建设、行动方针和发展方向等重大问题，决定充分利用统治阶级内部分裂的有利时机，巩固和扩大根据地。

具体实施步骤是：首先集中力量以半年为期，拔除洪湖苏区内部的敌人据点，肃清地方反动武装，建立中心区域；而后逐次开辟敌人统治较弱的襄河北岸的京山、钟祥、潜江、天门等地，再向荆（门）当（阳）远（安）地区发展，逐步使湘鄂西各根据地连成一片。如果实现这一计划，红2军团北与襄枣宜苏区打通，西与巴兴归苏区打通并联系到湘鄂边，有了跨襄河、长江的广大回旋地区，居于进可攻、退可守的有利战略地位。

据此，红2军团各部队于7月下旬分两路向东北挺进，一举扫除了龙湾、熊口等国民党军据点，然后跨过东荆河攻占潜江县城。残敌窜至襄河以北，红2军团乘胜北渡襄河，夺取天门重镇岳口。

经过一个多月的作战，红2军团基本肃清了襄河以南潜江县境的反动势力，使洪湖苏区的江陵、监利、潜江、沔阳等县连成了一片，范围扩大到东起新堤、西近沙市、南迄华容、北到潜江的广大地区。洪湖老百姓高兴地唱道：“2军同志换洋枪，6军甩掉梭镖枪，革命势力大伸张！”

红2军团在府场、峰口等地休整一周后，以突然的动作攻占了荆门县沙洋镇，并以一部兵力东进，渡过襄河。就在红2军团胜利进展之际，接到了中共长江局和湖北省行动委员会进攻沙市的命令。

沙市，南邻长江，交通方便，是国民党军在鄂西的统治中心，由独立第14旅2个团的兵力驻守。

9月5日，红2方面军集中主力约9000人发起攻击。无奈沙市城高墙厚，

洪湖苏区军民镇压反动的白极会分子（国画）

沙市荆州港码头

工事坚固，红军缺乏攻城火器和攻城经验。激战一昼夜，红军不仅没有攻克沙市，反而遭受重大损失，伤亡千余人。红2军第4师第10团团长张一鸣等英勇牺牲。

久攻不下，贺龙果断命令撤围，转兵东进至周老嘴一带整顿。此时，中共湖北省委行动委员会并没有考虑红2军团攻打沙市遭受惨重损失的实际情况，仍照中共中央指示令其进逼武汉，配合鄂豫皖、湘鄂赣等地红军实现夺取全省政权的任务。

贺龙、周逸群在执行这一任务时，考虑到要兼顾洪湖根据地的巩固和发展，决定以红2军沿潜江、天门、京山地区前进，红6军沿监利、沔阳、汉川地区前进，逐步向东北方向发展。其中，红2军连克石首、藕池等城镇，击毙石首县长以下数百人，缴获步枪300余支、机枪9挺，扩大了长江南岸根据地。

12日，中共中央新任命的湘鄂西特委书记兼红2军团政治委员邓中夏抵洪湖，立即命令部队返回洪湖附近集结。

邓中夏，湖南宜章人，中国工人运动最早的组织者和领导者之一。

1917年，邓中夏考入北京大学，次年参加“学生救国会”，积极参加五四运动。1920年参加共产主义小组，1921年在长辛店创办劳动补习学校，宣传马列主义。中共二大、三大、五大当选为中央委员，历任中国劳动组合书记部主任、中共上海区委委员长、共青团中央组织部长、中华全国总工会秘书长兼宣传部长等职。曾领导过长辛店八月罢工、开滦煤矿罢工、京汉铁路“二七”大罢工、省港大罢工等。大革命失败后任中共中央秘书长，参加八七会议，当选为中央政治

邓中夏

局候补委员，后任中共江苏、广东省委书记。1928年赴苏联莫斯科参加中共六大。1930年回国。

由于邓中夏在国外工作两年多，对国内的形势，特别是对湘鄂西苏区的情况缺乏了解，因此从服从中央的立场出发，执行了“左”倾冒险主义的错误方针。

20日，邓中夏主持召开了湘鄂西特委扩大会议，传达中共中央关于红2军团渡江南征，配合红1、红3军团攻打长沙的指示。

以周逸群为代表的一些同志认为，置多年艰苦缔造的革命根据地于不顾，驱使全军奔袭遥远的长沙是违背游击战争原则的，也超越了主客观的可能性，即使打下长沙也站不住脚，实应慎重考虑。

贺龙赞同周逸群的意见。但他们的正确意见并未被邓中夏接受。会议最终还是决定红2军团自螺山、白螺矶一线渡江，攻占岳阳，截断武汉至长沙铁路线，配合红1、红3军团攻占长沙。

红3军团攻占长沙后召开庆功大会

红 2 军团奉命由天门、石首地区回师洪湖苏区，准备向岳阳方向出击。为在渡江前使苏区得到巩固，贺龙决定先行攻克长江北岸的监利县城。这一建议得到了邓中夏的同意。事后，他在给中共中央的报告中写道：

在未渡江以前，大家觉得有攻下监利再行渡江的必要。理由：一、鄂西赤色区域不致因红军渡江完全抛弃。二、……攻下监利可以声东击西，乘敌不备以渡江。三、大家估计攻下监利只需三日并可保障全胜。因此决定先攻下监利再渡江。

监利，位于江汉平原，南濒长江，东倚朱河，西枕丘岭，北偎洪湖，是国民党军阻塞洪湖苏区南北通路的最大据点，由国民党军新编第 3 师李云龙所部教导团防驻，并有监利县保安团的 16 个连，共 2000 余人。自 1928 年以来，红军曾两度攻打监利，但都没有打下来。

为彻底清除这个深入苏区腹地的大毒瘤，21 日，红 2 军团召开前委会议，决定集中主力，在监利、石首、华容等县赤色教导军、游击队和数万群众的配合下，拿下监利。

22 日拂晓，红 2 军团在总指挥贺龙、政治委员邓中夏指挥下，冒着倾盆大雨从普济观等地出发，分三路向监利城攻击前进。

具体部署是：以红 2 军第 4 师一部攻占堤头，切断监利敌军与江陵的联系；以红 6 军第 16 师一部攻占毛家口，消灭红军背后之敌；以红 6 军第 17 师攻占太

贺龙在洪湖苏区（国画）

监利城区一隅

马河和刘家铺，从正面进攻监利县城。

战斗打响后，各路红军进展顺利，先后攻克堤头、毛家口、太马河等据点，进而在北郊曾家夹堤、火把堤一线击溃守军，势如破竹，迅速冲进监利县城。巷战过程中，新编第 3 师教导团的 2 个连在打入敌人内部任连长的共产党员杨嘉瑞率领下，举行火线起义。

守城的敌军遭到红军内外夹攻，顿时大乱，分作两股沿江堤向东、西逃窜。当晚，红 2 军团占领监利县城。国民党军退守城南江堤和大庙的 1 个营，在红军的压迫下，于次日晨缴械投降。

此役是红 2 军团成立后的第一次重大胜利。经一昼夜激战，红 2、红 6 军密切团结，共歼国民党军新编第 3 师教导团及保安团 2000 余人，缴获各种枪 1000 余支（挺）、迫击炮 5 门，解放了监利全境，使荆江南北，湘北、鄂西连成一体，极大地鼓舞了根据地人民的斗争精神。

3. 洪湖苏区第一次反“围剿”

1930年8月下旬，蒋介石令武汉行营主任何应钦在汉口召开湘鄂赣三省“绥靖”会议，确定了以军事为主，党务、政务密切配合，分别“围剿”各苏区红军的总方针。

10月间，蒋介石在中原大战中基本取得胜利，立即调集兵力向红军和革命根据地发动大规模的“围剿”，提出要在3至6个月内消灭红军。

何应钦

此时，洪湖苏区随着红2军团成立后军事斗争的胜利，已发展到拥有湖北省监利、沔阳（今仙桃市）、潜江、公安、石首和湖南省华容、南县7座县城，控制着岳阳、沙市（今荆州市沙市区）间长江两岸大片乡村，纵横达百余公里，成为当时具有重要战略意义的革命根据地之一。

11月，蒋介石任命国民党军第10军军长徐源泉为湖北省“剿匪”总指挥兼鄂西“剿匪”司令（后改为湘鄂川边区“清乡”督办），统一指挥所辖第48师，第34师岳维峻部、新编第11师张英部、

洪湖曙光（版画）

第 11 师陈诚部、新编第 34 师陈渠珍部及新编第 2 旅刘培绪部、第 16 师彭位仁部、新编第 3 旅徐德佐部、新编第 5 旅潘善斋部、新编第 7 旅李宗鉴部、暂编第 19 旅罗启疆部和湖北警备旅容景芳部、川军第 21 军教导旅郭勋祺部，共 6 个师又 7 个旅的兵力，在各地团防、常练队的配合下，对洪湖苏区进行“围剿”。

徐源泉，字克诚，1886 年生于湖北黄冈。1906 年随在武卫左军中任管带的族叔到安徽，入随营学堂学习，后保送进入两江总督端方创办的将备学堂。毕业后入南京陆军学堂任见实，也就是实习教官。

徐源泉

武昌起义爆发后，徐源泉率学生 300 余人参加了阳夏保卫战，任战时司令部学生队队长。此后，徐源泉在南北军队中辗转任职，历任新疆督军府参谋、江苏陆军第 6 混成旅第 2 团团副、东北军陆军第 3 旅第 55 团团长。1928 年底随东北军编入国民革命军。1929 年，率第 48 师驻防湖北。1930 年参加中原大战，因战功提升第 10 军军长。1930 年出任湘鄂西边区“清乡”督办公署督办。

徐源泉的“围剿”计划分为三期进行，重点是洪湖苏区。第一期以江北的潜江、沔阳、监利地区为重点，第二期以江南地区为重点，待彻底摧毁洪湖苏区后，再以全力进行第三期“围剿”，向湘鄂边苏区进攻。敌人企图采取“分区重点围攻、步步为营、逐步清剿”的战法，以实现一块一块地摧毁苏区的目的。

11 月，国民党军开始向洪湖苏区周围进逼，控制要点。3 日，第 16 师占领南县、华容。22 日，第 10 军所属新编第 2 旅占领监利。接着，第 48 师又先后占领潜江县城和沔阳县的张家场及江陵县的郝穴、新厂、普济观等地。

这时，红 2 军团主力正远离苏区南征，在长江以南的津市、澧县、石门地区作战。为打破敌人的“围剿”，中共湘鄂西特委代理书记兼湘鄂西苏维埃联县政府主席周逸群一面敦促红 2 军团回师洪湖，一面决定将各县枪支分别集中，组成赤色警卫大队（即游击队），设立江左和江右两个指挥部，分别指挥由江北各县赤卫大队合编的江左军和江南各县赤卫大队合编的江右军；将苏区群众分别编成赤色教导军和赤色守备队、少先队、儿童团等配合作战；并以红 2 军团返回洪湖苏区的少量部队和部分伤病员共 1000 余人组成新 6 军（不久改编为独立团），段德昌任军长，作为反“围剿”作战的骨干力量。

1931 年 1 月 1 日，国民党军 5 个旅又 1 个团兵分四路，对洪湖苏区的江北地区发起进攻，企图歼灭江左军于柳家集、瞿家湾地区。具体部署是：

第一路由第 48 师第 143 旅和第 144 旅一部组成，先自潜江沿东荆河两岸自北向南推进，占领浩子口、熊口、龙湾、总口、掩船埠一线，然后向新沟嘴、府场地区合围；第二路由新编第 3 旅及第 144 旅另一部组成，先占沔阳、峰口，然

瞿家湾一角

后向镇方山、瞿家湾进攻；第三路由湖北省警备旅及第 10 军特务团组成，主力自螺山向北进犯，占领朱河、陈家港，并向柳家集合围，另一部自新堤进占大丰口，向汉河口进攻，企图打通与峰口之敌的联系；第四路由新编第 2 旅组成，自监利向北进占观音寺，与敌第 143 旅呼应，企图切断从洪湖到江陵的通路，继而向东，经习家河、毛家口向柳家集进攻。

面对敌军重兵压境，江左军在赤色教导军配合下，充分利用洪湖地区水网、湖泊、堤岸、苇林等有利地形，采取夜袭、伏击、围困等战术，广泛开展游击战，积极打击进犯之敌。

2 日，沔阳赤卫大队和赤色教导军等部 3000 余人，在邵家河、宋新场、二老坡一线，对由仙桃出动的国民党军新编第 3 旅及第 144 旅一部进行顽强阻击。4 日，又集中 4000 余人反击进占沔阳城之敌，给以重大杀伤。

大同湖地区群众武装 5000 余人，向占领大丰口的国民党军第 10 军特务团进行反击，一度夺回大丰口。

监利赤卫大队及赤色教导军先后在鸡鸣铺、习家河、毛家口等地抗击自监利进攻的新编第 2 旅，并于 3 日集中 2000 余人袭击了太平桥、上车湾等地的敌人据点。在防守朱河的战斗中，亦予敌以重创，并将向柳家集进攻之敌阻止于福田寺地区达 10 余日之久。

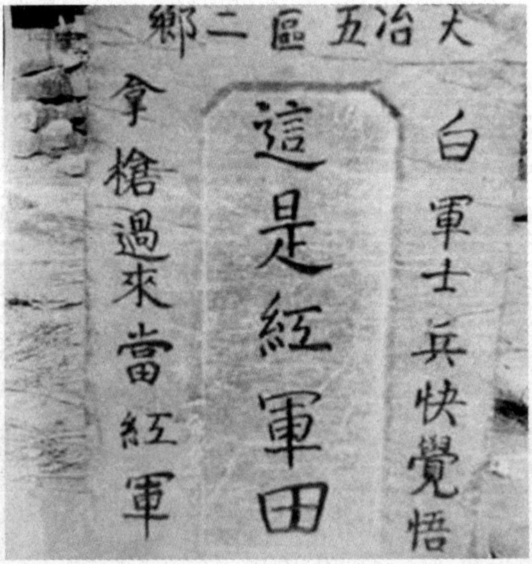

赤卫军写的标语

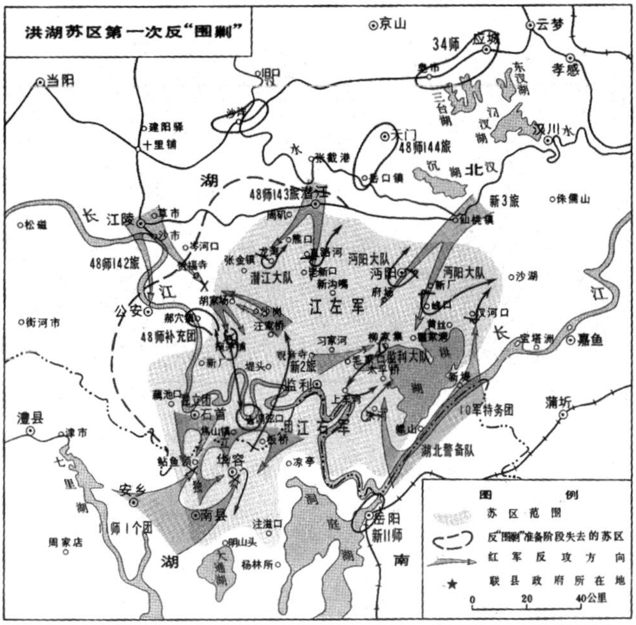

洪湖苏区第一次反“围剿”示意图

潜江群众武装也在东荆河两岸，不断袭扰打击国民党军第 143 旅及第 144 旅另一部。

江左军在给国民党军重大杀伤后，留少数兵力坚持斗争，主力转移到苏区外的沙湖、汈汊湖、白露湖一带。

与此同时，在右江的部队积极配合江左的反“围剿”斗争。1 月上旬，段德昌指挥红军独立团在鲢鱼须歼新编第 11 师 1 个营，随后又在华容附近歼 2 个连，并在板桥等地重创敌军，迫使敌军弃华容东逃，于 16 日收复华容县城。随后，独立团北渡长江，在江陵地区歼灭进占胡家场的国民党军第 142 旅一部，在拖茅铺歼灭进攻冯家潭子、小河口的第 48 师补充第 2 团数百人，缴获迫击炮 2 门、重机枪 2 挺，收复了石首地区。

1 月下旬，红军江左部队留下少数兵力继续在苏区内坚持游击战争，主力则转到外线作战。监利、潜江的一部分武装转到江陵的白露湖一带。沔阳的武装转到了沙湖及其以东的广大地区，开辟了以沙湖为中心，西起白沙洲、黄蓬山，东至新滩口、侏儒山等沿江地带的新的根据地。

由于洪湖苏区军民英勇作战，国民党军“围剿”苏区半个多月，付出了巨大的代价，至 17 日仅占领监利、沔阳、潜江地区，未能达到围歼江左军的目的。

国民党反动派疯狂屠杀苏区军民

为了摧毁苏区，凶残的敌人搜罗土豪劣绅及常练队、白极会、大刀会等反动武装进行分区“清乡”，恢复保甲制度，组织铲共义勇军，对苏区人民实施残酷的烧杀政策。洪湖苏区遭受到严重摧残。

月底，国民党军将第142旅移至公安、斗湖堤一线，将第143旅调驻沙市，企图首先肃清江陵地区的红色武装，而后集中力量将红2军团围歼于江南的狭窄地带。

2月10日，国民党军开始向江陵地区发起进攻。其中，第143旅及第48师补充第1、第2团占领资福寺、岑河口、郝穴、普济观一线，并封锁了长江各渡口；第144旅自潜江的浩子口、龙湾一线，新编第2旅自监利、太马河、观音寺一线，向西步步进逼。

至月底，国民党军相继占领汪家桥、堤头、沙岗、胡家场等地，对洪湖苏区的第一次“围剿”宣告结束。

4. 洪湖苏区第二次反“围剿”

1931年2月初，蒋介石任命国民政府军政部长何应钦兼任南昌行营主任，统一指挥湘、鄂、赣、闽四省“围剿”部队，准备对中央苏区发动第二次大规模的“围剿”。

在湘鄂西地区，国民党军结束了对江陵地区的“清剿”后，第10军军长、湘鄂川边区“清乡”督办徐源泉指挥近4个师的兵力，以洪湖苏区江南地区为重点，于3月1日发动了第二次“围剿”。具体部署为：

第48师第142旅及第143旅一部分两路由公安、斗湖堤经高何厂、横市向

第二次反“围剿”期间，红军写在墙上的标语

藕池、石首进攻；新编第 11 师主力，由安乡经梅田湖向高基庙进攻；第 11 师和新编第 11 师各一部由南县向华容进攻。

此时，红 2 军团主力仍在南下作战，留在苏区的江右军积极行动起来，投入反“围剿”斗争中。红 6 军军长段德昌集中红军独立团全部兵力，重点打击向高基庙进攻的中路新编第 11 师，并于 6 日在梅田湖歼其一部，击退了该路敌军。但就在同一天，进占藕池的敌军攻占了石首县城。

7 日，红军组织军校及地方武装万余人向石首发起反击，终因敌人兵力过强，未能攻克。随后，国民党军倚仗兵力优势，节节推进，步步为营，江南形势日趋严重。

就在这时，奉命到松滋、公安地区筹粮的红 6 军第 17 师，在师长许光达、政治委员李剑如的率领下，进至公安地区，计划乘机返回洪湖苏区。

8 日，红 17 师进至高何厂；9 日进攻藕池，但因敌顽强抵抗未能攻克；10 日拂晓，主动撤出战斗，返回湘鄂边。

国民党军为巩固后方，调整了部署：以第 142 旅一部扼守石首一带已占地区，抽调主力对公安、江陵地区实施“清剿”；将驻松滋的新编第 7 旅急调至申津渡一线，防堵红 2 军团东进；将驻守潜江地区的新编第 3 旅 1 个团调至沙市东南的岑河口为预备队，以策应各“清剿”部队。

为打破敌人的“围剿”，以周逸群为代理书记的中共湘鄂西特委在调弦口召开紧急会议，决定发动江南、江北所有武装力量，积极开展游击战争，打击与牵制进攻之敌，保卫江南苏区；由段德昌率红军独立团乘第 10 军主力集中江南之机北渡长江，打击侵占监利、沔阳（今仙桃市）、潜江地区的国民党军，肃清反

湖北公安县一隅

反映周逸群开展洪湖苏区斗争的国画

动势力，争取恢复江北苏区；抽调石首、华容、南县等县干部进至洞庭湖西岸地区，建立洞庭特区作为坚持江南苏区斗争的依托，构成北有洪湖，南有洞庭，中有华容东山的根据地，以便南北策应，与敌人长期周旋；将医院、兵工厂等后方机关及笨重物资转往洪湖，并组织江南地区的群众撤至华容以东的东山地区。

22日，国民党军进抵华容至焦山河一线。危急关头，中共湘鄂西特委率军校主动撤出调弦口向洪湖转移，江右军一部掩护石首、华容等地群众撤至东山继续坚持斗争。

同日，周逸群率江右军另一部抵达华容东山九佛岗，部署洞庭特区的开创工作，计划以层山、新河、团洲等沿湖柴山为基地向滨湖各地发展。同时成立了中共洞庭特区委员会，直属湘鄂西特委领导。洞庭特区武装由江右军第3、第8、第10大队为主体，加上石首、华容、南县部分地方武装组成。

湖滨地区的南县、华容、安乡各县与湖北的石首、公安等县接壤，各地武装展开了广泛的游击战争，到处袭击敌人的据点，伏击和破坏敌人的交通运输，扰乱敌人的后方。江右军一部占领了华容东南的注滋口、明山头、乌嘴，有力地牵制了华容、南县的敌人。但并没有从根本上扭转被动的局面。

经过20余日的“清剿”和调整部署后，国民党军于3月20日转向焦山河、庄家铺和华容等地推进。22日，敌军进抵华容至焦山河一线。4月4日，以第48师第142旅、第19师、新编第11师、第15师第44旅等部，分兵三路自调弦口、万庚、华容、岳阳等地出动，向东山地区实施“围剿”。

洪湖苏区的创始人之一：周逸群

江右军第8大队和华容游击队虽在三葑寺、松板桥等地进行了10余天节节抗击和顽强战斗，但仍未能阻挡住敌人的进攻。15日，敌人向东山地区的桃花山发起攻击，被围在此的苏区军民有2万余人，形势极为不利。18日，江右军千余人向塔市驿反击，计划抢占渡口，掩护北撤，但遭到敌第142旅阻击，未能得手。22日，桃花山失守，敌人随即在东山地区展开血腥屠杀，将从石首的黄鳝口到天子号长六里的一带民房放火焚毁。

为避敌锋芒保存有生力量，江右军留下数支游击队坚持斗争，一部分骨干和地方干部转移到江北。当时，渡江突围的约万人，一部经塔市驿以西的来家铺渡江到达马家潭子、小河口地区，一部从砖桥以北渡江，到达监利以东的朱河地区。

在此期间，段德昌率领红军独立团北渡后，在江北各县赤卫大队组成的江左军配合下，积极打击反动势力，拔除敌占据点，恢复根据地，先后收复了瞿家湾、柳家集及府场等地，并4次攻占朱河镇，歼国民党军新编第2旅第2团大

湖北省洪湖县瞿家湾

部。至3月底，江北苏区大部恢复。特委返回洪湖后，进一步发动群众，肃清残余反动势力，领导群众恢复生产，重建家园。

4月19日，独立团在老新口全歼国民党军新编第3旅2个营。24日，又击溃该旅反扑的第1、第3团，收复了龙湾、熊口等地，缴获各种枪500余支。

与此同时，由苏区军校学生为主编成的湘鄂西警卫团，在沔阳游击队的配合下，肃清了府场、峰口一带的敌军，收复了汉河口、大丰口等地，并乘胜向东发展，一度占领宝塔洲。

洞庭特区武装在周逸群的指挥下，积极袭击敌船，攻击敌人守备薄弱的据点和团防。4月18日，周逸群率特区机关从桃花山突围去洞庭湖，到达野猫岗。下旬，突袭插旗国防局，缴获步枪70余支，初步建立了特区根据地。不久，又分兵三路击溃了驻阳罗洲的敌军，摧毁了敌军团部，歼敌百余人，缴枪200余支，并俘虏了敌团长。

经过艰苦的反"围剿"斗争，江右军各大队由不足300支枪发展到1500支枪，独立团也壮大了不少。在此基础上，中共湘鄂西特委对全区武装进行整编，将独立团扩编为红军第3军第9师，段德昌任师长，陈培荫任政治委员；将苏区军校学生改编为湘鄂西警卫团，汉川刁汊湖游击队改编为沔汉独立团，并成立了一个近500人的教导团。

5月初，蒋介石与粤、桂军阀之间的矛盾又趋尖锐，徐源泉部相继撤离鄂西，调往长沙。红9师趁机向江陵守敌展开进攻。周逸群领导的洞庭特区武装也挺进到阳罗洲，在杨林所、阳罗洲、新河等滨湖地区，发动与组织渔民、樵民对敌斗争。

湘鄂西的列宁号兵舰

周逸群牺牲地

18 日，何键急调马昆山旅等部入湖“清剿”，合围磨盘洲。周逸群自特区向洪湖转移，途经华容贾家凉亭时，遭敌伏击英勇牺牲。

周逸群，原名周立凤。1896 年生于贵州铜仁，1919 年赴日本留学，1923 年回国后创办《贵州青年》旬刊，宣传反帝反封建思想。

1924 年，周逸群入黄埔军校第二期学习，同年加入中国共产党，成为黄埔军校“青年军人联合会”骨干。1926 年 4 月任国民政府军事委员会政治训练部宣传科科长。同年参加北伐战争，率由共产党员为骨干的宣传队来到贺龙的第 9 军第 1 师，受到了热烈欢迎。

贺龙和周逸群早已互相闻名。当年，贺龙驻扎铜仁时就住在周逸群家里，并且收到过周逸群从广州寄来的革命刊物。这次相会一见如故，相处十分融洽。

周逸群先后任第 9 军第 1 师、独立第 15 师和第 20 军政治部主任，在部队中进行政治教育和鼓动，发展中共组织，开办政治讲习所，培养骨干力量。1927 年 8 月，参加南昌起义，南下后任起义军第 20 军第 3 师师长，率部参加瑞金、会昌等战斗。在瑞金的一座学校里，周逸群与谭平山介绍贺龙加入了中国共产党。

1928 年 1 月，周逸群任中共湘西北特委书记，与贺龙赴湘西北地区开展武装斗争，途中参与领导鄂中鄂西地区年关暴动。3 月上旬，到达贺龙的老家——湘西桑植洪家关，与贺龙一起组织工农革命军，领导桑植起义。

起义受挫后，周逸群转往石首，重建中共鄂西特委，并任书记，深入农村发动群众，组织游击队、赤卫队，在洪湖、白露湖和华容东山一带开辟小块游击根据地。

1929 年春，周逸群任鄂西游击总队长，领导鄂西军民以“你来我飞，你去

桑植县贺龙元帅故居

我归，人多则跑，人少则搞”和“分散以发动群众，集中以应付敌人”等游击战术，挫败国民党军和地主武装的多次“清剿”，推动了鄂西地区革命斗争的深入发展。

1930年2月，周逸群领导组建红6军，任政治委员，与军长旷继勋率部连克潜江、郝穴和调弦口等城镇。7月，红6军与红2军会师后合编为红2军团，任军团政治委员，与贺龙领导创建以洪湖为中心的湘鄂西苏区。

同年9月，周逸群调任中共湘鄂西特委代理书记兼湘鄂西苏维埃联县政府主席。在红2军团主力南征、国民党军重兵“围剿”的极端困难情况下，领导组建江左、江右军指导部和独立团，利用洪湖港汊的有利地形，避强击弱，开展机动灵活的游击战，取得了第一次反“围剿”斗争的胜利。当贺龙听到周逸群牺牲的消息后，伤心地流下了热泪。

江右军在段玉林的率领下，攻占九佛岗、石华堰等地，歼灭湘军李觉的第19师1个团。后根据中央分局指示，将江右军800余人改编为警卫第2团。

周逸群烈士纪念碑

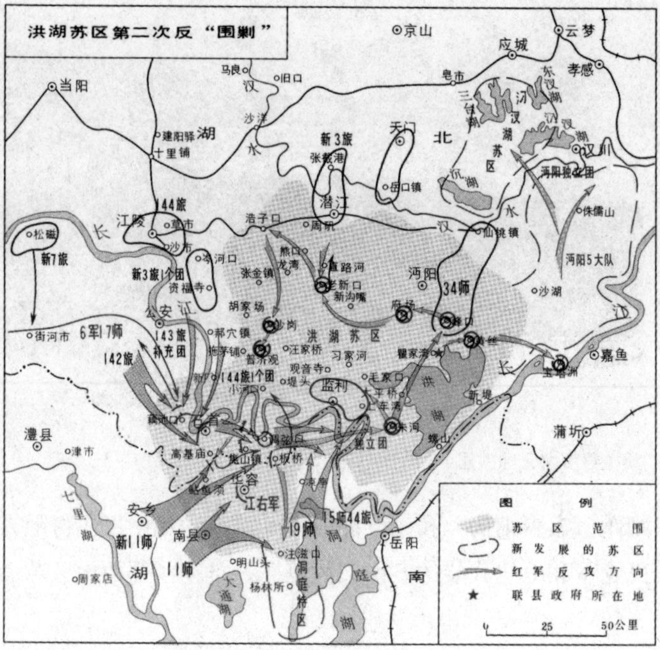

洪湖苏区第二次反“围剿”示意图

6月初，红9师接连在三官殿、沙岗、普济观、郝穴、汪家桥等地连战皆捷，共歼国民党军2000余人，缴枪1000余支。

至此，洪湖苏区江北地区除监利、沔阳、潜江等县城外，已全部恢复；江南苏区恢复了东山地区，并开辟了洞庭特区，迫使国民党军收缩于石首、华容等城镇。至此，国民党对湘鄂西的三期“围剿”以失败告终。

5. 洪湖苏区第三次反“围剿”

1931 年 7 月，蒋介石亲任“围剿”军总司令，调集 23 个师又 3 个旅共 30 万人，对中央苏区发动了第三次“围剿”。

这年夏，洪湖地区大雨连绵，江河湖泊水势猛涨，长江、汉水等河道的堤防相继溃决。国民党军乘机决堤放水，并枪击抢修堤防的群众，对苏区进行“清湖”围困。除华容东山等少数地区外，监利、沔阳（今仙桃市）、汉川、江陵等地深受水害，一片汪洋。

在水灾和敌人围攻破坏的双重摧残下，洪湖苏区困难重重：部分群众移往堤

蒋介石（右一）指挥国民党军“围剿”红军

湘鄂西红军用过的小船

上，靠鱼、虾、野菜勉强维持生活；70 余万人外出逃荒。全区党员人数由 3 万余人下降至 1.3 万余人。不少工会、贫农团、赤色教导军、少先队等组织陷于涣散状态。洞庭特区游击武装连续在武岗洲、杨家荡等地遭受损失，难以坚持斗争，被迫撤回江北。

严重的水灾，不仅给苏区群众生活带来极大困难，也使红军的供给十分匮乏。

为打破国民党军的围困，减轻苏区负担，保存红军基本力量，8 月 2 日，中共湘鄂西中央分局和湘鄂西临时省委做出《关于九师最近行动的决议》，规定“九师目前唯一任务就是在巩固和扩大苏区的原则下，在保存红军基本实力的条件下，图军事上的发展”，决定以红 3 军（这年 3 月由红 2 军团在湖北省长阳县枝拓坪缩编而成）第 9 师第 25 团坚持苏区斗争，第 9 师主力向襄河以北出击，开辟潜江、京山、天门地区，使潜江、天门与监利、沔阳、汉川苏区联系在一起，并尽可能占领天门，巩固这一区域。

13 日，红 9 师师长段德昌、政治委员陈培荫率主力由湖北省监利、潜江边境向北行动，先后歼灭周家矶、黄家场一线国民党军。17 日拂晓抵达荆门县沙洋镇。

沙洋镇为鄂中地区物资重要集散地之一，驻有国民党军新编第 3 旅旅部及其第 2 团，共 2000 余人。

红 9 师决心乘其不备歼灭该敌，遂迅即扫除外围哨所，继而分西、南两路

段德昌雕像

向沙洋镇发起进攻。国民党军残部被逼至沙洋东侧正逢涨水的襄河岸边，无法渡河，大部投降。

此战，红军共歼国民党军新编第3旅一部2000余人，击毙旅长徐德佐，缴获了大量武器、弹药和物资。战后，红9师以缴获的武器装备组建了第27团。

留守在苏区的红9师第25团为掩护主力行动，于8月14日歼灭了直路河守敌，继而又乘胜攻占了莲花寺，进逼潜江城。次日，红25团在杨家场歼灭了新编第3旅1个营。

据守潜江之敌弃城而逃，红25团于18日占领潜江县城。

24日，新编第3旅残部会合第34师一部进行反扑。红25团诱敌深入，设伏于潜江城下，再给予敌重创，巩固了胜利，恢复了潜江苏维埃政权。

9月初，为配合对中央苏区的第三次大规模“围剿”，国民党军第10军军长、湘鄂川边区“清乡”督办徐源泉，利用洪湖苏区遭受严重水灾、红军无暇南顾之机，调集驻岳阳的第19师，驻华容、安乡的新编第11师，驻石首、调弦口的新编第7旅及由反动团防、流窜于各地

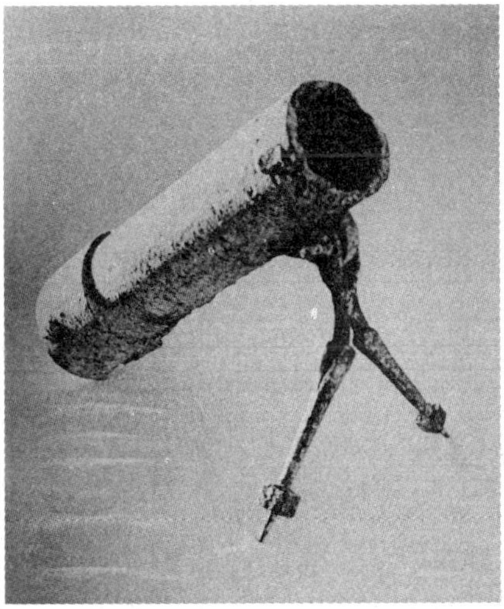

湘鄂西工农武装使用的铁炮

的反动分子组成铲共义勇军、割谷队等，以洪湖苏区的华容东山根据地为重点，发动了大规模的“围剿”。

这时，红军第 3 军第 7、第 8 师尚在以房县为中心的鄂西北苏区；第 9 师主力按照中共湘鄂西中央分局的决定，为开辟潜江、京山、天门地区，正在向襄河以北出击；在洪湖苏区江北坚持斗争的只有红 9 师第 25 团，在江南只有游击队 300 余人。

面对国民党军的“围剿”，以杨光华为代理书记的中共湘鄂西临时省委领导江南游击队和人民群众进行顽强抗击，但因力量悬殊，被迫突围转移到江北。

国民党军控制华容东山各要点后，大肆抢割稻谷、掠夺粮食财物，到处挖地拆屋、砍树伐木。据群众回忆：“唐伯寅（第 19 师团长）铲共，草木遭劫，马昆山（新编第 11 师副师长）清乡，掘地三尺。”

在大肆抢掠的同时，对苏区干部和群众进行残酷迫害。一方面组织反动政权，采取“四家连坐”“家族连坐”的方法，强迫群众“反水”；一方面组织铲共义勇军、保卫团等反复搜山、清乡，疯狂捕杀苏区革命军民。仅 24、25 日就在明碧乡屠杀 580 人，不少人全家被杀绝。手段更是残忍毒辣。塔市区矶湾乡工会主席刘曙堂被残暴的敌人先割去耳、鼻，后挖眼、剐心，最后把尸体抛入江中。灭绝人性的敌人还把刘曙堂不满 4 岁的女儿用禾叉刺入肚中，挑起沿街示众。

湘鄂西苏区革命烈士纪念碑

为反击国民党军的血腥镇压，争取恢复江南苏区，10 月上旬，红 25 团会同原江南游击队渡江进入东山地区。

21 日拂晓，红 25 团以突然动作袭占九佛岗，迅速歼灭守敌，并乘势击溃石华堰、毛家巷之敌，跟踪追击到华容城东的状元街，共毙俘国民党军 200 余人，缴枪 100 余支。

23 日，红 25 团又在烟墩、大王厂、三郎堰等地，向正在抢稻谷及残杀群众的第 19 师和新编第 11 师各一部展开进攻。由于敌人占据高地，并拼命顽抗，激战两日未能将其歼灭，反遭较大伤亡，遂撤返江北。

为继续领导江南斗争，中共湘鄂西临时省委确定将石首、华容等县合并组成江南县，并划江北的监利县属尺八口、陶家市两个区作为江南县的后方基地，划洞庭特区归江南县领导；将东山游击队组成江南游击大队，朱祖光任大队长，同姜炳炎领导的监利县游击队相互配合，经过艰苦斗争，到年底逐步恢复了洪湖苏区的江南地区。

6. 龙王集战斗

1931 年 12 月下旬，活动于鄂豫皖苏区的红四方面军取得黄安战役的重大胜利，国民党湖北省当局为应付不测，将鄂军第 10 军主力调往平汉铁路（今北京—汉口）南段以东地区，拱卫武汉东北大门。留在湘鄂西地区的部队，为保障其应城至皂市的交通运输，以第 10 军特务团 2 个营进占龙王集，1 个营进占陈家河；以第 48 师工兵营进占皂市。

红 3 军抓住汉西一带国民党军兵力空虚的有利时机，主动向襄河以北出击，

红四方面军发动的黄安战役旧址

将打击目标首先指向了皂市。

1932 年 1 月 19 日，红 9 师在师长段德昌、政治委员宋盘铭的率领下，从周家矶出发，由泗港北渡襄河。

北伐时期的段德昌

段德昌，字厚裕，1904 年生于湖南南州九都山。1926 年加入中国共产主义青年团，随即转入中国共产党。同年秋入黄埔军校第四期学习。毕业后到国民革命军第 8 军第 1 师政治部工作，在部队中宣传革命思想。北伐战争期间介绍彭德怀入党。

1927 年，段德昌任国民革命军第 20 军第 3 师第 2 团党代表，参加南昌起义。随后到鄂西从事革命活动。历任中共公安县委书记、中共鄂西特委委员、鄂西游击大队中队长、游击总队参谋长、独立师师长等职。1929 年 12 月，段德昌与周逸群组建红 6 军，任副军长、政委、军长，创建了洪湖苏区。1930 年 9 月，红 2 军团南下作战失利。同年冬，段德昌带领失散人员返回洪湖，组建独立团，挫败了国民党军对洪湖苏区的第一、第二次“围剿”。不久将部队扩编为新 6 军，任军长。1931 年 3 月，红 2 军团在湖北省长阳县枝拓坪缩编为红 3 军。4 月，新 6 军改称红 3 军第 9 师，段德昌任师长。作为洪湖苏区的主要创始人和湘鄂西红军的主要领导人之一，段德昌有勇有谋，有“火龙将军”的美誉。

段德昌所率的红 9 师是一支传奇之旅，前身就是电影《洪湖赤卫队》中洪湖赤卫队的原型。

1927 年冬，段德昌组织领导公安暴动，成立了公安县游击大队。1928 年春，游击队挺进洪湖腹地，组建洪湖游击大队，后扩编为鄂西游击总队。1929 年 12 月扩编为红 6 军。1930 年 9 月，红 2 军团南下作战，带走了大批武装，洪湖苏区当时“所留之枪，好坏共八十余支，集中各地武装一共三百上下”，这就是赫赫有名的“洪湖赤卫队”。

红 2 军团南征失利后，国民党纠集 10 万兵力对洪湖苏区连续发动两次“围剿”。危急关头，段德昌带着手枪队从南征前线护送部分伤病员回到洪湖。在南

赤卫队袖标

征中与主力红军失掉联系的 3 个营也相继回到洪湖。中共湘鄂西特委便以回到洪湖的红军队伍和洪湖赤卫队为骨干，扩建为新 6 军（后称独立团），成为苏区反“围剿”的主力军。

皂市，位于天门、京山与应城之间，是汉口至宜昌公路上的重镇。东倚应城，著名的井盐基地；南靠天门、岳口，襄河的北岸中枢；西北是京山，峰连岭接，为大别山的西南边缘。鄂军每一次发动对洪湖苏区的“围剿”，都是以皂市为前进基地的。

1 月 20 日，红 9 师冒雨急行军 120 里，以迅雷不及掩耳之势直逼皂市。守军第 48 师工兵营被打了一个措手不及，只得望风而逃，仓皇撤往应城，红 9 师紧追不舍。

对皂市，段德昌并不陌生。早在 1926 年，他曾与彭德怀一起率领北伐军经应城、皂市，截击军阀吴佩孚残部。

考虑到敌军有可能返回龙王集和陈家河增援，段德昌决定实施围点打援的作战计划。21 日，在汉川独立团的配合下，红 9 师分割包围了龙王集与陈家河两个制高点：以红 25、红 26 团包围汉宜公路北侧的龙王集，以红 27 团包围汉宜公路南侧的陈家河，以侦察部队逼近应城。

果然不出段德昌所料，逃往应城的第 48 师工兵营奉特务团团长兼应城县县长蒋作钧之命回援。围攻龙王集的红军在第 25 团团长许光达的指挥下，左右开

公安县南平文庙——红 4 军和红 6 军会师旧址

弓，以一部继续佯攻龙王集，主力设下伏击圈，对回援敌军迎头痛击，歼灭了大部敌军，敌残部丢盔弃甲，仓皇逃回应城。

龙王集位于应城西部，汉口至宜昌公路北侧，东距应城城区 20 里，西离皂市 26 里，南距陈家河 12 里，北离田店 26 里。汉宜公路不仅是应城的交通大动脉，也是湖北全省的交通主干道，龙王集就扼守着这条交通线的咽喉。小而言之，它镇守着应城至皂市的运输通道；大而言之，它控制着鄂西到武汉的交通命脉。正因为如此，龙王集从清朝末年至民国时期一直是兵家必争之地，在战略上处于要塞地位。

被困于龙王集的国民党军第 48 师特务团 6 个多连和 100 多名矿警，从当地居民家中抢来大量的棉被、棉衣和家具在周围高地构筑防御工事，企图凭借坚固工事，负隅顽抗，固守待援。

红 9 师一面利用周围高地和房舍逼近敌人，一面向敌喊话，进行争取瓦解工作，并让被俘的工兵营营长写信劝敌投降。

龙王集守敌拒不投降，但无奈粮食、饮水缺乏，在坚持了三天三夜后，饥寒交迫的守敌只得向田店方向冒死突围。红 9 师主力随即发起猛攻，将其大部歼灭。

国民党武汉行营主任何成浚令蒋介石嫡系第 4 师第 12 旅张联华部由孝感经应城火速增援龙王集、陈家河，企图解围。

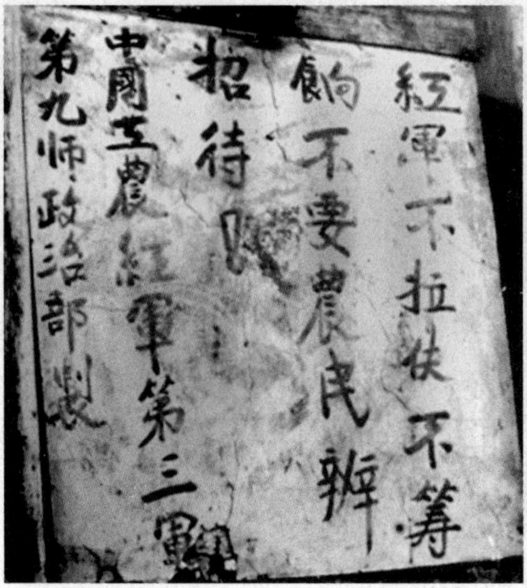

红 3 军第 9 师写的标语

24 日，第 4 师第 12 旅赶到应城。红 9 师得悉这一敌情后，当即决定留少数兵力围困陈家河，集中主力并急调汉川独立团设伏于应城至龙王集之间的下毛家畈、周家湾地区，并令骑兵连与第 12 旅接触，诱其就范。

段德昌对许光达、程光明、朱海州等几名团长、政委交代：“骑兵连负责迎接敌人，即只准败，不准胜。这回是打中央军，一锤子买卖，一鼓作气以一当十就赢，一成胶着就是败局！”

25 日拂晓，被困于陈家河的国民党军，在红 9 师军事打击与政治争取下，因内无粮草，外无救兵，全部缴械投降。

与此同时，红 26、红 25 团和红 27 团主力进入伏击阵地，汉川独立团除一部配置在公路南侧外，其余作为预备队。

清晨，第 4 师第 12 旅在少将旅长张联华的率领下，从应城出动。时值冬晨，大雾弥漫，前面山冈上矮树灌木，模糊难辨。张联华自恃部队武器精良，人多势众，根本就没有把红军放在眼中，几千人的部队被拉成一条长龙，沿汉宜公路西进。

果然，刚出城不久，第 12 旅就与红 9 师骑兵连交上了火。骑兵连且战且退，一副狼狈相。原本心高气傲的张联华这下更来劲了，既不派搜索队，甚至连重机枪、迫击炮等重武器也不卸下马，督促部队长驱直进。

正午时分，第 12 旅前卫部队进至下毛家畈，随后全旅进入红 9 师的伏击圈。段德昌一声令下，顿时杀声震天，埋伏于公路两侧的红军部队立即展开猛烈攻击。敌人被打得措手不及，乱作一团，敌军的重机枪、迫击炮等重武器有的还驮在马背上，没来得及卸下就成了红军的战利品。

激战至下午 5 时，第 12 旅旅部和 2 个团全部被歼，另 1 个团经黄家滩东逃。

战斗中，红 25 团团长许光达在前沿阵地指挥战斗时不幸被敌人机枪击中，

红军缴获敌人的迫击炮

经过简单包扎后送往洪湖瞿家湾红军医院治疗。这期间，战斗频繁，药品消耗大，敌人对苏区封锁很厉害，医院医疗设备和药品都很缺乏，许光达身上的子弹没有取出来。

不久，湘鄂西省委送许光达到上海治伤。3 月中旬许光达到达上海。恰在这时中央从根据地选派干部赴苏联学习，许光达受派于 5 月从上海经营口，从满洲里越境抵莫斯科学习并治病。

龙王集一战，红 3 军第 9 师巧妙运用快速奔袭、围点打援、诱敌深入、政治争取等战术，以少胜多、以弱胜强，战果辉煌，先后歼灭国民党军第 48 师特务团、工兵营和龙王集、陈家河的矿警、民团全部，以及第 4 师第 12 旅大部，俘旅长张联华以下近 4000 人，缴获迫击炮 20 门、轻重机枪 60 余挺、长短枪 3000 余支，子弹数万发，而自身伤亡仅 300 余人，取得了一场酣畅淋漓的大胜。

7. 文家墩战斗

1932 年 1 月 25 日，回师洪湖的红 3 军第 9 师取得龙王集大捷，俘国民党军第 4 师第 12 旅旅长张联华以下近 4000 人，声威大震。

与此同时，在汉川活动的红 7 师也先后攻克黄陵矶、侏儒山，歼灭武汉要塞司令钱大钧部 1 个营，威逼武汉。

何成浚

国民党武汉行营主任何成浚急令第 34 师、独立第 37 旅和川军第 21 军等部向洪湖苏区发起进攻，以扭转颓势。

26 日，川军第 21 军教导师第 3 旅和第 3 师第 9 旅共 4 个团从沙市（今荆州市沙市区）出发，进攻江陵、荆南苏区，占领了李家市、熊口、龙湾、老新口一线；独立第 37 旅一部由潜江向南攻击，占领了周家矶、莲花寺、直路河，并在总口一带焚烧村庄，大肆抢掠，残害百姓；第 34 师从沔阳（今仙桃市）出发，进攻孙家场、杨林关，直逼洪湖苏区中心腹地。

此时，苏区内的部队仅有独立团，形势万分危急。湘鄂西省军委一面命令独立团积极构筑工事，阻击第 34 师；一面急调红7师西上迎敌，红9师沿汉（口）宜（昌）公路向西抄袭独立第37旅侧后。

当红7师火速赶到峰口时，第34师一部已被独立团击退，形势暂时得到稳定。

2月4日，红9师第27团冒雪夜袭张截港，歼灭新编第3旅1个营。随后连夜袭入潜江，残敌退守策口。新由鄂西北独立团和红3军独立团合编组建的红8师也赶到策口，投入战斗。

独立第37旅2个营、第48师3个多团奉命分别从岳口、沙洋出动增援，以解策口之围。

湘鄂西省军事委员会所在地

红8、红9师决定采取各个击破之策，于12日乘沙洋援敌尚未到达之际，率先在竹根滩发起攻击，击溃岳口援敌，迫使策口守敌投降。

14日里，沙洋援敌倚仗人多势众，向张截港发起进攻。红9师予以坚决阻击，在毙伤敌150余人后，主动撤往灰埠头。

10天内，红8、红9师共歼敌3个营，并大量牵制了敌人，打乱了敌人的部署，减轻了洪湖苏区的压力。

屡战屡败的何成浚大发雷霆，调整部署，将湖北全境划分为5个“清剿”区，限令第10军军长徐源泉在三、四两月肃清洪湖“赤匪”。

徐源泉，原为鄂军第48师师长。中原大战期间，徐源泉率第48师克蒙城，夺归德，下黄口，战功斐然，因此擢升第10军军长，并获二等宝鼎勋章。

徐源泉忙与手下人商议，制定了“首先恢复应城、岳口间交通，后就应城至岳口的大道划为两区，抽十团以上兵力，同时分剿”的计划，对洪湖苏区进行“清剿”。

3月5日，第48师第144旅旅长韩昌峻率部由皂市向天门出动，以打通皂市、天门间的交通，并配合泗港、张截港的部队向渔薪河、灰埠头一带“进剿”。

贺龙、关向应、任弼时在一起

天公不作美。第 144 旅刚刚出发，行至皂市以南文家墩、李家场等地，天降大雨。韩昌峻下令停止前进，就地休整。

红 3 军军长贺龙、政治委员关向应得悉这一情况后，决心乘机歼灭该敌，令红 9 师和汉川独立团，分别由渔薪河、蒋家场向文家墩秘密开进，求歼该旅；令红 7 师由吴堰岭逼近皂市，牵制敌人，并阻敌增援。

6 日中午，红 9 师和汉川独立团突然向第 144 旅发起攻击，很快就突破敌人阵地，歼其一部，占领了文家墩、杜家岭。韩昌峻率残部退守胡家岭、坡湾一线，构筑工事，企图固守待援。

7 日拂晓，驻守皂市的国民党军第 48 师第 142 旅前来增援，被红 7 师及红 9 师一部击溃。

下午，退守胡家岭、坡湾之第 144 旅余部，在飞机掩护下企图向东撤逃，被全歼于方家咀、坡湖地区，韩昌峻以下 2000 余人被俘。

其他各路国民党“清剿”军闻讯后，军心动摇，纷纷向沙洋、岳口、天门一带撤退。红 3 军仅用两天时间，便将敌军的这次“进剿”粉碎了。

贺龙率领红 3 军回师洪湖苏区后，连续取得重大胜利，在 5 个月的时间里共歼敌 2 个旅 1 个团、6 个营，缴枪 5000 余支。红 3 军发展到 1.5 万余人，洪湖（鄂西）根据地扩大到东西达 500 余里、南北 200 余里，人口近 300 万，各县都成立有警卫营或连，不少区、乡也组织了游击队，新建立了钟样、京山、应城等 9 个县苏维埃政权，革命形势一片大好。

然而，湘鄂西中央分局书记夏曦积极推行第三次“左”倾路线，对红3军的胜利不仅未予以表扬和支持，反做了极为荒唐的指责，说文家墩战斗是冒险行动，侥幸取胜。

红9师师长段德昌实在看不过去，愤然对贺龙说：“看看，打了胜仗还得挨批评。”

贺龙笑了笑，不以为然地说：“挨了批评，还是打了胜仗嘛！”

段德昌像

8. 瓦庙集战斗

1932年1月，中共湘鄂西中央分局在监利县周老嘴召开了中共湘鄂西区第四次代表大会，确立了第三次“左”倾路线在湘鄂西苏区的全面统治。

湖北省监利县周老嘴中共湘鄂西第四次党代会旧址

中央分局书记夏曦忠实执行王明“左”倾机会主义路线，以钦差大臣自居，瞎指挥，逼迫红3军不停顿地强攻硬打，以“争取一省或数省首先胜利”。

夏曦，湖南益阳人，字蔓伯、蔓白。1921年加入中国共产党。1922年在湖南自修大学任教。后任中共湖南区委委员、省委书记，后去苏联学习，曾当选为中共五届中央委员。1930年回国，任中共江苏省委常委兼宣传部长。1931年中共六届四中全会上被补选为候补中央委员，同年3月被派到洪湖苏区，任湘鄂西中央分局书记兼红3军政委。

上任伊始，夏曦就全盘否定湘

鄂西苏区长期斗争中所创造的成绩，把该区的创始人周逸群排斥于领导集团之外。随后签发了《湘鄂西省军委会对第三军的训令》，粗暴无理地指责红3军第9师北上接应红7、红8师走得太远，脱离了苏区，应负长江南岸苏维埃政权丢失的主要责任，并撤掉了万涛的红3军政委之职，由他自己兼任，并给红9师师长段德昌、政委陈培荫警告处分，批评贺龙“一贯右倾”。他还撤销了军、师指挥机关，将部队编为5个大团，由他直接指挥。

夏曦

军事上，夏曦醉心于“城市中心论”，冒险攻打大城市；土改中，推行“地主不分田、富农分坏田”的“左”倾政策，侵犯中农利益；组织上，大搞宗派主义、惩办主义，对于对“左”倾路线持怀疑反对态度的同志，一律采取“残酷斗争”“无情打击”的手段，进行排斥、迫害。特别是把宗派主义的干部政策同肃反扩大化结合在一起，使党和红军的许多干部被诬杀，造成了惨重的历史悲剧。

1931年12月，中共中央指示把红3军整编为2个师和1个独立团，贺龙任军长。不久，又派关向应到湘鄂西参加中央分局的领导工作，并担任湘鄂西军委主席兼红3军政治委员。

关向应

关向应，1904生于辽宁金县（今大连市金州区）。原名关致祥，满族。

1924年，关向应加入中国社会主义

青年团，同年冬入莫斯科东方大学学习。1925 年加入中国共产党。五卅运动后回国，先后在中共河南省委和共青团中央组织部工作。1928 年赴苏联莫斯科出席中共六大，当选为中央政治局候补委员。回国后任团中央书记。

1930 年，关向应先后在中革军委和中共中央长江局工作。1931 年在上海被捕。出狱后，于 1932 年初来到湘鄂西苏区。

中共湘鄂西区第四次代表大会根据中共中央“在大江以北应以鄂豫皖区为中心，而将皖西北、鄂东、鄂皖边、湘鄂西苏区联系一起，造成威胁武汉、长江上下游及京汉铁路的形势”的决定，肯定了 1931 年提出的，以最大努力和鄂豫皖苏区打成一片，会师武汉的方针。会后，“左”倾机会主义路线的领导加紧了贯彻错误路线的步伐，要求继续采取进攻的战略，动员红军和群众的一切力量乘胜展开进攻，争取“不断的新胜利”，强调“转变到大规模平地战、城市战，为夺取中心城市而斗争”。

根据中央分局“乘胜争取不断的胜利”“打下京山，扩大新苏区”的指示，红 3 军开始不停顿地强攻硬打，在战略上一步一步陷入了被动局面。

3 月，贺龙、关向应率领红 3 军一部强攻京山，伤亡虽然很大，但未能得手。随后，红 3 军以第 8、第 9 师在京山、天门境内，汉（口）宜（昌）公路两侧地区活动；另以第 7 师到襄河以南地区寻找战机，打击川军，肃清苏区内部白点。红 7 师在襄南尚未展开活动，发现敌人有大举进攻之势，遂留下 1 个团在张

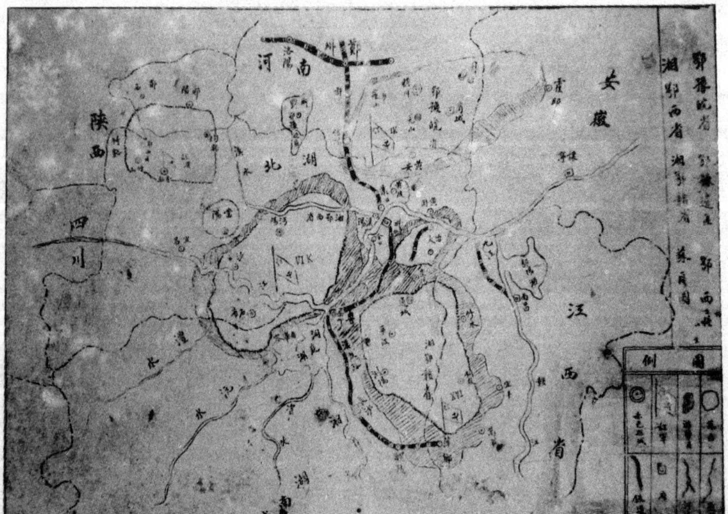

鄂豫皖省、鄂豫边区、鄂西区、湘鄂西省、湘鄂赣省苏区图

截港保障襄河两岸交通，主力向红 8、红 9 师靠拢。

原来，3 月中旬，国民党第 10 军军长徐源泉重新修订了旨在消灭红 3 军的作战计划，调集 15 个团的兵力，对皂市、天门一线以西的襄北地区进行“清剿”。具体部署是：

以第 44 师 2 个旅和 1 个补充团为“进剿”军第 1 支队；以第 41 师和第 48 师各 1 个旅为“进剿”军第 2 支队；以第 144 旅、独立第 37 旅和新编第 3 旅主力为总预备队。

29 日，“进剿”军第 1、第 2 支队共 8 个团开始行动，由皂市沿汉宜公路及其南侧并列西进。同日，驻岳口的独立第 37 旅进至天门，准备协同驻天门的新编第 3 旅 1 个团相机出动；驻沙洋的第 41 师 1 个团进至多宝湾，威胁红 3 军侧背。

30 日清晨，敌先头部队在天门县北部的瓦庙集以东和梅家湾、卫家场附近与红 3 军侦察警戒分队狭路相逢。敌人抢占了瓦庙集、梅家湾一带村庄。

正在该地区活动的红 8、红 9 师立即投入战斗。红 8 师在左，红 9 师在右，背靠猴迹山、佛祖山、西龙尾山，从瓦庙集西北、西面、西南各高地和梅家湾、卫家场以西全线向敌展开全线猛攻，并以一部插入“进剿”军第 1、第 2 支队的中间地区，将其分割。

一场激战就此打响了。

起初，敌人没有想到红军大部队就在眼前。待发现是红 3 军主力来攻后，立即转入防御，在所占村庄和丘陵地上拆屋砍树，紧张地构筑工事，设置鹿砦和壕

“围剿”红军的国民党军空军飞机

沟障碍，企图负隅顽抗，固守待援。敌机也赶来助战，不断地向红军低空轰炸、扫射。红3军警卫营长杜占奎气不过，抱着机枪对空射击，打下了1架敌机。

红8、红9师官兵借着龙王集、文家墩胜利的余威，发起一阵阵排山倒海的集团冲击，但敌人依托坚固的堡垒，负隅顽抗。从卫家场至万家岭南北20余里的战线上，枪声炮声爆炸声不绝于耳，杀声吼声拼刺声震彻霄汉。战斗异常激烈残酷。

31日下午，红7师主力从襄南日夜兼程400余里赶到瓦庙集，立即投入战斗，由阮家沟向东攻占了何家湾、张家湾、戴家河。

与此同时，红9师一部也进至敌军左侧后，对“进剿”军第2支队的包围基本形成。

由于敌人兵力过大，且利用工事固守，火力猛烈，红军虽将敌分割为瓦庙集和梅家湾为中心的两个互相独立的集团，并不断发起大规模的冲锋，仍不能将被围之敌歼灭。

湘鄂西红军使用的土炮（仿制品）

红军将士的鲜血使佛子山下的邹夫子堰成为一塘血水，瓦庙集外的饮马涧也变成了一条血流之河。

瓦庙集战场上红3军的凌厉攻势使敌人大为震惊。徐源泉认为，“赤匪”一反常态，打如此之硬战，实为前所未见，此战胜负对整个湖北“剿匪”局势关系重大。

于是，徐源泉一面命令被围部队坚守待援，无论如何也要缠住“赤匪”，一面命令第44师和第41师各一部、新编第3旅、独立第37旅等部，共2个旅又5个团的兵力，分四路从皂市、天门、钟祥和沙洋等地向瓦庙集、梅家湾增援。

4月1日，徐源泉亲率第144旅1个团和第10军特务团从应城出发，前往皂市坐镇指挥。

见敌军四路援兵逼近，且正面攻击已打成僵局，贺龙命令红7、红9师在段德昌的统一指挥下，以主要兵力调头打援，争取将援敌消灭于运动之中。

不料，第44师师长肖之楚老奸巨猾，对红军的伏击打援战法颇有了解，因此率部走高岭不走山路，歇村庄不歇野地，十分谨慎。

3日上午，第44师2个团行至钱家场附近，遇到红军伏击。肖之楚并不贸然出击，而是命令部队迅速占领就近的村庄、丘岭等有利地形，构筑工事全力防守。双方展开激战。打援也成了攻坚。由于敌军火力猛烈，顽强抵抗，红军发起数次冲锋，均未成功。双方形成相持之势。

5日，被围于瓦庙集、梅家湾一带的“进剿”军第1、第2支队乘红3军分兵打援之机集中6个团发起反击，对红3军打援部队翼侧形成威胁。

这样，红3军便处于敌人重兵夹击、腹背受敌的危险境地之中。瓦庙集攻不下来，钱家场打援又打成了相持局面，伤亡不断增加，而敌人的各路援军更向瓦庙集扑来。

土地革命战争时期的贺龙

贺龙清楚，红3军家底本来就薄，根本就不应该打这种攻坚战，人员损失、弹药消耗太大，如果再僵持下去，将十分被动，陷入敌军重围。于是果断下令撤出阵地向东转移。徐源泉也十分忌惮红3军的勇猛，不敢浪战追击，遂下令各部撤回应城休整。

此战，红军以7个团的劣势兵力，与国民党军11个步兵团及若干特种兵和空军2万余人，持续激战7个昼夜，歼敌约2000人，并击落飞机1

湘鄂西苏区革命烈士纪念碑

架。但自身伤亡也不下2000人，弹药基本消耗殆尽。

徐源泉在后来回述“战功”时，仍念念不忘瓦庙集之战：红3军“历年所得之于国军之兵器及弹药耗于斯役殆尽，而肃清鄂中区匪患之成功，实基于此役”。

这种消耗战对红军来说是得不偿失的。瓦庙集之役过后，红3军元气大伤，战斗力受到很大削弱。但湘鄂西中央分局领导人夏曦却尝到了阵地战的甜头，夸耀道：“像这样七天七夜持久剧烈的战斗，是在中夏路线领导下的二军团所绝对没有的”，“是执行国际路线在中央分局领导下的红三军大转变的成功”。

随后，夏曦发布战斗训令，命令红3军按正规战和阵地战的要求加以改造，“转变到大规模作战的各种准备……如城市战、堡垒战、大规模的平地战……准备到攻打大城市及可以与帝国主义直接作战的必要限度……马上使两个苏区（鄂豫皖、湘鄂西）打成一片是十二万分的必要……”

一个月后，红3军主力在襄南沔阳（今仙桃市）境内发起张家场之战，完全是重复瓦庙集的模式，向凭险固守的敌第44师第132旅和1个补充团发起猛烈冲锋。结果，激战八天八夜，虽然红军在混战中击伤敌旅长于兆龙，毙伤敌800余人，但红军一次次冲锋受挫，与敌打成僵局，自身伤亡高达1500余人，最后在敌援军合围之前被迫草草退出战场。

贺龙眼见红3军精华遭受重大损失，心痛不已。后来，他在回忆这段时期打的几场“硬仗”时，无比气愤地说：这是叫花子跟龙王比宝呀！

夏曦错误地认为战斗失利的原因在于内部反革命分子的破坏，在给中央的报告中竟称：“张家场之战，（红7师参谋长）赵奇（赵炎）不执行命令，放弃李家场，以致被我们围困（在）张家场一星期之敌突围而逃”，“这些反革命分子

贺龙石雕

在军事上阴谋是很多的”。

数次得不偿失、伤亡重大的消耗战，加上肃反扩大化，极大地挫伤了红 3 军的元气。湘鄂西苏区的斗争形势日趋严峻。

9. 新沟嘴战斗

1932年5月，蒋介石成立“豫鄂皖三省剿匪总司令部”，自兼总司令，调集50万部队向红军发动空前规模的第四次“围剿”。

6月，蒋介石在江西庐山召开豫、鄂、皖、湘、赣五省“清剿”军事会议，部署对各革命根据地进行第四次“围剿”。

蒋介石一心要“剿灭”红军，连续对革命根据地发动大规模“围剿”

会上，蒋介石仍千篇一律地大谈“攘外必先安内”之策：“现在，我们的国家正是内忧外患相逼之时，我们由内乱而招致外侮是必然的。反过来说，如果能正本清源，先将这个心腹之患彻底消除，那么外边的皮肤小病，一定不成问题。”

客观地讲，蒋介石能够在中国近现代政治舞台上叱咤风云，尤其是在20世纪二三十年代通过一系列的讨伐军阀的运动，使此前一盘散沙的中国得到了空前的统一，说明他绝非庸碌之辈。在接连经过三次大规模“围剿”中央苏区的惨痛失败后，蒋介石已能抓住问题的要害了，强调此次“围剿”作战“务必稳扎稳打，曾文正公所谓打仗不慌不忙，先求稳当，次求变化，就是这个道理”。

庐山会议后，蒋介石增调新的“围剿”力量，筹集经费，加紧修筑道路和碉堡，加强训练地主武装，派遣探子，并采取“七分政治，三分军事”的战略方针，进行欺骗宣传，同时加紧对中央苏区左右翼侧的赣东北、湘鄂西苏区的进攻。

其中，左路军总指挥徐源泉集中21个团向湖北省襄河以北地区发动进攻，同时令川军1个师、2个旅又2个团向襄河以南地区进攻，企图将红3军压迫至长江、襄河之间歼灭之，彻底摧毁湘鄂西苏区。

6月初，川军第21军的10个团奉命兵分四路，从后港、江陵、沙市（今荆州市沙市区）、监利等地出发，向湘鄂西苏区进犯。

其中，第一、第二路的川军第3师第9旅、教导师第3旅共5个团，由荆州经后港，杀向潜江；第三路范绍增的川军第4师3个多团经张金河，东窥湘鄂西苏维埃首府新沟嘴；第四路川军独立第1、第2团出监利县城，直取苏区腹地周老嘴。

此时，红军在襄南地区的部队只有湘鄂西省军委警卫团和几个县的游击队，以及红军军校的学生们。面对泰山压顶之势的敌人，他们节节抵抗，战斗异常艰苦。夏曦命令正在襄河以北地区的红3军主力“不惜一切代价回师救援中央分局和省委机关”。

湘鄂西革命中心——周老嘴

贺龙和关向应在抗日前线

接到命令后，红3军军长贺龙、政治委员关向应率主力连夜启程，赶赴襄南。以红7师经张家港渡河，前出下蚌湖地区，打击川军第3师第9旅、教导师第3旅；以红9师（欠第25团）于黑流渡渡河，进入东荆河以南地区，求歼范绍增的川军第4师；以红8师为后卫，稳步梯次南撤。另以红军学校学生队于陈陀子口阻击佟毅所率的川军独立第1、第2团。

红9师师长段德昌深知军情险恶，当即将3个骑兵连800余骑兵，以及全师所有能利用的马匹集中起来，作为前锋。他亲自率队，于8日清晨出发，一天一夜长途奔袭200余里，在9日清晨渡过东荆河，赶到了新沟嘴湘鄂西省军委驻地，与警卫团会合。

这时，远处的炮声隐约可闻。范绍增的川军第4师已经占领老新口，离新沟嘴仅30里之遥。

恶战在即，段德昌顾不上喝一口水，就率部在敌人进攻新沟嘴的必经地段，构筑工事。赤卫队和人民群众也被发动起来，帮助红9师抢修工事。

段德昌两眼布满血丝，同战士们一样忍着饥渴，指挥部队以东荆河河堤为依托构筑防御阵地。工事修好后，红9师的主力也赶到了。几天来，段德昌一直悬着的心才稍微放下来。

可令段德昌大惑不解的是，敌人突然停止进攻，在新沟嘴外扎营安寨。难道红9师的行踪被敌人发觉了？

川军第4师师长范绍增，绰号“范哈儿”。“哈儿”是四川当地方言“傻儿”

的谐音，形容人傻头傻脑。其实，范绍增可一点儿也不傻，打仗倒是蛮精明的。

段德昌

早在9日，川军第4师就已到了老新口，一个冲击即可杀进“赤匪”老穴周老嘴。但范绍增偏偏按兵不动，在老新口以逸待劳。原来，“范哈儿”有他的小算盘。他在等第四路佟毅的消息。如果佟毅率独立第1、第2团杀过陈陀子口，翟家湾、周老嘴的“赤匪”肯定要往北逃的，他的第4师正好拦截斩获，坐收渔翁之利。

万万没料到的是，佟毅的2个团被洪湖游击队和红军军校的学生们死死缠住，在湖河水网地带团团打转，行进缓慢。

一连三天，范绍增稳坐钓鱼台，就是赖在老新口不动，这可急坏了段德昌。从襄北地区南下时，因军情紧急，红9师轻装前行，所带给养很少，眼看再拖下去，部队就要断粮了。

与其坐等敌人送上门来，不如主动找上门去，引蛇出洞。段德昌组织了一个小分队，前往老新口，执行诱敌任务。

12日夜，红9师小分队悄悄摸到老新口，乒乒乓乓地打了一通，终于把范

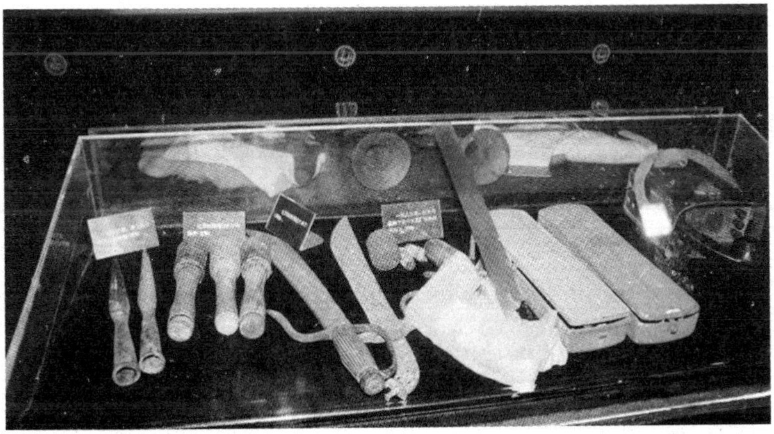
湘鄂西根据地军民用过的武器

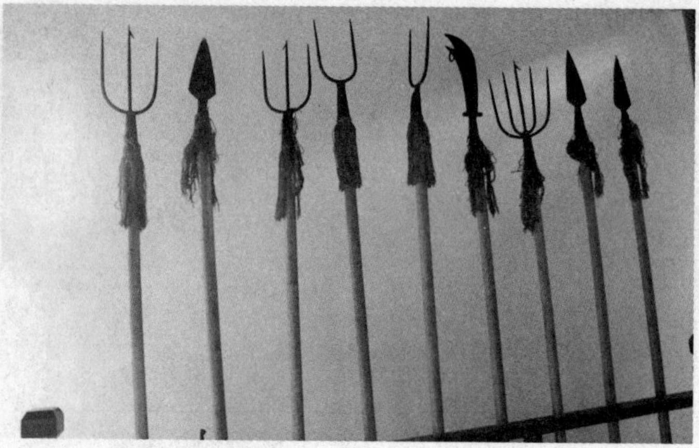

红军使用的大刀、梭镖等武器

绍增给引出了窝。

13 日，红 9 师小分队且战且退，时不时还停下来一本正经地“阻击”一下。待川军第 4 师大举扑来时，又“落荒而走”。

“赤匪”已经溃不成军了。范绍增得出了明确判断，命令部队全线出击，一举拿下周老嘴。

当川军第 4 师进至新沟嘴，完全进入红 9 师的设伏阵地后，段德昌一声令下，各种火器同时开火，打得敌人措手不及，顿时乱了阵脚。与此同时，隐蔽在新沟嘴以东的红军 3 个骑兵连，利用河堤掩护，迂回到川军第 4 师侧后，突然发起攻击。

直到这时，范绍增如梦方醒，上了“赤匪”的当，慌忙命令部队后撤。然而，为时已晚。随着嘹亮的军号声，红 9 师将士们跃出工事，挥动大刀、梭镖向敌军发起冲锋。

川军第 4 师腹背受击，溃不成军，四处窜逃。红 9 师追至熊口一带，歼其大部。其余三路川军闻听“范哈儿”的第 4 师遭红军重创，个个心生惧怕，不战而退。

此战，红 3 军歼川军第 4 师 1 个多旅，俘 3000 余人，缴获各种枪 2500 余支（挺）。与此同时，红 7 师于浩子口、下蚌湖一线堵截撤退之敌，再歼川军第 3 师第 9 旅一部。

10. 洪湖苏区第四次反“围剿”

1932年5月，蒋介石亲任豫鄂皖三省“剿匪”总司令，调集约50万兵力，组成左、中、右三路军，准备对鄂豫皖苏区和湘鄂西苏区发动第四次“围剿”。

6月，国民党左路军10余万人，由武汉行营主任何成浚兼任司令官，第10军军长徐源泉任副司令官兼总指挥，采取“步步为营，稳打稳进”的作战方针，对湘鄂西苏区进行分区分期的“围剿”。

7月初，左路军实施以围歼襄河以北地区红军为目的的“第一期进剿计划”，以第13师6个团、第44师6个团、第48师5个团、第41师1个团和独

鄂豫皖苏区领导人在召开反“围剿”作战会议（画）

立第37旅3个团共21个团编为4个纵队，另以6个团为总预备队，向襄河以北地区进攻；以川军第21军10个团编为2个纵队，向襄河以南地区进攻；以第51、第41、第34、第33、第82师和新编第3旅、独立第38旅各一部以及第21军的其余部队，担任游击、堵截、佯攻、牵制任务。

在国民党军发动第四次大规模“围剿”前夕，中共中央通过了《中央关于帝国主义国民党四次“围剿”与我们的任务的决议》，要求“必须向敌人采取积极进攻的策略，消灭敌人在一方面的主力，以根本击破敌人的‘围剿’计划。各苏区的红军必须更有计划地互相呼应，互相配合，坚决执行中央最近军事计划，以造成占领南昌包围武汉的形势”，并提出了“一寸苏区的土地不被国民党军队蹂躏”的口号。

以夏曦为书记的中共湘鄂西中央分局，根据中共临时中央指示，提出“在军事上只准打仗，不准休整；只准打大仗，打硬仗，不要游击战争；只准打宜昌、沙市、岳州、武汉，不准打小据点”的错误方针，命令红3军在襄河以北的京山、应城、皂市间实施不停顿地进攻。

位于周老嘴的中共湘鄂西中央分局旧址

同时，夏曦还以极大精力全面开展大规模的错误的“肃反”运动，在红军和根据地所有的党政机关、群众团体中，诬杀了大批有经验的、忠贞的领导干部，致使红军和根据地陷入了外有强敌压境、内部自我摧残的危险局面。

这年1月，在夏曦主持下召开的中共湘鄂西党的第四次代表大会通过了《政治任务决议案》，将肃反的任务明确提到日程上来。决议案认为：“湘鄂西苏区的改组派活动非常厉害，这是反革命来消灭苏维埃红军的主要阴谋，还须动员广大的群众来肃清这些反革命。”

不久，夏曦以湘鄂西军委会主席的名义发表了《关于改造红三军的训令》，指出：“中央苏区的富田事变和红四军肃反的教训，很严重地教训了我们。各种反革命的派别，如改组派、AB团、第三党、取消派、托洛茨基派、罗章龙派，他们总想打入红军和破坏红军……因此，就不能说红三军中没有反革命的活动，我们大家必须估计到反革命分子在部队中的捣乱。”

湘鄂西省干部培训班旧址

4月，中共湘鄂西中央分局做出《关于党在湘鄂西苏区同反革命团体斗争的决议》。为领导肃反工作，专门成立了以夏曦为首，由省委书记杨光华和省委常委、组织部长杨成林参加的肃反委员会，以及不受党委领导监督、有独立工作系统的政治保卫局。只要夏曦或某几个“肃反”人员一句话、一张条子，就可实施逮捕或处决，甚至是捕杀高级干部。

5月，红3军在襄北作战中俘虏了国民党军营长张锡侯。经审讯，张锡侯供认自己是“统一国民党”的成员，曾与天汉县军事部副部长杨国茂勾结，密谋进行暴动。

夏曦等人如获至宝，对杨国茂严刑逼供。杨被迫供认苏维埃政府和红3军的一些人与他们是同伙，准备发动武装暴乱等等。政治保卫局便按杨的供词捕人，对被捕者严刑拷打、刑讯逼供，然后以供词作为判罪和再去捉人的根据，从不做任何甄别工作。于是层层株连，到处捉人，涉及苏区党、政、军各级干部，甚至红军战士和普通群众，也成了肃反的对象。

不久，红8师特务队队长朱寿谦因违反群众纪律被抓捕。经审问，朱寿谦承认自己是“改组派”，红8师参谋长胡慎已、政治部主任戴君实，红24团政委谯继汉、参谋长邓希禹、第1营营长谢锡章，红7师第20团团长刘庶植，红9师参谋黄正金、第27团参谋长李孝侯等人是“改组派军事委员会”成员。

于是，政治保卫局按照夏曦的指令，逮捕了有关人员，而后又根据从这些

湘鄂西省司法部监狱旧址

人中逼出的口供，以“改组派”“第三党”“托陈取消派”“新共产党”等各种名目在苏区内大抓“反革命分子”。如此步步株连，涉及的范围越来越广，人数也越来越多，几乎遍及湘鄂西各个根据地。地方党政机关、群众团体几乎全部瘫痪。在红 3 军中，甚至当进行战斗时，也要奉命展开“火线肃反”。大规模地逮捕、逼供、诱供、指供后，便是大批的杀害。

仅据 1932 年 7 月 8 日，夏曦在给中共中央的报告记载：被打击的省委委员、省苏维埃执行委员、部长以上的干部 23 人，工作人员四五十人，党校学生半数以上是“反革命分子”；宜昌、湘鄂边特委，江陵、沔阳（今仙桃市）、川阳三县的党组织，均为“改组派”所包办；江南县委除一名书记外，其余均是“改组派”分子；只有监利县委比较“纯粹”。

当时，不少人提出质疑：为什么许多出生入死创建红军、创建苏维埃的人一夜之间就成了反革命呢？

夏曦竟然回答：“他们建立根据地就是为了消灭根据地，建立红军就是为了消灭红军！”

湘鄂西苏区肃反运动一直持续到 1934 年上半年，杀害了大批根据地和红军领导人。据不完全统计，共逮捕 3000 多人，党和苏维埃干部中十分之九被打成“改组派”，红军中十分之九的连以上军事政治干部被当作“反革命”而拘捕。

后来，贺龙回忆肃反时的情况说：“洪湖的县区干部在‘肃反’中是杀完了。红三军中，有的连队前后被杀了十多个连长。夏曦在洪湖杀了几个月，只在这次‘肃反’中，就杀了一万多人。”

面对敌人的第四次“围剿”，贺龙率领红 3 军尽最大努力顽强作战。他依照

湘鄂西苏区革命烈士纪念馆

实际情况将红 3 军一部撤至襄河以南地区，主力转至敌侧；以牵制敌军，寻机歼敌。同时，发动游击队、赤卫队、少先队侦察、牵制、扰乱、迷惑敌军，动员广大群众坚壁清野。这些措施给敌军造成了很多困难。

时任国民党军第 12 师师长的万耀煌曾叫苦说：

军队经过时，几至人烟绝迹，间留少数妇弱，凡有询问皆百无所知。军队过去，赤卫队复出而滋扰，逃难良民（指外逃地主豪绅等）纵欲回乡组织铲共团体又恐军队他调无所保障，亦多畏缩不前。

7 月中旬，国民党左路军开始“进剿”，第 4 纵队由岳口向张截港、泗港等渡口推进，企图控制渡口，阻止红 3 军南渡襄河；集中第 1、第 2、第 3 纵队分别由景家墩、皂市、白马庙向京山地区合击红 3 军。

为调动国民党军，贺龙、关向应先是率红 3 军主力向西转移，继而掉头向东，兵分三路以牵动之。

月底，贺龙、关向应鉴于襄河以北地区国民党军过于密集，很难寻得在运动中歼灭之机，遂决定转至襄河以南地区

湘鄂西根据地的红军标语

打击川军，主力由马良附近渡过襄河，进至荆门东南地区。

之后，红3军在曾家集、范家集等地与川军一部进行激战。由于川军援兵很快赶到，红3军为避免遭受不必要的损失，遂主动撤出战斗，于8月3日又转至潜江县熊口、莲花寺一带休整，寻找战机。至此，国民党左路军控制了襄河以北地区。

8月中旬，国民党左路军调整部署，推行“第二期进剿计划”，企图摧毁洪湖苏区中心区。其第3、第4纵队编为左翼军，徐源泉亲任指挥，由岳口进攻洪湖苏区中心区；第13、第44师留襄河以北地区担任“清乡”；川军第21军2个纵队为右翼军，位于东荆河西岸担任堵截任务；海军一部封锁长江，以防红3军南渡。

这时，夏曦的战略指导思想来了一个一百八十度大转弯，由冒险主义转为消极防御，命令红军在苏区内构筑碉堡，准备固守。对怀疑固守抵抗失利的指挥员，夏曦视为“改组派”，进行无情斗争。

红9师师长段德昌反对这种消极打法，但又不得不按照命令去修碉堡。他边修边笑，自我解嘲。夏曦听说后，勃然大怒，立即给了段德昌一个处分。

为了取得粮食和其他物资，以便在根据地中心区作战，夏曦不顾贺龙的一再反对，强令红3军第7、第8师向敌人重兵据守的沙市、草市进攻。

结果是不难预测的。13日，红8师袭击草市，毙伤守敌500余人；红7师进攻沙市失利，撤回龙湾、熊口地区。两仗下来，红军非但未夺取粮食，反而遭受很大的自身伤亡，加剧了局势的严重性。

夏曦旧居

草市战斗遗址

20日，国民党军控制了白庙以西东荆河北岸地区，直接威胁湘鄂西苏区机关所在地瞿家湾。

面对敌军重兵步步逼近，洪湖根据地日益缩小、粮食奇缺的万分危急形势，贺龙、关向应等向夏曦建议，敌军主力已进入襄南，红军应该集中主力转到外线机动作战，在运动中相机歼灭敌军以打破“围剿”。

贺龙认为，“只要我军主力转往外线实施机动作战，就可能迫使进攻苏区的敌人后撤”，因为“我军逼近应城，威胁武汉，敌人一定会撤。这样不仅可以开展襄北的斗争，也可以巩固老区。襄北还有贺炳炎、宋盘铭的独立团嘛。”

但是，夏曦根本听不进贺龙的建议，固执地认为防守与钳制敌人应该兼顾，

湘鄂西苏区中心——瞿家湾

决定将主力红军分为两路：一路由他指挥红 7 师、警卫师主力及洪湖中心区各县地方武装，在苏区构筑碉堡，分兵把口，固守东荆河南岸地区；一路由贺龙、关向应率领红 8、红 9 师和警卫师 1 个团，转入敌后，先打击国民党军右翼军，而后打击襄河以北国民党军。对此，贺龙曾回忆说：

当时我就估计一定要失败。为什么？第一，分兵不对头，指挥不统一。实际上大部兵力留在根据地内部，除七师、警卫师一部分，军委警卫营外，留苏区的还有各县警卫团、警卫营，都是很能打仗的队伍。可是，夏曦搞寸土必争，做碉堡，使部队分散挨打。第二，大搞“肃反”，人人诚惶诚恐。第三，真正的反革命——地富分子又进入根据地了。这些人有船，就坐船以群众面目渗进来了。因为有这种估计，所以我在转往外线时就告诉谷志标把地图带上，可惜地图后来丢了。

8 月 22 日，贺龙率红 8、红 9 师等部从浩子口转到川军第 21 军侧后的荆门地区，并同尾追的 8 个团周旋 10 余天，苦苦寻找歼敌良机。期间虽有小胜，却未能给敌以歼灭性打击，被迫于 9 月中旬进至襄北京山地区。国民党军即以 4 个多旅和当地守军进行追击和堵截。

由于离开了根据地，红 3 军主力在伤员安置、物资供应、兵员补充等方面都

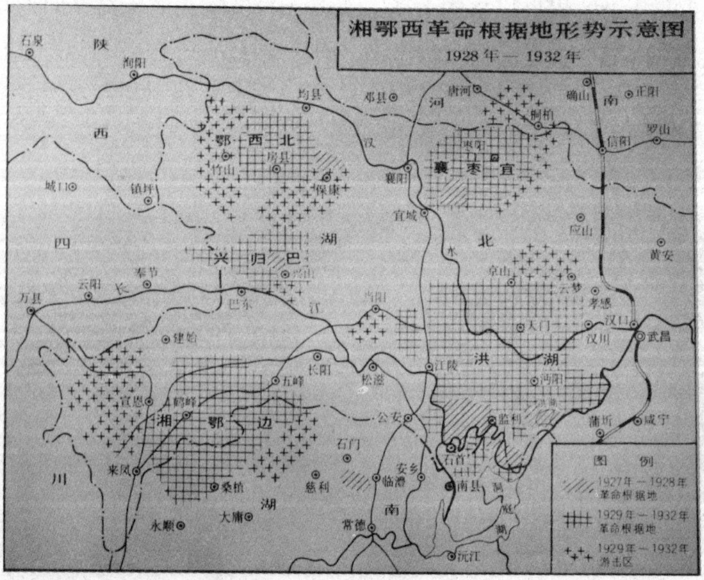

湘鄂西革命根据地形势示意图

面临着严重的困难，战斗力进一步削弱。

在一次行军中，与敌第51师遭遇。红3军仓促应战，形势十分危险。贺龙亲自指挥少数部队顶住了敌人的猛烈进攻，使全军安全撤退，没有遭受到多大损失。脱离险境后，军分会参谋长唐赤英对贺龙说："我过去看错了你。今天如果不是你，我们的部队就完了。"

在无法大量歼敌的情况下，贺龙指挥红3军主力在应城、安陆、随县（今随州）、枣阳之间，采取集中与分散相结合、积极机动的游击战术，时分时聚，避开强敌，不断打击小股敌人，使敌军的多次围攻未能得逞，保存了红3军的基干力量。但也未能牵动已进入洪湖中心区的敌军。

而留守根据地的红军在夏曦指挥下却遭到了毁灭性的损失。

8月24日，国民党左翼军占领东荆河南岸要点峰口和府场，红7师仓促反击受挫。

31日，左翼军向新沟嘴、杨林关实施围攻，红7师和警卫师依托阵地防御，遭受很大损失，被迫撤至柳关，警卫师折损大半，余部并入红7师。

从9月3日起，左翼军分路进攻，先后攻占小沙口、瞿家湾、柳关等地，洪湖沿岸地区被国民党军占领。夏曦无法在苏区立足，遂率湘鄂西中央分局、红7师及独立师一部先后向江陵地区转移。

由于夏曦没有撤离洪湖的准备，没有适时对根据地的机关团体、工厂、医院

湘鄂西红军用过的土枪

湘鄂西省苏维埃政府旧址

作应变安排，以致这些单位被进入根据地的敌人损毁殆尽。

雪上加霜的是，夏曦率部突围过程中又丢掉了电台，从此失去了与中共中央的电讯联系，给部队行军作战带来了很大困难。

10月，贺龙率红3军主力与夏曦所率部队会合。直到这时，贺龙他们才知道洪湖根据地已经丧失。红3军与洪湖苏区血肉相连，军民同生死、共患难，浴血奋战，坚持斗争长达5年之久。听到这个不幸的消息，大家满怀悲愤，摩拳擦掌，恨不得马上打回去。但夏曦早已丧失在洪湖苏区坚持斗争的信心，横竖就是不同意，率红3军在大洪山一带往返游荡。

下旬，夏曦得知红四方面军主力已撤离鄂豫皖苏区，从大洪山西进的情况，立即在随县枣阳王店召开湘鄂西分局扩大会议，研究部队行动方向。

会上发生了激烈的争论。个别人主张去寻找红四方面军，多数人主张恢复洪湖苏区，并重新组成湘鄂边特委，带一部分部队去恢复湘鄂边苏区。整整争论了一天。直到晚上，夏曦以红四方面军可以离开鄂豫皖苏区，我们也可以离开洪湖苏区为理由，最终决定：全军转往湘鄂边。

关于行军路线，夏曦主张抄近路，由襄、樊以南西渡汉水，直插湘鄂边。贺龙、关向应、段德昌坚决反对，认为敌人已在襄河两岸设下重兵，红3军的战斗力大大减弱，强渡纯属冒险，毫无成功的把握。贺龙提出，应寻找敌人防守薄弱的地区，首先绕道进入豫西，然后取道陕南，再向湘鄂边开进。最后，贺龙的意见被会议接受。

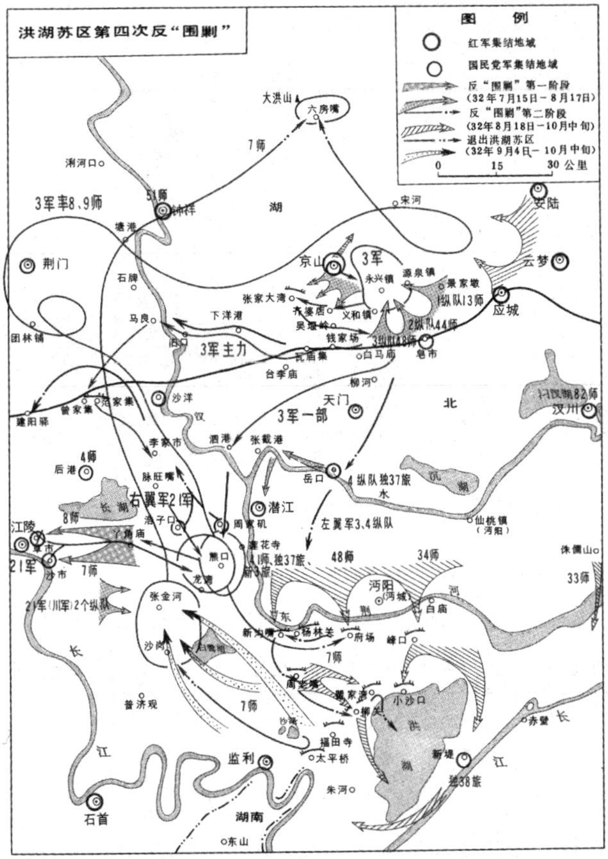

洪湖苏区第四次反"围剿"示意图

自国民党军发动第四次"围剿"以来，红3军夜以继日地行军作战，减员甚多，弹药消耗极大，部队疲惫至极，加上不断进行肃反，错杀了大批干部，弄得人人自危。军政指挥人员齐全的营团几乎没有，组织编制也不健全，连不成连，排不成排。以这样军心不定的疲惫之师，在反动统治严密的敌占区和敌军重兵的堵截追击下长途远征，任务之艰险是可以想见的。

11月初，贺龙率红3军从湖北随县以北越过桐柏山，进入河南境内。

由于国民党正规军不停地追拦截堵，当地反动武装不断袭扰，红3军困难重重，各部队只得交替掩护，边打边走。在与敌人激战中又不断遭受损失，减员甚多。所到之处，村寨紧闭寨门，拒纳红军。时值冬季，红3军官兵缺衣少被，给养匮乏，白天得不到休息，夜间宿于野外，难以入眠。

9日，红3军遭国民党第十五路军马鸿逵部第35师第103旅和泌阳、方城、

湖南张家界贺龙公园内的贺龙元帅雕像

南阳等县反动武装连续袭击，且战且走，夺路疾行。

次日，红 3 军在苗店、郝砦等地与追敌血战，遭受重大损失，红 8 师师长覃甦牺牲。最终将追敌击退，随后强行军百余里，由南阳以北石桥镇徒涉白河，经南河店进入伏牛山区。

由于红 3 军没有这个地方的军事地图，只有一张从教科书上撕下来的小地图，上面只画着几个大地名。山里人户稀散，道路崎岖，有时找不到向导，总是在林子里绕圈子。虽每日以百里速度行军，仍摆脱不掉追敌。有时晚上刚宿营，发现了敌情，又要行军赶路。山里粮食缺乏，包括贺龙在内的广大指战员生活极其艰苦，常常几天吃不上饭，有时只能以柿子和高粱秆子充饥，甚至以野菜、树皮充饥。有的战士吃了有毒的野菜腹疼拉肚子，有的饿死、病死在山里。

到了西峡口附近，贺龙把襄北独立团团长贺炳炎叫来。

别看贺炳炎年纪不大，当时还不满 20 岁，却是一位久经沙场的老将。1929 年，16 岁的贺炳炎参加红军，作战十分勇猛，枪一响就往前冲，先后任红 4 军中队长、骑兵连连长兼政治指导员、湘鄂西红军学校区队长、红 3 军手枪大队大队长、襄北独立团团长。

贺龙十分钟爱这位打起仗来不要命的猛将，曾对人说："是不是好干部，你要在最艰苦、最危险的时候去看他。好的，一定坚决，一定不悲观动摇。贺炳炎这个家伙就越打越硬，尽管环境极端困难，他也拿得出劲来！"

"非设法打个胜仗不可，你带一个团埋伏在觉村附近的山口子上，打敌人的伏击。”贺龙给贺炳炎下达命令。

“保证完成任务！”贺炳炎受命而去。

几个小时后，追敌第十五路军马英才旅1个团大摇大摆地进抵觉村。刚刚走进山口，突然四周枪声大作。贺炳炎指挥襄北独立团向敌人发起猛烈攻击。毫无戒备的敌人被打得措手不及，也搞不清红军到底有多少人，便丢下数十具尸体仓皇而逃。

其他各路追军都害怕中了红军的埋伏，不约而同地小心谨慎起来，或放慢了追击的速度，或干脆停止不前。

红3军终于摆脱追敌的困扰，顺利通过紫荆关进入陕南，直逼武关。

侦察员报告，国民党军在关内驻有1个旅，关外布置了2个旅配合。四周碉堡林立，岗哨森严，易守难攻。不久前，红四方面军从鄂豫皖突围去四川时，经过离此不远的漫山关，打了一仗，损失不小。

贺龙对参谋长唐赤英和红9师参谋长王炳南说：“我看要打武关。这是一个考验，一定要打胜。不打胜仗，我们没法走。”

贺龙亲自进行了战斗动员。红军一鼓作气攻下武关，歼守敌第64师刘镇华部1个营，缴获了一批枪支弹药和粮食、军衣等物资，暂时扭转了不利局面。

红3军从俘虏口中得知，红四方面军正向西安前进，国民党军麇集关中平原，竹林关、漫川关一带兵力空虚。红3军遂从武关附近折而向南，穿过竹林关，经照

1955年被授予上将军衔的贺炳炎

红军时期的贺炳炎

川街、漫川关，在洵阳、安康之间渡过汉水，经神河街、牛头店翻越大巴山进入四川，沿川鄂边境南下。至11月中旬，红3军进入巫山境内，逼近长江天险。

为了保证部队安全过江，贺龙派出一些便衣侦察员寻找当地党组织，终于找到了坚持当地武装斗争的巴东游击队。他们得知红3军的到来，异常高兴，将长江沿岸敌军兵力部署情况向贺龙作了详细介绍。

在巴东游击队的配合下，红3军飞兵奇袭巫山大昌镇，将疏于防备的川军1个营和保安团一部全部歼灭。随后，红3军以2个团为先锋，从大昌镇出发抄山路急行军，以迅猛的动作逼近长江北岸，在夜色的掩护下，顺利渡过长江。

先头部队渡江后，一鼓作气占领巴东县城南面的制高点。次日拂晓，红3军攻占巴东，后续部队全部过江。

12月下旬，贺龙率部离开巴东，经野山关进入鹤峰县邬阳关。这支跨越了7000里的铁流，历时两月，在没有根据地、游击区为依托的情况下，粉碎了敌军重兵的围追堵截，克服了难以想象的艰难困苦，以坚忍不拔的毅力终于到达湘鄂边区。部队减员三分之一以上，由出发时的1.5万余人只剩下了9000人，弹药消耗殆尽，每支步枪平均不到3发子弹。

在这次长途转战的过程中，夏曦继续进行第二次错误的肃反。湘鄂西省军委委员、军委参谋长唐赤英，红7师师长王一鸣等领导惨遭诬陷杀害，加上伤亡病故的干部，全军原来富有经验的军政干部所剩无几，党政工作几乎陷于停顿状态。

与此同时，湘鄂西中央分局领导下的湘鄂边、巴兴归、襄枣宜等苏区，在国民党军优势兵力进攻下也先后丧失，余部转至鄂北大洪山地区，坚持斗争。

至此，洪湖苏区完全丧失，第四次反“围剿”斗争失败。

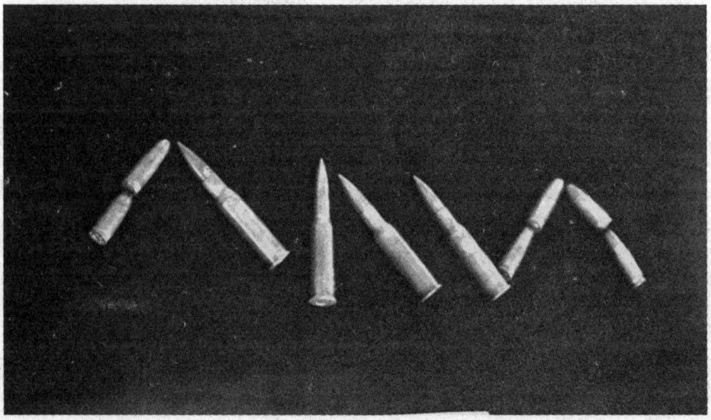

红军作战使用的子弹

11. 湘赣苏区反“围剿”

湘赣苏区是在井冈山革命根据地的基础上发展建立起来的，位于赣江以西，是中央苏区的战略翼侧。它东与中央苏区隔赣江相邻，北与湘鄂赣苏区隔袁水、修水相望，向北发展就通向湘鄂赣苏区，造成威胁武汉、南昌、长沙的大局面。

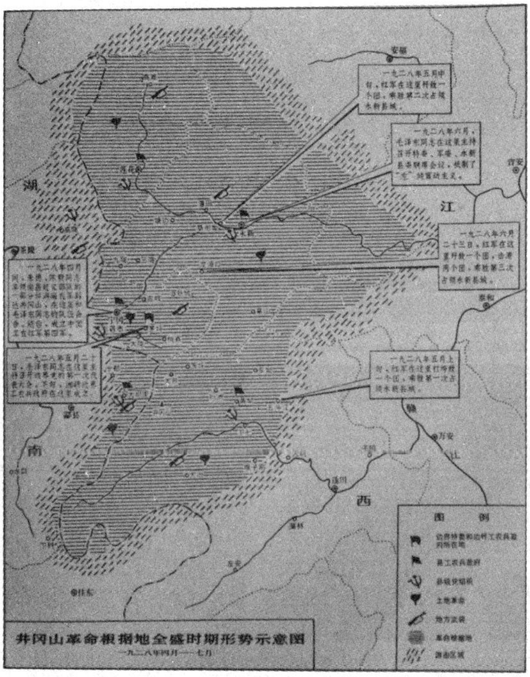

井冈山革命根据地全盛时期形势示意图

因此在中央苏区战略全局中所处地位十分重要。

早在第一次国内革命战争时期，湘赣边界地区的攸县、茶陵、酃县（今炎陵）、遂川、永新、莲花、宁冈等县就有了中国共产党的组织，农民运动蓬勃发展。1927 年 10 月，毛泽东率领湘赣边界秋收起义部队进至井冈山地区，开始了创建革命根据地的斗争。

半年后，朱德、陈毅领导的南昌起义军余部及湘南起义农军历经劫难到达井冈山，与毛泽东胜利会师，组建中国工农革命军第 4 军，不久改称中国工农红军第 4 军。在连续打破国民党军的多次“进剿”“会剿”后，以宁冈为大本营的井冈山“工农武装割据”显示出勃勃生机。

当 1929 年即将来临的时候，井冈山革命根据地面临着前所未有的困难。湘赣两省国民党军调集 6 个旅约 3 万兵力，准备分五路大举进犯井冈山，第三次“会剿”已箭在弦上。而此时，红 4 军连同刚上井冈山的彭德怀所率红 5 军，全部兵力 6000 余人，只是敌人的五分之一，且装备低劣、弹药不足。尤为严峻的是，红军的后勤补给日渐告罄，早有断粮之虞。

1929 年 1 月 4 日的柏路会议上，红 4 军前委决定采取“攻势的防御”，由彭德怀率少数兵力坚守井冈山；毛泽东、朱德率主力 3600 余人出击赣南敌后，以“围魏救赵”之策，力求打破敌人的“会剿”。

14 日，红 4 军主力离开井冈山，由遂川县的大汾、左安间突破敌人防线，转到外线，向崇义、大庚（今大余）进击。留在当地的部分红军和各县赤卫队，

柏路会议旧址

在中共湘赣边特委领导下，同转至湘赣地区的红 4 军第 5 纵队一起，经过艰苦斗争，巩固和扩大了根据地，根据地中心由井冈山转到永新。

1930 年 2 月，中共湘赣边特委和赣西、赣南特委合并组成赣西南特委，原湘赣边苏区各县分属湘东特委和赣西南特委西路行委领导。

1931 年 7 月，中共湘东南特委、湘南特委和赣西南特委的西路、南路、北路三个分委所辖的赣江以西地区合并为湘赣省。8 月 1 日，中共湘赣临时省委和省苏维埃临时政府成立，王首道任临时省委书记，袁德生任省苏维埃临时政府主席。

10 月 8 日至 15 日，中共湘赣省第一次代表大会在莲花县花塘村召开，正式成立湘赣省委，王首道任书记。

此后，省委和省苏维埃政府领导红军和游击队发动群众，深入进行土地革命，开展游击战争，扩大红军，并组建了红军独立第 1、第 3 师等地方武装，建立了永新、宁冈、莲花、上犹、崇义等十几个县苏维埃政府。

其中，独立第 1 师已发展到近 3000 人，枪 2000 余支；独立第 3 师 800 多人，枪 600 余支；各县都建有独立团或独立营、警卫营（连），有的县还另建有游击队，全部地方武装共计 5000 余人，枪 1500 多支。

在中央苏区红军第一、第二、第三次反“围剿”期间，湘赣苏区红军以积极

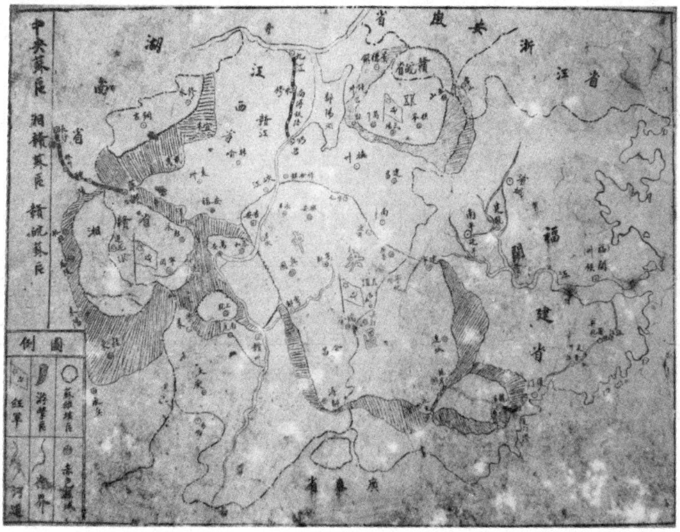

中国工农红军独立第 1 师在湖南茶陵县颜塘绘制在墙壁上的“中央苏区、湘赣苏区、赣皖苏区图”

农民赤卫军

的作战行动打击过境的国民党军，配合了中央苏区的反“围剿”作战。

1931 年 11 月初，国民党军集中 10 个师及地主武装约 8 万人“围剿”湘赣苏区。首先以主力进占苏区内的城镇和交通线，构筑碉堡，进行割裂封锁，然后分区“清剿”，企图解除进攻中央苏区的翼侧威胁。具体部署是：

以第 11、第 14、第 43、第 53、第 77 师配置在赣江沿线，第 18、第 59 师配置在袁水沿岸地区，第 62、第 63 师配置在攸县、茶陵地区，第 28 师和第 12 师第 34 旅配置在遂川、万安和赣县地区。

此时，湘赣红军独立第 1 师正在赣南活动，帮助上（犹）崇（义）苏区发展工作，留在永新、莲花一带的只有一些地方武装，力量十分薄弱。

中共湘赣省委在令独立第 1 师迅速返回的同时，决定组成以林瑞笙为书记的临时前敌委员会，统一指挥反“围剿”作战；将独立第 7 团和由湘南游击队改编的红色警卫团组建为湘赣红军独立第 3 师，冯建元任师长、甘泗淇任政治委员，下辖 2 个团、1 个直属连，共 800 余人，在地方武装配合下，以广泛的游击战袭击疲惫国民党军。

11 月中旬，国民党军全面展开对湘赣苏区的“围剿”。第 77、第 14、第 28 师分别由吉安、吉水、泰和、万安等地出动，进占莲花、永新、永阳等城镇，另 2 个师由攸县、茶陵向苏区推进。

中共湘赣省委判断敌人“主要的策略是首先集中力量占据县城及交通要道和

苏区军民写的反“围剿”标语

重要村庄，建筑坚固工事以图死守阵地，经常派出部队到各处骚扰，实行稳打稳扎、逐渐推进的策略；同时实行捕捉革命群众，抢劫谷米粮食，奸淫妇女，大烧大杀的白色恐怖政策；另一方面，欺骗压迫群众组织守望队、义勇队，利用AB团及豪绅地主家属富农等弄消息，带路搜山捉人”，以实现其彻底摧毁苏区的罪恶企图。据此，决定“我们应敌的根本策略是，坚决执行动员群众的进攻路线，加紧宣传鼓动工作，揭破敌人的欺骗阴谋，坚决组织群众，动员群众实行四面八方的骚扰敌人，围困敌人，保障乡村政权，巩固作战的后方，灵活运用游击战争，实行各个击破敌人”。

临时前委根据省委指示，鉴于敌人初入苏区，行动弱点尚未暴露，红军主力独立第1师又远在南路地区，决定指挥苏区军民广泛实行坚壁清野，各县地方武装立即深入敌军驻地，灵活地开展游击战，积极地袭扰疲惫敌人，待红军主力集中后再寻找有利战机歼敌，粉碎敌人的“围剿”。

按此方针，临时前委率独立第3师进至莲花附近，袭扰围困第77师，河西教导队掩护省级机关转移到永新县澧田后，在县城附近开展游击活动。

12月初，独立第3师在苏区地方武装配合下，在永新澧田以东富家垄地区设伏，全歼进犯的国民党军第14师周至柔部1个营及永新县保安队。战后，独立第1师赶回永新文竹，与独立第3师会合。临时前委决定：采取集中兵力各个击破的方针，首先打击驻莲花的第77师，然后再回师永新对付第14师。

11日，独立第1、第3师先在莲花九都与国民党军第77师第231旅1个团激战。后又在浯塘击溃该师1个营。

14日，参加“围剿”中央苏区的国民党军第二十六路军1.7万余人在参谋长

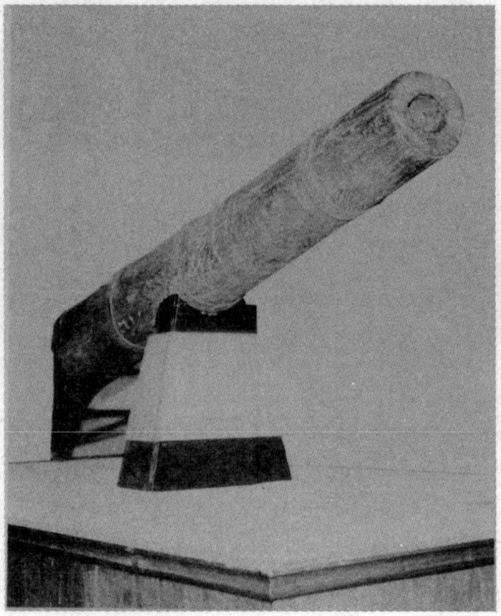

游击队的木制大炮

赵博生、第73旅旅长董振堂、第74旅旅长季振同等人的率领下，发动了宁都起义。

第二十六路军前身是冯玉祥的西北第1集团军。早在大革命期间，中国共产党创始人之一的李大钊就曾应冯玉祥之邀，派遣一批共产党员进入该军开展革命工作。

1926年，冯玉祥任命共产党员刘伯坚为国民联军（即西北军）总司令部政治部副部长。陈延年、宣侠父、刘志丹、邓小平等一大批著名的共产党人也曾先后在这支部队里工作，宣传革命思想。

1930年10月，冯玉祥联合阎锡山反对蒋介石的中原大战失败，其第五路军3万余人被蒋介石收编为国民革命军第二十六路军。

3个月后，蒋介石发动对了中央苏区的第二次“围剿”。一心想剪除异己的蒋介石再次使出“借刀杀人”之计，将第二十六路军从山东调入江西反共前线，

中原大战前，冯玉祥的部队在潼关红场整装待发

充当“剿共”急先锋。结果在1931年5月的永丰中村战斗中，该部第27师的1个旅遭红军重创，几乎全军覆没。这对第二十六路军的官兵震动很大。

第三次“围剿”中，蒋介石将第二十六路军编入第二军团，由右翼集团军总司令陈铭枢指挥，进驻宁都一带。“围剿”失败后，其他各路军都相继撤出了中央苏区，唯独第二十六路军仍被蒋介石留在已处于中央苏区包围中的宁都县城驻守。对此，第二十六路军怨声载道，军心动摇，同时也更加认清了蒋介石欲借红军之手剪除异己的丑恶嘴脸。

“九一八”事变后，面对日军大举入侵，蒋介石倒行逆施，执行卖国不抵抗政策，把大好河山拱手送给了日本侵略者，激起了全国人民的极大愤慨。第二十六路军的广大官兵要求停止“剿共”，北上抗日，但遭到了蒋介石的断然拒绝。

残酷的现实教育了第二十六路军全体官兵。中国共产党抓住时机，因势利导，在第二十六路军中积极开展兵运工作，先后发展了参谋长赵博生等20多名党员，并争取了该部第73旅旅长董振堂、第74旅旅长季振同及团长黄中岳等上层军官转向革命。

宁都起义后，驻守永新的第14师准备向吉安撤退。临时前委获悉后，即率独立第1、第3师兼程东进，于1932年1月2日赶至永新以北的钱市街，准备在西面的猪婆岭高地设伏。

3日，第14师由永新经钱市街撤退。红军原本计划打敌后尾，但由于埋伏

毛泽东与参加宁都起义的部分同志1937年在延安合影

在固塘的游击队纪律不严，过早开枪射击，暴露了目标，致使第14师得以及早展开主力，占领钱市街两侧有利地形，布置火力反击。

独立第1、第3师立即发起冲锋，虽予敌以很大杀伤，但自身伤亡过大，不得不退出战斗，日夜兼程西进，直逼莲花城下，寻机打击第77师。钱市街战斗中，独立第1师政治委员谭思聪、独立第3师第1团政治委员刘锋等牺牲。

10日，独立第3师在莲花清水、黄陂歼灭第77师2个连；次日，独立第1师在莲花九都击溃第77师第231旅，歼其一部；27日，独立第3师在莲花上、下海潭重创第77师1个营。

在苏区军民昼夜袭扰下，第77师被迫龟缩在莲花城内，后方交通完全断绝，给养困难，惶恐不安。湘军危宿钟部奉命增援莲花，在莲花、萍乡地主武装配合下，进至萍乡新店里。

31日，独立第1师乘援敌立足未稳之机，会同萍乡警卫营、赤少队向新店里发起攻击。经2小时激战，全歼该敌，俘虏140余人，缴枪500余支。

2月上旬，湘赣军区在永新县城宣告成立。张启龙任总指挥，甘泗淇任政治委员，李天柱任副总指挥，杨茂任参谋长，于兆龙任政治部主任。同时组织了4个分区指挥部，分别指挥各县地方武装。

中旬，根据中央军委命令，独立第1、第3师在永新里田合编组成红军第8军。当时没有设立军的领导机关，以独立第1师师部兼军部。独立第1师师长李

在反“围剿”战争中，苏区军民迷惑敌人使用的鞭炮、铁筒

天柱兼代军长，独立第1师政治委员王震兼代政治委员，谭家述兼代参谋长，袁任远兼代政治部主任。全军下辖2个师，约4000人，枪2800余支，以积极的作战行动，配合中央红军的进攻作战。

3月2日，被湘赣军民围困1个多月的国民党军第77师已无法在莲花立足，遂弃城突围，逃往萍乡。至此，苏区失地全部收复，包括永新、莲花、宁冈三县全部，茶陵、攸县、遂川、吉安、萍乡、上犹、崇义县各一部，总面积近1万平方公里。

5月，中共湘赣省委和湘赣军区决定以茶陵县地方武装为主，从军区直属队和独立第1师各抽调一部，连同湘南地区的地方武装，合编组建新的独立师，谭家述任师长、曾毅之任政治委员。全师下辖2个团，800多人、500余支枪。不久编入红8军。

6月，以赣南地方武装和红7军在崇义留下的部分伤病员为主，组建独立第12师，叶长庚任师长、魏恒任政治委员。全师500余人，不久发展至1800多人，编为第34、第35、第36团。后在上犹鹅形战斗中失利，损失严重，被迫退出赣南，向北转移，在遂川县与红8军会合。

红8军成立后，湘赣省委遵照中共中央和苏区中央局的指示，命其向南行动，配合中央红军围攻赣州。同时以地方武装向袁水流域发展，以求与湘鄂赣苏区取得联系；以群众武装配合群众运动，发展湘东南地区的土地革命斗争。

扩大红军的宣传画

江西省修水县上杉的湘鄂赣省苏维埃政府旧址

赣州战役后，红 8 军奉命配合红 3 军团在河西地区的作战，继续在遂川以北地区活动。至 5 月，返回永新地区，准备西出攸县、茶陵，沿湘赣苏区西侧南下，接应红 3 军团。

6 月初，红 8 军在地方武装配合下，击溃攸县网岭守敌，俘虏 200 余人，缴获枪支 100 余支，并乘胜进攻新市、小集。残敌退据攸县城内，红 8 军攻城未克，回师攸县苏区。

8 月，中央红军发起乐安、宜黄战役。这时，湘赣苏区周围驻有国民党军 10 个师。其中，第 11、第 14、第 43 师驻吉安、泰和地区，第 52 师驻安福地区，第 28 师驻遂川地区，第 18 师驻宜春地区，第 62 师驻萍乡地区，第 19 师驻醴陵地区，第 15 师驻攸县地区，第 63 师驻茶陵、酃县地区。

集中在吉安和赣江西岸的国民党军因受中央红军行动的牵制，未敢轻举妄动。位于湘赣苏区西线的湘军第 15、第 63 师等部，则频频发起攻击，相继进占攸县的官田、茶陵的湖江等地，并继续向苏区纵深推进。

为遏制敌人进攻，红 8 军决定集中兵力首先打击进占官田和东塘等地的第 15 师，然后视情再打击第 63 师。

6 日，红 8 军由莲花隐蔽出动，于当晚进抵攸县苏维埃政府所在地皮佳，得知官田之敌为攸县保安团，东塘之敌为第 15 师第 85 团。经研究，决定先歼官田守敌，再打东塘之敌。具体部署为：

独立第 1、第 3 师迅速向官田正面推进；攸县游击队、赤卫队由鸾山出发，

英勇的红军战士

经满江、昭村向官田运动；攸县警卫营第1连绕道新田、杨家墩，埋伏于下寒婆坳，阻击官田西面东塘援敌，第2连直插大陂，埋伏于官田南面桑梓坳，切断敌人退路。

7日拂晓，独立第1、第3师悄然进至官田正面的窑冲，隐蔽在山林中待命，其他各路部队也相继到达指定地点集结，做好了战斗准备。

此时，东方刚刚露出鱼肚白，官田敌军还没有起床，疏于防范。随着一声令下，独立第1、第3师从官田桥上、桥下突然杀出。敌人措手不及，仓皇应战，一面胡乱还击，一面四散奔逃。

驻扎在官田学校里的攸县保安团2个中队，登上学校后山，负隅顽抗。红军1个排发起攻击，但因地势不利，进攻失败。这时，东塘守敌第85团赶来增援。

危急关头，红8军以1个加强连强攻官田学校后山之敌，主力则转向果子冲，与扼守下寒婆坳的攸县警卫营第1连会合，阻击东塘援敌。

后山的敌2个中队在红军强攻之下，企图渡河南逃，刚窜至官田河滩，就遭到埋伏在桑梓坳的攸县警卫营第2连的攻击。加强连也从后面追赶上来，前后夹击，将这股敌人全部歼灭于河滩上。

蜂拥而至的东塘援敌第85团在下寒婆坳、果子冲与红军展开激战。红军利用山高路窄谷深的有利地形，将第85团前锋第1营截成数段，先后予以歼灭。

这时，第85团主力和第15师一部先后赶到。红8军鉴于敌军兵力过盛，不利再战，遂主动撤出战斗，返回攸县苏区。

此战，红 8 军共毙敌约 300 人，俘敌 200 余人，缴获枪支 400 余支，子弹数万发。

官田战斗后，红 8 军又转移至茶陵县高陇地区隐蔽集结，寻歼湖江方向的第 63 师部队。因发现敌人已构筑较为坚固的工事，不利强攻，便决定引蛇出洞，在运动中歼敌。

19 日晨，红 8 军以一支小分队袭击驻土里屋的第 63 师警戒部队，诱敌出击，主力集结于光明、小关、光启之间，准备打敌伏击。

敌人果然上当。下午，第 63 师第 378 团从腰陂出动，经湖江向高陂攻击前进。敌人误以为在黄陂一带活动的只是地方游击武装，装备差人数少，依仗人多势众，既不侦察，也不派出侧翼警戒部队，成一路纵队沿大道疾行。

当行至黑家屋东面的小高地时，突遭红 8 军埋伏在沙子岭的警戒部队攻击。敌人就地展开，以一部兵力抢占狮子摇岭，另一部占领黑家屋南山。

红 8 军独立第 1 师第 1 团主力和独立第 3 师趁敌立足未稳，从凤凰岭和石背岭向狮子摇岭发起攻击。与此同时，第 1 团另一部同时向五佛桥迂回，断敌退路；第 2 团从高陇附近的小关跑步前进，从右翼向敌侧后谭家屋和南路运动；第 3 团从沙子岭正面攻击。

经反复争夺，独立第 1 师第 1 团和独立第 3 师攻占狮子摇岭，消灭守敌。第 378 团余部见势不妙，调头向湖江逃窜。

但为时已晚。红军两翼迂回部队已插进至五佛岭、马家屋和黑家屋地区，完成了对敌包围态势。激战两个小时，红 8 军将第 378 团大部歼灭。

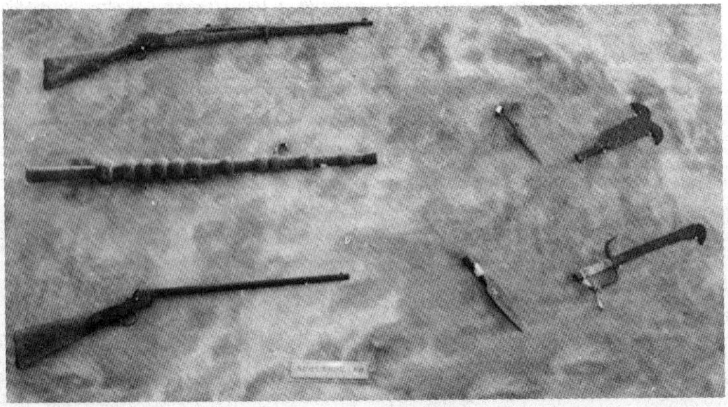

红军使用的武器

红 8 军两战皆胜，打击了敌人的嚣张气焰，暂时稳定了湘赣苏区西线形势。

乐安、宜黄战役后，中共中央和苏区中央局要求中央红军乘胜向北发展，夺取抚州，进而夺取南昌，实现江西的首先胜利。鉴于原在赣江西岸的国民党军第 11、第 14 师调往赣江以东，中革军委命令红 8 军在赣江西岸地区向北进攻，威胁樟树、南昌，以大量牵制敌人，配合中央红军作战。

据此，湘赣军区决定由张启龙、王震率红 8 军由遂川地区北上袁水，新独立师进至安福地区，保障红 8 军侧翼安全，同时以独立第 12 师在遂川、万安和泰和地区活动。

这时，国民党军第 18 师配置在宜春、分宜和新喻（今新余）地区。其中，第 52 旅旅部及 2 个营驻守分宜；第 52 师据守安福，第 43 师驻吉安一带担任赣江防务。

9 月 15 日，红 8 军进抵袁水境内，在松山召开军事会议，决定强攻位于袁水北岸的分宜城。

19 日，红 8 军和地方武装共 6000 余人，分数路向分宜城开进。具体部署是：独立第 1 师第 3 团和分宜、新淦（今新干）两县游击队由冶元出发，经土田、罗家等地，在分宜城的袁水上游渡河；独立第 3 师第 1 团由苑坑出发，经洋田、肖公庙，在分宜城的袁水下游渡河；北路独立第 7 营和新峡游击队等地方武装埋伏在分宜北门；独立第 1 师第 3 团进驻白芒，为预备队；独立第 3 师第 2 团负责主攻钤岗岭。各部应于 20 日拂晓前到达指定位置，分别攻打西门和东门。

湘赣革命根据地部分同志 1939 年在延安合影

抗日战争时期，八路军第 359 旅旅长王震（右三）对日军俘虏阐明八路军俘虏政策

铃岗岭位于袁水南岸，与分宜城隔河相望，是分宜城外的制高点。这里地势险要，易守难攻，为红军攻占分宜的必争之地。第 52 旅在铃岗岭驻有 1 个连的兵力，并构筑了三道掩体工事。

20 日清晨，按照事前制定的作战计划，独立第 3 师第 2 团从铃岗岭南端发起攻击。守敌居高临下，依托工事，拼命抵抗。红军数度进攻均未得手。

王震当机立断，命独立第 1 师第 1 团火速增援，并亲自到前沿指挥，终于拿下了铃岗岭，全歼守敌。

铃岗岭失守，分宜城便没有了屏障，第 52 旅旅长易振湘慌了手脚，急忙派人分头到新喻、宜春命所属各部火速来援，同时亲率一部兵力由南门渡河，实施疯狂反扑，企图夺回铃岗岭。

当敌军气喘吁吁地爬到半山腰时，红军轻重武器一齐开火，手榴弹雨点般落入敌阵，只打得敌人血肉横飞、哭爹喊妈，丢下伤员和几十具死尸，狼狈败回城内。

红军趁势从北麓冲下铃岗岭，向万年桥攻击前进。坐落在分宜城东门外的万年桥，横跨袁水，长约 200 米，是南北两岸交通咽喉。守敌在桥头筑有碉堡，配置了数挺机枪，构成严密的火力网。但在红军的勇猛冲击面前，碉堡内的敌人没放几枪便仓皇逃进城内。

南北两岸红军部队会合后，从东、西、北三个方向对分宜城展开攻击。然而，城墙高厚、火力凶猛，红军数次攻城均未攻克，伤亡也越来越大，连王震也挂了彩。

激战至下午 3 时，第 52 旅援军分别从新喻、宜春逼近分宜城郊。红军腹背受敌，为避免遭受更大的损失，遂撤出战斗，向袁水南岸转移。

此战，红 8 军强攻分宜城失利，伤亡 400 余人，独立第 3 师第 2 团政治委员赵克强壮烈牺牲。在向苏区撤退途中，天气炎热，病号增多，又有部分人员脱离部队，红 8 军共减员 2000 余人。

10 月，湘鄂西苏区和鄂豫皖苏区未能打破敌人的“围剿”，先后实行战略转移。蒋介石调集重兵，准备对中央苏区发动第四次“围剿”，同时也加紧部署对湘赣苏区的“围剿”。

当时，湘赣苏区拥有 11 个县和 1 个中心县委，人口 89 万。其中，党员 3 万，团员 2 万多，各种武装力量 13700 多人。为粉碎敌人即将发动的大规模“围剿”，中共湘赣省委领导全省军民实行战争总动员，动员青壮年参加红军，红 8 军很快扩充至 3 个师 5000 余人。

为加强湘赣红军的领导力量，更好地配合中央红军作战，中革军委任命江西军区政治部主任蔡会文为湘赣军区总指挥兼红 8 军政治委员，刚从红军医院养伤出院的萧克为红 8 军军长。对这个新任命，萧克感到有些突然：

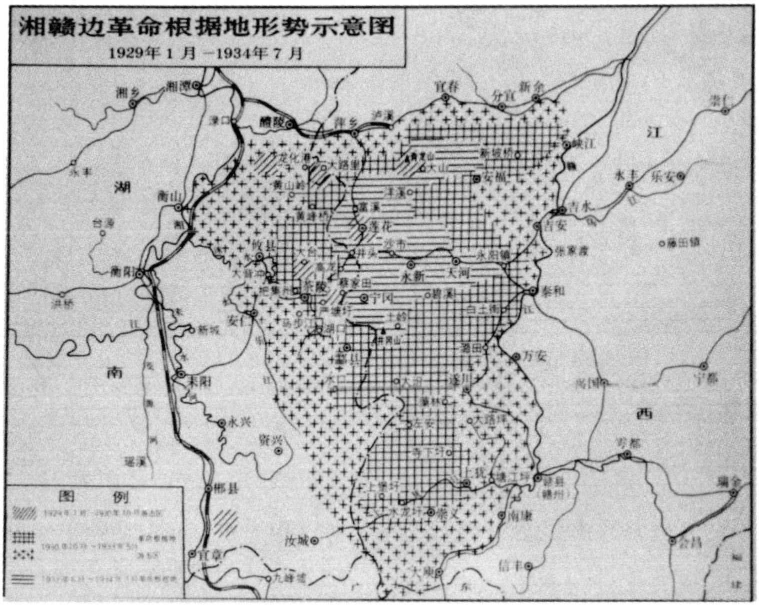

湘鄂边革命根据地形势示意图

我原准备去22军，陈毅司令员已同我谈了话，据说命令都下了，因我在医院治伤，未到职，现在又决定调我到湘赣任红8军军长，虽说都是当军长，但这中间却有很大不同。红22军属红一方面军序列，在中央苏区活动，上有方面军和中央军委的直接指挥。红8军则不一样，它是一个独立战略区域的红军主力，担任这个军的军长，就意味着要担负起一个战略区域的主要军事领导责任，要独立自主地支撑起一个局面。

我感到担子很重。蔡会文对我说；"我们都是从井冈山下来的，也算是湘赣的'老人'了，对这个地区情况熟悉，你又有带农民军的经验，军事上有一套，我们好好配合，一定可以干好。"

这番话使我很受鼓舞。蔡会文是参加秋收起义的老同志，井冈山时期同在红4军。1930年6月汀州改编时，我任红4军3纵队司令员，他任红12军3纵队司令员，后来我到独立第5师当师长，他到黄公略的红3军，第三次反"围剿"后，调到江西军区任政治部主任。他政治坚定，有政治工作经验，也曾带过农民军，正像他说的，我俩对湘赣地区民情、地理都比较熟悉，我们密切合作，上有中央军委的领导，下靠苏区广大群众和红军指战员的支持，还怕搞不好？

1932年10月，萧克成为湘赣苏区主力红军的最高军事指挥员

萧克和蔡会文从兴国出发，西渡赣江后，于10月25日到达湘赣省委、省军区所在地永新县城。

几天后，红8军在吉安县天河村进行整编，正式成立军的领导机关。萧克任军长，蔡会文兼政治委员，李达任参谋长，李朴（后袁任远）任政治部主任。下辖第22师（由独立第1师改编），师长谭家述，政治委员王震；第24师（由独立第3师改编），师长戈勇，政治委员胡楚父；第23师（由茶陵、莲花、酃县、萍乡等县地方武装组成的新独立师改编），师长杨茂（后叶长庚），政治委员谢国瑜（后袁任远）。

这时，中央红军遵照中共中央和苏区中央局的指示，乘敌进攻部署尚未完成之机，先发制人，“择敌弱点击破一面”，发起建（宁）黎（川）泰（宁）战役，粉碎敌人“围剿”于其大举进攻之前。据此，中革军委命令红8军再次进入袁水流域，打通与湘鄂赣苏区的联系，与红16军相互呼应，配合中央红军向北发展。

然而，湘赣军区主要负责人对红8军行动方向存在着不同意见。有人认为，红8军应坚决执行中革军委命令，向北发展，夺取袁水、赣江一带中心城市，以求实现江西革命首先胜利；也有人提出，红8军应向北发展，但不必渡过袁水，在罗坊、桃圩一带游击即可；还有人主张，红8军应先打正面之敌李明的第52师，再向遂（川）万（安）泰（和）边界游击。因为从敌我力量对比情况看，红8军向北发展，无论是进入袁水流域，还是仅在袁水以南、赣江以西、油田以北一带游击，都是不适当的。毕竟在袁水流域，敌军力量强大，驻有3个师18个团，并构筑了坚固的工事，红军取胜的难度相当大；若不渡过袁水，虽无危险，但活动范围小，达不到配合中央红军作战的目的。而遂万泰地区只有敌正规军1个师，战斗力较弱，地主武装也少，且当地群众基础很好，利于红8军发展。最为重要的是，进入该地，便可截断赣江交通，使遂万泰地区之敌受到威胁，吉安、赣州之敌受到牵制，更好地配合赣江以东中央红军的行动。

萧克回忆道：

我们到达湘赣苏区，正是国民党对革命根据地发动第四次“围剿”初期，蒋介石除集中主力对中央苏区外，进攻湘赣苏区的敌人，也达10个师8万余人。当时我们的战略任务很明确，就是配合中央苏区粉碎敌人的第四次“围剿”。怎样配合呢？我认为首先要巩固湘赣苏区，把敌人更多的兵力牵制在我们这里。

经过充分讨论和分析，湘赣军区决定暂不向北发展进入袁水流域，首先集中力量东进打击当面之敌。

11月中旬，进攻湘赣苏区的国民党军共10个师8万余人，完成了“围剿”部署：第63师、第15师、第28师和粤军第1师、第52师分别由茶陵、酃县、遂川、安福出动，从西南、东南、东北三个方向进犯，企图围歼红8军于永新。另以第23师驻守吉安、吉水地区，第43师驻守峡江、清江地区，第18师驻守宜春、分宜、新喻地区，第62师驻守萍乡地区，第19师驻守攸县地区，作为第

吉安城

二线部队，担任防堵任务。

其中，第52师全部展开于吉安县的曲赖、官田和安福县的金田、利田一线，所部第154旅不断从北翼蚕食湘赣苏区，于15日袭占了吉安县的敖城。

16日，红8军开始向东行动，直插第154旅后方官田一带活动，以迫使其后撤。但未成功，遂迂回北进，准备袭取安富，调动第154旅。

20日，红8军由西江出发，经江口、莲花坪、市田进抵合东。次日到达洋溪，获知驻安福县城的敌人前往严田骚扰。

22日，红8军向严田攻击前进，却没有截击到敌人。原来，敌人在21日晚撤到了利田。红8军立即转向利田发起攻击。守敌约1个团据险抵抗，红军屡攻不克，在毙伤敌百余人后，主动撤出战斗，向洋溪转移。

见红8军威胁到自己的后方，第52师师长李明一面命令利田守军坚决拦阻红军向安福前进，一面将进至敖城的第154旅撤回官田。

敌变我变。萧克当即决定放弃袭击安福的计划，率红8军杀了个回马枪，直击官田。

战斗持续了两个小时，正面攻击的红23师和左翼攻击的红22师都打得十分出色，将敌人全部击溃，毙伤敌300余人，缴获步枪40余支，给进攻湘赣苏区的敌人当头一棒。

12月中旬，湘赣苏区对地方武装进行扩编，抽调茶陵、莲花、萍乡等县独立营各一部，与独立第12师组建新的独立第1师，侯梯云任师长，陈韶任政治委员。全师辖6个连，500余人。至此，湘赣苏区的武装除各县游击队外，有1

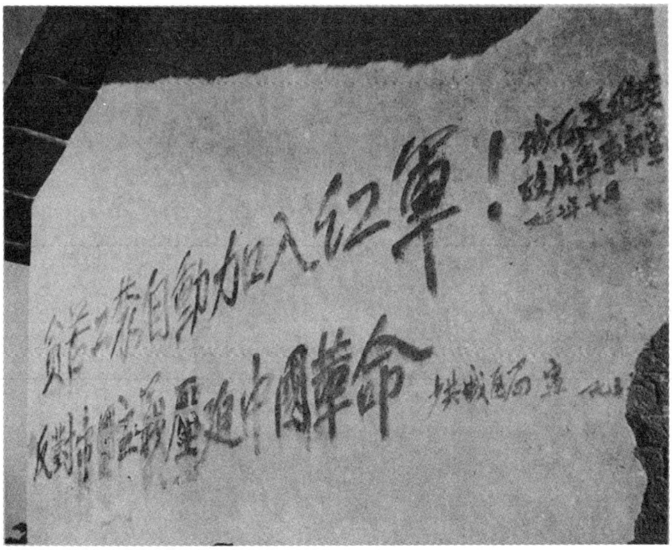

扩大红军的标语

个军、2 个独立师、5 个独立团和 7 个独立营，总计 13000 余人、6400 余支枪。

12 日，红 8 军接到情报：驻安福金田之敌第 52 师第 156 旅 1 个营进犯左坊。红 8 军立即出击迎敌。敌军不支，撤至离金田 10 里的桂林坊时，被红军追上。激战 40 分钟，红军将敌击溃，打死营长严惠荣，俘连长以下 60 余人，缴获步枪 50 余支。

在红 8 军和地方武装灵活机动的袭扰打击下，第 52 师苦不堪言，遂撤回原阵地，暂时转入守势。

1933 年 2 月，国民党军开始了对中央苏区的第四次“围剿”，同时也加紧了对湘赣苏区的进攻。

16 日，国民党军第 28 师 3 个团由遂川进至潞田，湘军推进至大院，粤军推进至藻林，企图合击红 8 军于黄坳、上七、下七、横石等地。

正当红 8 军进至衙前、高家、牛田一带，准备寻机各个击破之时，接到中革军委的命令，要其立即北上袁水，会同湘鄂赣苏区红 16 军，配合中央红军作战。

这时，湘赣苏区北线之敌已完成部署调整：第 77 师接替宜春、分宜、新喻防务，第 27 师接替峡江、新淦防务，第 18 师转驻安福。第 11、第 14、第 52、第 43 师相继调至赣江以东地区。

遵照中革军委命令，3 月 9 日，萧克、蔡会文率红 8 军日夜兼程，赶到新喻以西地区，准备渡过袁水与红 16 军会合，共同打击第 77 师或驻萍乡的第 62 师。

但由于国民党军在袁水流域驻有强大兵力和坚固工事，红 8 军两次强渡袁水都没有成功，遂改变行动计划，转战于赣江流域中部地区，直接配合中央苏区军民的反“围剿”斗争。

下旬，位于湘赣地区的国民党军向湘赣苏区再次发动大规模进攻。湘军王东原第 15 师乘虚占据宁冈城。4 月 3 日，湘军第 28 军军长刘建绪坐镇茶陵县城，统一指挥湘、赣、粤各军，分三路合击湘赣苏区的中心区域永新、莲花。5 日，第 63 师进占莲花，随即占领砻山口。第 15 师出动 3 个团的兵力越过七溪岭、龙源口，直逼永新县城。与此同时，盘踞在酃县、茶陵、遂川、万安等地的国民党军 3 个师也蠢蠢欲动。

准备出发“围剿”红军的湘军

红 8 军急速返回永新。萧克将几路敌人的情况分析了一下，认为：湘军第 15、第 63 师比较靠拢，便于协同行动，不易红军各个击破；而由遂川出动企图进攻桥头、衙前的赣军第 28 师战斗力较弱，又远在遂川、万安及泰和地区，比较孤立，且在“围剿”作战中屡遭红军重创，信心不足，士气较为低落，应当作为首先打击的对象。据此决定，以红军学校学员和地方武装各一部在永新、宁冈边界积极活动，牵制湘军；红 8 军直下遂川地区，寻机歼灭第 28 师。

第 28 师原为冯玉祥的西北军。1930 年中原大战后，被蒋介石收编，并从北方调到江西，参加对中央苏区的“围剿”作战。结果，1931 年 5 月 13 日，第 28 师在富田以东的中洞地区，被红 4、红 12 军消灭大部。师长公秉藩换上士兵军服，冒充营部文书混入俘虏群中侥幸逃脱。第二次“围剿”中央苏区失败后，第 28 师重新组建。

4 月 6 日，红 8 军到达潞田。第 28 师师部和第 165 团驻遂川县城，第 83 旅旅部和第 166 团驻县城东北的雩田圩。根据敌人分布情况，萧克、蔡会文决定采

反“围剿”中的工农红军

取佯攻打援之策。

7日凌晨，红8军一部向雩田圩守敌发起佯攻，引诱遂川城内的敌人出援，以便在运动中将其消灭。

遂川守敌果然中计，立即派出第165团1个营、师属迫击炮营和1个机枪连前往增援。

当援敌行至雩田圩时，突遭在此设伏的红8军主力猛烈打击。仅用半小时，红8军就将这股援敌大部歼灭。随后，红8军回攻雩田圩。守敌扼守工事及房屋，拼命顽抗。红军从四面强攻碉堡和村庄，与敌展开村落争夺战。

战斗中，一名19岁的红军看护员拾到了敌人遗弃的一把圆锹，就躲在巷子口，用锹打伤并俘虏了一名敌军连长，缴获了一支驳壳枪。经过教育和争取，这名连长说服40多名国民党军士兵向红军投降。

由于红8军缺少攻坚的重武器，战至下午3时半，仍未能攻克雩田圩，自身伤亡也很大，达350多人。为避免更多的伤亡，遂主动撤出战斗，向上盲转移。激战一天，红8军共缴获迫击炮4门、重机枪2挺、步枪120多支，击毙敌200余人，俘虏敌营长以下100多人。

这时，各路敌军继续向湘赣苏区腹地进犯，尤以王东原的第15师和陈光中的第63师推进的速度最快。在先后占领莲花、永新后，继续东进，直出关背、坳头，企图在粤军第1师和赣军第28师的配合下，围歼红8军于遂川、万安、泰和地区。萧克、蔡会文识破了敌人的企图，率红8军迅速绕道返回永新牛田地区，使国民党军扑空。随后在地方武装和广大群众配合下，开展广泛的游击活

红色中华

第五十八期

在完全粉碎敌人大举进攻的面前

在粉碎敌人大举进攻的决战中

我红军空前光荣伟大的胜利

全部消灭敌五十二师五十九师

两天内活捉敌两师长

配合红军伟大胜利

激剧开展着的游击战争

闽西红军胜利

红军在莲南出击胜利

《红色中华》登载的红军取得第四次反“围剿”胜利的消息

动，袭扰和疲惫国民党军，对深入莲花的第 63 师实行严密的坚壁清野，加紧围困，迫其调动，以利红军在运动中予以歼灭。

中央苏区第四次反“围剿”胜利后，进攻湘赣苏区的国民党军侧背遭到红军的威胁，由永新退到宁冈和莲花地区。

萧克和蔡会文都认为这是有利的作战时机。陈光中的第 63 师虽然占领了莲花县城，但被地方武装四周包围，交通运输也被截断了。从整个敌我态势上看，敌军在人数上处于明显的优势，但莲花地区的敌人并不占优。茶陵是莲花及宁冈之敌的后方基地，必定要打通莲花至茶陵的交通。而这一段路，处于湘赣苏区范围，又为山谷地带，敌人只要一出动，就便于红军在运动中歼灭。

果然，5 月初，驻莲花的第 63 师在苏区军民的围困下供应困难，眼看就断粮了，师长陈光中只得硬着头皮派出 4 个营又 1 个骑兵连，前往茶陵接运物资。

6 日，红 8 军、独立第 12 师和茶陵独立团在这股敌军由茶陵返回时，于莲花县界化陇、九渡冲地区设伏，歼其大部。次日，又击溃由莲花增援的 2 个团。九渡冲之役，红 8 军共毙伤俘国民党军 1500 余人，缴获长短枪近 1000 支，重机枪 25 挺及大批辎重。

28 日，王东原的第 15 师和李觉的第 19 师各派出 1 个旅，护送弹药、粮食由茶陵前往莲花接济第 63 师。

29 日，红 8 军和独立第 12 师在莲花县棠市地区进行截击。经半日激战，俘敌 1000 余人，缴获各种枪 500 余支（挺）及大批物资，打破了国民党军对湘赣苏区的“围剿”。

就在 5 月中旬，蒋介石撤销了赣粤闽边区“剿共”总司令部，在南昌另行成立了全权处理赣、粤、闽、湘、鄂五省军政事宜的军事委员会委员长南昌行营，

红军写的“彻底粉碎敌人五次围剿”的标语

并在美、英、日等国的支持下，由他亲自组织并指挥对中央苏区进行第五次大规模“围剿”的各项准备工作。

中共中央针锋相对，向全党发出了粉碎敌人进攻的作战纲领：红军应“首先迅速给河（赣江）西湘敌和闽西闽敌以打击，目的在消灭其主力，建立在抚河以东、赣河以西的两条作战线，来辅助方面军的主力作战，以造成战略攻势和与敌决战的有利条件……”

为实现“赣河以西”的作战目标和规范红军番号，6 月，根据中革军委命令，湘赣苏区和湘鄂赣苏区的红军在永新合编为红军第 6 军团，下辖由湘赣苏区红 8 军改编的第 17 师和由湘鄂赣苏区红 18 军改编的第 18 师。

红 18 军是这年 2 月由湘鄂赣红军独立第 1、第 2 师合编而成的，湘鄂赣军区参谋长严图阁兼任军长，徐洪任政治委员，下辖第 52、第 54 师，共 3000 余人。3 月，红 52、红 54 师合编为红 52 师，下辖 3 个团。随后奉中革军委命令，发起进攻作战，牵制国民党军，配合中央苏区红军的作战行动。

红 6 军团成立后，并未立即设军团领导机构，而是由红 17 师师长萧克、政委蔡会文统一指挥。不久，湘赣军区独立第 12 师和红 3 军团补充师（4 个连）编入红 17 师；撤销警卫师和独立第 1、第 2、第 3 师的番号，简编为警卫团和独立第 1、第 2、第 3 团；将赣南、遂川等县的独立营合编为独立第 4 团。这样，红 6 军团总兵力达到近万人。

是年夏，蒋介石亲任“剿匪”军总司令，调集 50 余万重兵，并把驻赣、粤、闽、湘、鄂各省部队，分编为北路、南路、西路军，再加上第十九路军，采取持久战和“堡垒主义”的新战略，对中央革命根据地及相邻的湘赣、湘鄂赣、

国民党军修建碉堡，对中央苏区及相邻苏区进行第五次大规模的“围剿”

闽浙赣等革命根据地，发起更大规模的第五次“围剿”。

其中，西路军以何键为总司令，下辖湘军9个师又3个旅，同浙赣闽边守军5个师又4个保安团分别“围剿”湘赣、湘鄂赣和闽浙赣苏区红军，并阻止红一方面军向赣江以西和赣东北机动。

中革军委发布了反对国民党军第五次“围剿”的作战纲领，命令红6军团于第一阶段在永新、宁冈、莲花和茶陵地区机动地消灭敌西路军第一纵队的实力，以消灭湘军第63师和第16师为主；第二阶段，以1个师北渡袁水，与留在湘鄂赣苏区活动的另1个师会合，威胁樟树和南昌，并消灭“围剿”湘鄂赣苏区的敌西路军第2纵队的实力，在最短的时间内，打通与中央和湘赣苏区连成一体，来完成江西革命首先胜利。

据此，红6军团于8月在永新、莲花、宁冈和茶陵地区转战。9月，又在大龙、古城地区与王东原的第15师激战，随后北上醴陵，于10月返回永新地区。

对这一时期的作战情况，萧克是这样回忆的：

经过半年多的反“围剿”斗争，我们取得了在根据地内线作战的经验，但当时中央整个战略指导上是“左”的，不可避免地也给我们带来消极的影响。九渡冲、棠市两战之后，本来应该休整一段时间，这时，军委指示，主要意思是叫我们坚决执行“积极进攻”路线。所谓“积极进攻”，具体地说，就是连续寻找强敌作战；1933年7月，我们曾两次向宁冈出击及向萍乡出击都劳而无功。

当时敌人在坳背、下水湾一带，碉堡摆得密密麻麻。我军进到宁冈，敌人就集中兵力由古城、砻市向我迫近。我们占领阵地，准备敌人进攻时从阵地前用反突击反冲锋战术打垮敌人。可是敌人见我们摆开阵势，他也摆开阵势，只构筑工事，与我军形成对峙局面。他们有6个团，占领宁冈中心地区，以宁冈与古城为基地组成防御体系。我们当时只有4个团，失陷后的苏区宁冈县，群众工作一时不能恢复，不利于大战，便在敌军构筑工事时，乘夜撤退，另求机动。

宁冈县城——新城

……

8月间，我们又在茶陵宁冈之间活动。事前得到情报，敌人为缩小苏区，可能分兵到梅花一带窜犯，我们采取每天派一个团利用地形待机，捕捉敌人。有一天中午敌人一个营从墨庄与城隍庙之间插过来，被我们捉住消灭了。为扩大战果，派49团向雪花坳敌据点佯攻，想把坳背的敌人吸引出来再吃掉它，不料碰上了敌主力之一部，结果打了一场硬仗，毫无所得。

9月，我军又出萍乡活动，敌人情报灵通，调动快，加上飞机轰炸，我军被迫打了不利的战斗，造成二三百人的消耗，只得撤回苏区。

瑞金叶坪红军烈士纪念塔

11月，国民党军在对中央苏区

进行第五次“围剿”的同时，以西路军第1纵队3个师为主，向湘赣苏区发动进攻。

红6军团在地方武装配合下，在莲花县梅花山等地经数日激战，毙俘国民党军第16师等部近1800人，阻止了西线国民党军的进攻。12月中旬，红6军团再歼国民党军第77师1个团，俘500余人。

1934年1月，国民党军发动新的一轮进攻，并攻占梅花山，向永新推进。

这时，红6军团第17师根据中央革命军事委员会的命令北渡袁水，会同湘鄂赣苏区的红军第16师向南浔（今南昌—九江）铁路沿线活动，威胁南昌，以吸引赣江以东的国民党军，配合红一方面军作战。红18师在湘赣苏区继续坚持斗争。

萧克率红17师北上后，留在湘赣苏区的红军主力实际只有红18师的第52团和茶陵独立团（后编为红18师第53团）。湘军便乘机攻占湘赣苏区的西大门梅花山，向省委所在地永新推进。

2月18日，永新县城失陷。湘军占领永新后，立即筑碉堡、修公路，企图打通永新至宁冈的交通线，莲花、安福、永阳各路国民党军分头推进，紧缩分割根据地。省委、省政府机关被迫迁到永新西北角，在象形、黄冈、花溪一带活动，局势十分紧急。

3月下旬，萧克率红17师在白区转战2500里，历时近两个月，返回湘赣苏区。尽管红17师指战员英勇奋战，但因“左”倾军事路线指导错误，部队损失近半，只剩下不到4000人。而湘赣苏区也正处于危难之际。

永新联席会议旧址

25日，红17师在安福县洋溪同红18师会合。

月底，任弼时主持召开湘赣省委扩大会议，讨论红6军团的行动方针。到瑞金出席全苏大会的王震传达会议情况和毛泽东的意见。

中革军委负责人曾当面向

王震交代，要红 6 军团在湘赣苏区内构筑碉堡阵地，实行“短促突击”的战术。但当王震向已被剥夺红军指挥权的毛泽东请教时，毛泽东却说：“你们有多少人？多少枪？堡垒对堡垒，你们摆得满吗？”

毛泽东再三告诫王震：“不能那么打，还是应该集中兵力打运动战，打歼灭战，还是要用那个十六字诀。”

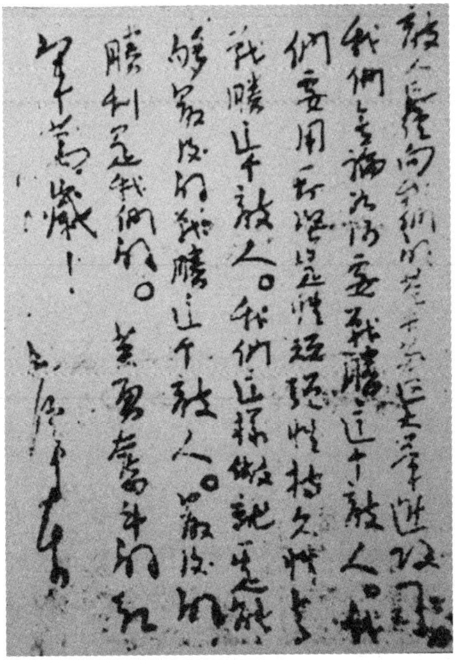

毛泽东写的反“围剿”动员令

在讨论过程中，有人主张按中革军委的指示，短促突击，强攻永新。有人鉴于红 17 师劳师远征刚回来，主张避战休整。但多数人认为：占领永新之敌，为了打通永新至莲花、永新至安福的交通线，可能有长距离的运动，容易暴露弱点，为我军打运动战创造条件。

任弼时、萧克、王震等人权衡利弊，支持多数人的意见，说服主张避战休息的同志，批评了强攻永新的错误主张，决定按毛泽东的意见，发扬红军之所长，伺机在运动中歼敌。

4 月 5 日，国民党军第 15 师由永新向沙市推进，红 6 军团在沙市、澧田大道以北地区设伏。

当第 15 师前卫第 43 旅进入伏击地域时，红 6 军团迅速以一部兵力割裂其与后续部队的联系，集中主力对第 43 旅发起猛烈突击。经激战，全歼该旅，毙俘 1600 余人，缴获枪 2000 余支（挺）。

继而，红 6 军团在澧田击溃国民党军 2 个旅。15 日，又在安福田里将第 186 旅击溃。

6 月 3 日，国民党军第 16 师 3 个旅和第 62 师的 1 个旅，向永新金华山阵地发起猛攻。红 6 军团同国民党军展开了 20 余天的阵地争夺战。

月底，国民党军第 53 师由安福、金田地区向永新东北的怀忠、桂林地区进攻。

湘赣边游击队活动的地区——九龙山

红6军团以第18师在金华山坚守，第17师转移到松山、神功山一带阻击第53师。但由于执行单纯的防御路线，红军在国民党军优势兵力的连续攻击下，伤亡很大，阵地全部丢失。

7月4日，红6军团转移到永新东南的牛田、津洞地区，准备恢复和依托井冈山根据地继续坚持斗争。

8月7日，红6军团根据中共中央和中革军委的命令，在军政委员会主席任弼时、军团长萧克、政治委员王震率领下，撤出湘赣苏区，向湖南中部转移，湘赣军区率地方武装继续在湘赣地区坚持斗争。

12. 九渡冲战斗

1933 年 4 月，中央苏区第四次反“围剿”胜利后，进攻湘赣苏区的国民党军由永新退到宁冈和莲花地区。其中，陈光中的第 63 师退守莲花地区，师部驻防茶陵城关。自“围剿”湘赣苏区以来，该师屡遭打击，士气低落。陈光中也变得谨慎多了，广修碉堡，严密设防，不敢轻举妄动。

中共湘赣省委和湘赣军区趁机组织地方部队和广大群众，广泛开展游击活动，积极袭扰疲惫敌人，对据守莲花的第 63 师实行严密的坚壁清野，加紧围困，迫其调动，以利红军主力在运动中予以歼灭。具体部署是：

以吉安、永新独立团编成的警卫师对付宁冈的第 15 师；以分宜、新峡独立团（营）编成的独立第 2 师牵制北线之敌；以萍乡、莲花、攸县各独立团编成的独立第 3 师，在莲花地区积极活动，袭扰和围困第 63 师；以独立第 1 师深入永兴、安仁和资兴地区游击，吸引入赣湘敌；红 8 军、独立第 12 师和茶陵独立团在莲花地区集结

国民党军修建的碉堡

荆竹山雷打石

待命，寻机歼敌。

当时，第 63 师虽然占领了莲花县城，但被地方武装四周包围，交通运输也被截断了，且人数上并不占据明显的优势。茶陵是莲花及宁冈守敌的后方基地。敌人要想长期据守茶陵，必定要打通莲花至茶陵的交通。茶陵与莲花之间，正处于湘赣苏区范围，沿途腰陂、高陇、雷打石、九渡冲、界化陇……一路为高山峡谷，运输困难。敌人只要一出动，就便于红军在运动中歼灭。

针对敌我态势，湘赣军区总指挥兼红 8 军政治委员蔡会文与红 8 军军长萧克都认为这是有利的作战时机。于是，他们命令茶陵独立团进至雷打石、界化陇地区，监视敌人，并派人到茶陵城侦察敌军的动向。

果然，驻莲花的第 63 师在苏区军民围困下物资供应日渐匮乏，眼看就要断粮了，便联系茶陵师部，请求火速补充给养。

师长陈光中的日子也不好过。他知道，要是再不送去给养，莲花守军没吃没穿，如何守得住；但要是送给养，可派谁去呀。从茶陵到莲花需经过“匪区”，路途险恶，安全没有保障。冥思苦想后，陈光中电令莲花守军自行来茶陵取给养。

万般无奈之下，5 月 1 日，莲花守军被迫派出 4 个营又 1 个骑兵连组建武装运输队，强行通过湘赣苏区，前往茶陵接运军需物品。5 日，运输队押运着大批军需物资，由茶陵返回高陇地区。

在获悉敌情后，萧克和蔡会文商议，决心在这股敌人由茶陵返回莲花必经的九渡冲一带设伏，在运动中将其歼灭。遂命令红 8 军由莲花的尧坊、神泉进至田南、棠市和茶陵的墨庄地区隐蔽集结，准备战斗。

蔡会文

6 日下午 5 时，国民党军押运大批辎重成一路纵队进至界化陇九渡冲地区，并沿大道向莲花方向快速前进。

九渡冲，又名九路冲，是一条延绵 10 余里的狭长山沟，两边山岭重叠，自然是打伏击的最佳战场。

正在附近监视敌人的茶陵独立团率先开火，依托背屋后背和帐顶山一线高地，实施正面阻击。敌军凭借优势兵力和装备，以 2 个营进攻茶陵独立团，另以一部进至花竹、木鱼坳一线，掩护部队和物资通过九渡冲峡谷。

战斗打响后，红 8 军立即由墨庄、棠市分两路赶来。其中红 22 师在花竹附近展开，向新泥岭、背屋后背和帐顶山攻击前进；红 23、红 24 师在大打冲展开，向木鱼坳攻击前进；独立第 12 师为预备队。

此时，敌先头 2 个营已相继占领新泥岭、背屋后背、木鱼坳等高地，正在围攻坚守在帐顶山的茶陵独立团。

红 8 军利用敌人注意力被茶陵独立团吸引之机，迅速攻占了新泥岭至木鱼坳高地，将敌压制在九渡冲和界化陇之间的谷底。接着，红军居高临下，发起猛攻。

战至黄昏，红 8 军歼灭国民党军翼侧掩护部队 2 个营，并缴获全部辎重。敌后卫 2 个营见势不妙，沿谷底大道向北急进，抢占了官城堂、楼梯湾、白路岭一线高地，企图固守待援。

红 8 军以少量兵力控制界化陇北侧和盆形里一带高地监视敌人，主力转移至界化陇、段家坊和楼下屋一带。萧克回忆道：

晚 8 点多钟，我们回到棠市宿营。我估计敌人第二天一定会来报复，因莲花城内敌人还有3个团和1个特务营，他们不打通这条交通运输线不利于进攻湘赣苏区。还有，63师及师长陈光中是杂牌军，如果不打通这条交通线，他的上司（蒋介石、何键）就会把他的师整编掉，叫他和亲朋故旧失去位置。基于前二者，我和蔡会文认为莲花敌人会出来。就研究了新的战斗部署。第二天一起床就做好战斗准备，部队开到九渡冲占领阵地。

具体部署为：红22师由盆形里地区向楼梯湾进攻；独立第12师和红24师一部由界化陇向官城堂进攻；红24师主力由背屋后背经梦中岭和铜鼓坪向灵龟仙敌人侧背攻击；红23师为预备队。

清晨6时许，红军发起进攻。由于头一天打了胜仗，红军官兵士气旺盛，加之又缴获了大量武器、弹药，战斗力更强。指战员们冒着敌人猛烈的火力，利用丛林很快接近了敌前沿阵地。

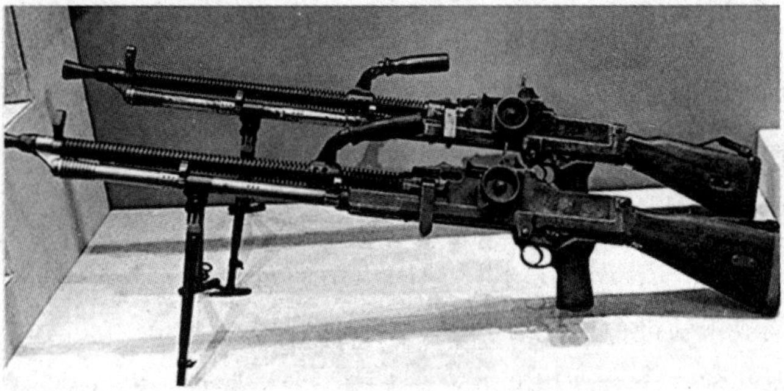

红军缴获的敌人的机枪

敌人见红军攻势凶猛，顿时慌了阵脚，连忙疯狂地投掷手榴弹。红22师官兵乘手榴弹爆炸腾起的烟雾，以迅猛的动作冲入敌人阵地，与敌展开搏杀。独立第12师也跟着打上来，与红22师一道将楼梯湾、官城堂守敌大部歼灭，残部向白路岭溃逃。

这时，陈光中纠集第187旅和第189旅各一部共2个多团，亲自率队由莲花出动增援。其中，第187旅已进至白路岭、灵龟仙、王坳和灯盏形一带，第189旅进至桐木坳和马坳地区。

萧克、蔡会文乘援敌立足未稳、尚未全部展开之际，命令红22师追击溃退之敌向白路岭、王坳方向攻击前进，同时命令预备队红23师在红22师右翼投入战斗，向王坳发起猛攻。

第187旅企图阻挡红军进攻，但在红军正面进攻部队和迂回到大叶石高地的红24师前后夹击之下，很快就溃不成军了。此时，第189旅也败下阵来。

红军发起全面追击，将第187旅大部歼灭于锁子冲深沟里。陈光中早就没有了国军师长的威风，带着残兵败将拼命回逃。在莲花县的浯塘，当地群众和地方武装高喊“活捉陈光中”，并开枪射击。陈光中险些当了红军的阶下囚，率残部狼狈窜回莲花。

此战，红8军共毙伤国民党军副旅长钟山以下500余人，俘1000余人，缴获长短枪近1000支、重机枪25挺和大批辎重。这是红8军成立以来取得的一次重大胜利。

陈光中逃进莲花城后，又气又恨又怕。为解胸中恶气，他竟丧尽天良，派出1个营和莲花县的地方武装保安团第4中队于8日拂晓包围浯塘，下令见人就杀，见房就烧，见物就抢。就这样，穷凶极恶的敌人从早上一直杀到中午，108名革命群众惨遭屠杀。敌人每杀一人，就割下一只耳朵，拿到陈光中那里领赏。

被国民党军血洗后的苏区村庄

10日，中革军委致电红8军全体指战员和湘赣苏区工农群众：

捷报传来，欣悉。在共产党进攻路线的领导下，击溃白军六十三师，俘获过千，是湘赣省的空前胜利，是在河西战线上严厉地打击了敌人的四次围剿，配合了中央红军的伟大胜利，特电贺勉。

13. 棠市战斗

1933年5月，参加第四次“围剿”湘赣苏区的国民党军第63师，被中国工农红军湘赣军区部队围困在江西省莲花县城及其附近地区，供给困难。尤其是九渡冲一役后，第63师士气低落，处境更加困难。

此时，天气一天天热起来。位于赣西的莲花，气温都已20多度，第63师士兵们还没有领到夏装，身上还穿着破旧的冬装，真是度日如年。

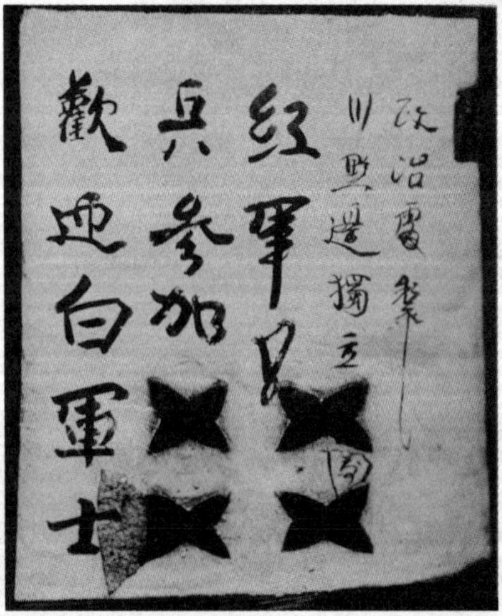

红军书写的瓦解敌军的标语

师长陈光中这段日子也是寝食难安，茶饭不思。一个多月来，他已数次派部队运送给养，却屡屡遭红军伏击，损兵折将，原本给莲花守军的物资全部“无偿赠送”给了红军。但无论如何，总不能眼睁睁地看着莲花守军坐以待毙吧。何况驻守莲花的部队是他63师的人马。

在那个军阀割据混战的年代，陈光中知道有枪有人，才会有地盘，也才会有权力。自己不是蒋介石的嫡系，靠戎马半生、疆场拼死才攒下的这点家底绝不能轻易挥霍掉，必须想方设法尽快给莲花运送物资。思前想后，陈光中实在想不出更好的办法来，只得连电湘军统帅何键告急求援。

毕竟第63师是湘军部队，何键自然也不会见死不救，下令组成一支庞大的武装运输队，以王东原的第15师第43旅为前卫，陈光中的第63师补充营为本队，李觉的第19师第55旅为后卫。

5月28日，浩浩荡荡的运输队押解数百名民夫，挑着夏装、弹药和其他物资，从茶陵出发，前去接济第63师。当晚运输队进抵高陇。次日继续前进。

从高陇到莲花有两路可走。一条是经九渡冲、界化陇、桐木坳……这是条捷径，但要经过十多里长的峡谷；另一条是经彭家祠、墨庄、棠市到莲花，这条路与九渡冲一山之隔，要绕个圈子，路程远很多。但这条路地势开阔，即使遇到红军埋伏，也便于大部队展开作战。

一想到九渡冲，湘军上下无不胆战心惊。红军已经数度在那里设伏，湘军每次都吃亏不小。尤其是十多天前，第63师运输部队遭到红8军伏击，两天之内共损失1500余人、长短枪近1000支、重机枪25挺，以及大批的辎重物资。说什么也不能走九渡冲那条死亡之路了。再者，湘军侦知红8军在九渡冲战斗后，已转移至永新县，于是决定舍近求远，经彭家祠、棠市前往莲花。

这时，湘赣军区总指挥兼红8军政治委员蔡会文、红8军军长萧克率领红8军开到茶陵与永新边界的路江、梅花一带待机。茶陵县委对敌情掌握得十分清楚，把敌人一举一动及时通报给红8军。萧克回忆道：

茶陵的同志来报告，说敌人向这边开来了，有5个团，还有很多行李担子。我当时就决定要打。蔡会文认为敌人兵力比我们多，打不得。我说，敌人虽然多于我军，但他是走路，又有几百担行李，上下坡、过小桥等大小障碍都不灵便，行军纵队会拉得很长；而我是在敌人侧面隐蔽，主动从敌行军纵队侧面出击，地形有利，战机有利，又只打敌人的一节，虽弱犹强。

红军缴获敌人的重机枪

蔡会文知道我是从“铁军”出来

土地革命战争时期的萧克

的，仗打得多，有战争经验，所以军事上尊重我的意见。

于是，萧克和蔡会文召开紧急会议，研究作战部署，决心以红 8 军、独立第 12 师和茶陵独立团，采取奔袭手段，截击国民党军运输队，夺取军需。

“我的想法是，赶走前部，歼灭中部，力溃和聚歼后部！”萧克提出了作战方案，并对与会的各师师长、政委强调，“这就一定要猛！第一步就把敌人的队形打乱，把它彻底打乱了，才能在混乱中各个消灭敌人！”

大家纷纷表示赞同。萧克、蔡会文立即命令部队隐蔽开进到各指定的出击地区。

29 日，就在敌军运输队从高陇出动的同时，红 8 军、独立第 12 师和茶陵独立团 4000 余人，从永新的水口整装出发，向棠市疾进。

下午 2 时许，红军分两路翻过梅花山，红 22 师和独立第 12 师进抵长牛岭和刘庄地区，红 23、红 24 师进抵棠市东山后面，茶陵独立团在墨庄、三斗星高地南北一线监视敌人。

这时，敌运输队前卫部队王东原第 15 师第 43 旅大部已过湖边村。

随着一声令下，红 8 军等部同时发起攻击。战局的发展果如萧克事前的预测，红军分两路从侧面横截过来，正好打在放人的中部和尾部。

充当前卫的第 43 旅旅长侯鹏飞生怕主力被歼，赶紧脱离战场，撇下后面的部队径直向莲花方向逃走。

红 23、红 24 师遂以多路队形在后面穷追猛打，第 43 旅溃不成军，阵形混乱，一盘散沙地拥向陇大冲、斑竹场一线。正在莲花以南地区活动的红 24 师第 75 团 2 个连听到枪响，自动赶来参战，抢占斑竹场阵地，堵住了第 43 旅的退路，

红军缴获敌人的迫击炮

歼敌一部。侯鹏飞带着残部丢盔弃甲，如丧家之犬狼狈逃回莲花。

战斗打响后，掩护辎重的第 63 师补充营强迫民夫挑子向塘下集中，后卫第 55 旅一部抢占大坳上，主力抢占三斗星。红 22 师主力发起攻击，经过一番激战，补充营抵挡不住，丢下辎重，向公路西侧船形里、黑牛坳溃败。

与此同时，红 22 师一部向占据三斗星的第 55 旅发起攻击。没想到李觉的第 19 师素为湘军“王牌”，战斗力颇强。第 55 旅依托阵地，殊死抵抗，红军进攻一时受阻。双方打成胶着状态。

关键时刻，茶陵独立团、独立第 12 师冲杀过来，第 55 旅再也招架不住，向彭家祠方向退走。红军前堵后追，战至 18 时，将其全歼。

此战，红 8 军共俘国民党军团长以下 1000 余人，缴获长短枪 500 余支、重机枪 4 挺、迫击炮 2 门、无线电台 1 部、军衣 2 万余套、胶鞋万余双和其他大批军用物资。而红军只伤亡 45 人，萧克称作“最便宜的一仗”。

三天后，朱德和周恩来代表中革军委发来贺电：

你们在积极进攻路线下，以百战百胜的英勇，连续消灭敌人，活捉敌团长来纪念五卅，这表现了你们的英勇与光荣。……方面军全体战士对于你们的胜利，表示热烈的祝贺。方面军要与你们共同努力，全部打碎敌人大举进攻，好迅速实现江西首先胜利。特电贺勉！

14. 梅花山战斗

1933年可谓多事之秋。

年初，日本帝国主义向华北大举进犯，全国抗日浪潮日益高涨。而蒋介石依旧高唱“攘外必先安内”的反动论调，在接连“围剿”红军遭受重创后，于是年夏卷土重来，调集100万大军、200架飞机，对各革命根据地和红军同时展开规模空前的“围剿”。

这时，在几块大的革命根据地中，鄂豫皖、湘鄂西革命根据地已遭受较大的损失。鄂豫皖根据地的红四方面军已向西转移，在川陕边地区建立了新的根据地。湘鄂西根据地的红2军团已改编为红3军，在湘鄂川边流动游击。唯有中央

“围剿”苏区的国民党空军飞机

革命根据地损失不大。

为此，9月，蒋介石坐镇南昌，亲任“剿匪”军总司令，蒋介石集中了64个师又7个旅50余万人，空军5个航空大队50多架飞机，并把驻赣、粤、闽、湘、鄂各省部队，分编为北路军、南路军、西路军，再加上第十九路军，集中“围剿”中央革命根据地，及与之相邻近的湘赣、湘鄂赣、闽浙赣等革命根据地。

其中，西路军以何键为总司令，下辖湘军9个师又3个旅，连同浙赣闽边守军5个师又4个保安团分别“围剿”湘赣、湘鄂赣和闽浙赣苏区红军，并阻止红一方面军向赣江以西和赣东北机动。

此次“围剿”规模空前，蒋介石一改过去“长驱直入”“分进合击”的战法，采用持久战和“堡垒主义”的新战略，在苏区周围构筑纵横交错的碉堡封锁线，企图步步为营、处处设碉、层层巩固、节节进逼，封锁、蚕食苏区，最后寻求同红军主力决战，用“竭泽而渔”的办法，达到消灭红军的目的。

中央苏区和湘赣苏区军民面临着严峻的反“围剿”斗争形势，打破敌人“围剿”的困难比前几次都要大，但有利条件也很多。

蒋介石对日本帝国主义侵略采取不抵抗政策和集中人力、物力、财力打内战的反动政策，日益引起全国人民以及国民党军广大官兵的不满；国民党军队在数量上虽占有很大优势，但各派系之间矛盾重重，难以协同作战。

红军的情况恰恰相反，中央苏区在接连取得四次反“围剿”胜利后，范围扩大到30多个县，苏区军民对打破敌人进攻的信心高涨；苏区的政权建设、土地革命和经济建设取得了很大成就，广大群众热烈拥护中国共产党和工农红军，支援革命战争；中央红军发展到10万人，地方武装也有5万人。

国民党军为“围剿”红军修筑的碉堡

从敌我兵力对比上看，与前几次

反“围剿”相差无几。如果有正确的领导和正确的军事战略，是有可能打破敌人的这一次“围剿”的。

遗憾的是，就在这年1月，中共临时中央由上海迁入中央苏区。中共临时中央总负责人、有着“黑面木偶”之称的年仅24岁的博古（秦邦宪），在中央苏区及其邻近苏区积极推行王明的“左”倾冒险主义，对毛泽东进行排斥和打击，剥夺了毛泽东的红军领导职务，将第五次反“围剿”的军事指挥权拱手交给了共产国际委派的军事顾问李德。

李德，又名华夫，原名奥托·布劳恩，德国共产党员，曾在德国打过街垒战，号称“街垒战专家”，后在苏联伏龙芝军事学院进修。李德虽有一些实战经验，但对中国情况一无所知，更不了解中国革命的特殊规律，只是将他的经验和在军事学院课堂上学到的书本知识，盲目地、机械地搬到中国，指导红军作战。

虽然毛泽东领导红军战胜了蒋介石的三次“围剿”，第四次反“围剿”也是在毛泽东灵活机动的战略战术影响下取得胜利，但在博古、李德看来，那是“右”倾机会主义，于是毛泽东被无情地剥夺了指挥权。

7月24日，以博古为首的临时中央发布了《关于帝国主义国民党第五次“围剿”与我们党的任务的决议》，认为，第五次“围剿”与反“围剿”将是一场更加剧烈与残酷的阶级大决战，是关系苏维埃道路与殖民地道路之间谁胜谁负的大决战，是国家对国家、大军对大军的决战，是两个政权的大决战。必须粉碎敌人的新“围剿”，争取苏维埃在全中国的胜利。

在这种对全国形势完全错误的分析下，当敌人正加紧准备对中央苏区进行第

长征到达陕北的毛泽东、朱德、周恩来和博古

五次“围剿”时，中共临时中央不是要求中央红军投入反“围剿”准备，而是实行所谓“进攻路线”，制定了“两个拳头打人”的方针，将红1、红3军团分离作战，结果丧失了第五次反“围剿”的良好准备时机，为以后的失败埋下了一个祸根……正如毛泽东所言：开脚一步就走错了路。

9月25日，国民党北路军第三路军第8纵队第5、第6、第96师在周浑元的指挥下，由南城出发，经硝石向黎川恶狠狠扑来，奏响了第五次“围剿”的序曲。

反“围剿”斗争开始后，中共临时中央命令中央红军继续实行军事冒险主义，主动出击，企图以阵地战、正规战“御敌于国门之外”，保卫苏区每一寸土地。结果，红军浴血奋战数月，不仅没有御敌于苏区之外，反而损失惨重，被迫停止了冒险的进攻。博古、李德等人转而采取军事保守主义，实行消极防御，处处设防、节节抵御，大打阵地战、堡垒战，与强敌拼消耗，致使中央红军在第五次反“围剿”中日益陷于被动。

与此同时，在湘赣苏区，由于“左”倾错误路线的贯彻执行，同样给反“围剿”斗争带来了严重的后果。中共苏区中央区解散了原湘赣省委，组成以刘士杰、陈洪时为首的新省委，坚决推行“左”倾错误，把肃反运动无限扩大化，给湘赣苏区带来了一场浩劫。许多军政干部被捕，蒙受不白之冤，或被投入监狱，戴上手铐脚镣，遭受严刑拷打，甚至被秘密杀害。

一时间，整个湘赣苏区被“左”倾错误执行者搞得鸡飞狗跳、人人自危。地主、富农、反革命分子乘机捣乱，一些地区发生“反水”现象。

博古

6月，任弼时来到湘赣苏区，纠正了肃反工作中的错误，对国家保卫局的权力有所限制，在一定程度上阻止了“左”倾路线在湘赣苏区的恶性发展。

根据中革军委的指示，湘赣苏区主力红军和湘鄂赣苏区主力红军一部在永新合编为红军第6军团，下辖由湘赣苏区红8军改编的第17师和由湘鄂赣苏区红18军改编的第18师。因未设军团领导机构，由红17师师长萧克、政委蔡会文统一指挥。

7月底，中共湘赣省委根据中共中央关于反对敌人第五次“围剿”的决议和中革军委的作战纲领，明确“目前放在湘赣党前面最基本的任务，就是坚决执行党的积极进攻路线，动员、组织、武装最广大的工农劳苦群众，配合红军积极的进攻，求得在最短时间以内，首先消灭对湘赣苏区进攻的湖南敌人，来夺回莲花、宁冈、茶陵、攸县，恢复上（犹）、崇（义）苏区，巩固与扩大湘赣苏区，打通与中央和湘鄂赣苏区成为一片，消灭湖南工作的落后，以便利向北发展，来完成江西革命首先胜利”。

据此，红6军团在地方武装的配合下，挺进莲花、宁冈、茶陵地区，企图引诱敌人脱离阵地，在运动中寻机各个歼灭敌人。尽管红6军团多次袭扰茶陵县的尧水、高陇、清水、马礁首、石龙和莲花等地之敌，并一度切断了茶陵、莲花间和茶陵、攸县间的敌人交通，同时以2个团插到攸县、醴陵和萍乡之间，准备打击由湘鄂赣地区南调的彭位仁第16师后续部队。然而敌人始终不上钩，坚守堡垒不出。

萧克回忆道：

当时敌人在坳背、下水湾一带，碉堡摆得密密麻麻。我军进到宁冈，敌人就集中兵力由古城、砻市向我迫近。我们占领阵地，准备敌人进攻时从阵地前用反突击反冲锋战术打垮敌人。可是敌人见我们摆开阵势，他也摆开阵势，只构筑工事，与我军形成对峙局面。他们有6个团，占领宁冈中心地区，以宁冈与古城为基地组成防御体系。我们当时只有4个团，失陷后的苏区宁冈县，群众工作一时不能恢复，不利于大战，便在敌军构筑工事时，乘夜撤退，另求机动。

智取不成，只能强攻。8月中旬，红6军团集中兵力向莲花和茶陵地区的第16师发起进攻。

18日晨，红17师由木冲隐蔽进抵茶陵县梅花山地区的雪花坳附近。驻守该地的是国民党军第95团。红17师决定以第49团担任主攻，以第50、第51团埋伏在龙海潭下面的小山里，准备阻击退却之敌。

当红军向雪花坳运动时，突然在水果坳发现敌人的增援部队，遂派出1个营的兵力走小路，出敌不意地抢占了一个山头，居高临下向敌展开攻击，歼敌1个排后，迅速接近雪花坳。

雪花坳山高路陡，地势险要，前面有一片开阔地，半山腰为一小亭子，周围

红军构筑的工事

建有大量的地堡群，形成严密的交叉火力网，易守难攻。

战前，红 17 师对这里的敌情进行了侦察，只知道半山亭里守敌较多，但对整个守敌兵力部署和火力配备并不掌握。为“坚决执行党的积极进攻路线”，红 17 师决定发起强攻，首先以红 49 团和红 51 团一部夺取小亭子。当通过开阔地时，遭到守敌猛烈火力的压制，前进受阻。由于缺少重武器的火力支援，仅有的一门迫击炮也因炮弹太少无法发挥作用，红军只能依靠战士们不怕牺牲的战斗精神，拼命发起一轮又一轮的冲锋。

结果，激战至下午，红 17 师仍然无法突破敌人的堡垒群，伤亡达 300 余人，被迫撤出战斗。

鉴于当面之敌采取坚守堡垒的作战方针，红 6 军团便转到敌军兵力相对分散的宁冈和酃县（今炎陵）地区，寻机打击王东原的第 15 师。

9 月 1 日，红 6 军团进至宁冈以西的下水湾、大夫坪地区，第 15 师迅速收缩阵地，急调驻茶陵石龙的第 45 旅增援，除在宁冈大龙和酃县各有 1 个营和保安团队留守外，师主力全部集中在砻市和古城两地，准备与红军作战。

中旬、下旬，红 6 军团先后在大龙地区、古城以南的茅坪和塘南地区与第 15 师展开激战。无奈，敌军兵力多、装备好、火力强，又有坚固的堡垒作依托，缺少重武器的红军虽有高昂的士气，但始终无法在阵地战和堡垒战中占得便宜，往往是与敌人打成了消耗战。

10 月中旬，红 6 军团北上进逼醴陵，威胁萍乡，并以独立第 3 团到萍乡县的老关破坏敌人的铁路交通，寻机歼敌。

当时，醴陵和萍乡各驻有敌军1个团，且有坚固的工事。见红6军团大举进逼，敌人急忙从长沙和宣风抽调4个团赶来增援，与守敌2个团组成2个“攻剿”支队，分由第62师师长陶广和第19师师长李觉指挥。

15日，陶广支队和李觉支队在飞机掩护下，分别由萍乡和醴陵出动，企图合击红军于萍乡以南地区。上午9时许，红6军团在萍乡以南的麻山附近与陶广支队遭遇。激战竟日，双方战成胶着状态。

次日，红军集中兵力向敌左翼朱家峰发起猛攻，计划将攻占朱家峰后再向西发展，以全歼陶广支队。

就在这时，李觉支队赶到，向红军侧翼发起攻击，陶广支队乘机反扑。红军腹背受敌，局势被动，只得撤出战斗，返回永新地区。

永新县三湾村

红6军团组建后，在莲花、茶陵、宁冈和萍乡广大地区，连续转战，主动出击，给予敌人一定打击。但由于对敌人的可能动向认识不足，且对敌我力量缺乏正确估计，并没有取得预想的胜利，而自身也遭受到很大的损耗。

11月，任弼时召开中共湘赣省委会议，指出湘赣红军在6月以前的反“围剿”战争中，是打得较好的，基本上坚持了游击战、运动战的战略战术。会议认为蔡会文在执行军委的指示中犯有错误。会后，蔡会文被迫辞去了红17师政委的职务。萧克回忆道：

当时，“左”倾路线实行“残酷斗争、无情打击”，一个任务没完成好，就批成右倾机会主义。在永新召开的一次省委会议上，有人提出不打“死老虎”（指王首道），要打“活老虎”（指蔡会文）。王首道当“死老虎”，历史已经证明错了；把蔡会文当成“活老虎”打，更是错上加错。但当时我们都还没有这个觉悟。1933 年 11 月底，省委批准蔡会文辞去 17 师政治委员，并派陈洪时来继任。不被信任的蔡会文后来牺牲在战场，而陈洪时在我主力长征后当了叛徒。

也就在这月初，西路军第 1 纵队司令刘建绪为配合赣江以东国民党军对中央苏区的进攻，率 6 个师和 1 个补充总队，约 10 万大军，向湘赣苏区发动进攻。

刘建绪，字恢先，国民党陆军上将。1892 年生于湖南醴陵。1913 年，考入保定陆军军官学校第三期，与醴陵老乡、后成为湘军统帅的何键同期。只不过何键学的是步科，刘建绪学的是炮科。而陈诚是八期生，叶挺是六期生，足见刘建绪在军界的资历之深。

1916 年，刘建绪在湘军第 1 师赵恒惕部炮兵营任见习官，不久升任排长。1918 年 3 月，北洋军阀张敬尧进攻湖南，湘桂联军被击败。战斗中，同为排长的何键丢失了枪支，刘建绪则丢失了两门山炮，畏罪逃回老家醴陵。

不久，何键来到醴陵，打起“保境安民”的旗号，收集散兵游勇，组织游击队。刘建绪全力支持何键，从此追随其左右。

随着何键的飞黄腾达，刘建绪也官运亨通：何任游击支队长，刘任营长；何为旅长，刘任团长；何出任军长，刘任师长，成为何键的得力助手。

刘建绪骁勇善战，在湘军中是出名的。

1930 年 6 月，他指挥所部第 19 师进占湘潭，大败张桂联军，为蒋介石中原大战胜利立下大功，从此得到蒋介石的赏识。同年 9 月，红军进攻长沙，刘建绪

保定军校旧址

井冈山一角

率部死守石马河、阿弥岭一线阵地，致使红军无功而返。

与何键一样，刘建绪也是一员“剿共”悍将，与红军有着血海深仇。

1929 年 1 月，刘建绪兼任湘赣两省“剿匪”总司令部第五路司令，曾以优势兵力对离开井冈山、出击赣南的红 4 军主力进行长程追击；

1930 年 10 月，刘建绪率第 15、第 16、第 31 师进攻中央苏区，并颁布“十大杀令”，对苏区人民实行血腥屠杀；

1933 年 6 月，刘建绪出任西路军第 1 纵队司令，率部参加对中央苏区的第五次“围剿”，主攻湘赣苏区的永新和井冈山。

刘建绪率部进驻莲花，重新调整部署：以王东原的第 15 师配置于宁冈的砻市、古城、新城和茶陵县的石龙及酃县地区；以陈光中的第 63 师驻莲花及附近地区；彭位仁的第 16 师由湘鄂赣地区向莲花和茶陵县的高陇地区调动；以第 28 师 2 个旅分驻遂川和万安地区；以第 23 师担任赣江防务，驻守在泰和、吉安地区；以朱耀华的第 18 师分布于安福和峡江地区。

此外，西路军第 2 纵队的第 77、第 62 师和第 19 师各一部驻守湘鄂赣和湘赣苏区之间的新喻（今新余）、宜春、萍乡和醴陵一带，协同第 1 纵队对湘赣苏区实施“围剿”。

此番进攻湘赣苏区，刘建绪志在必得。根据蒋介石制定的持久战与堡垒主义的总方针，刘建绪决定首先巩固现有阵地，由点到线构筑碉堡，完成对湘赣苏区的封锁，以限制红军机动。然后在国民党军主力对中央苏区大举“围剿”的同时，以第 15、第 16、第 63 师担任主要突击任务，自西向东进攻湘赣苏区。

具体部署是：以位于石龙、墨庄地区的彭位仁第 16 师和王东原第 15 师第 45 旅担任主攻；以第 15 师主力和陈光中第 63 师在南、北两翼策应，企图由中央突破，首先占领莲花县梅花山，打开湘赣苏区的西方门户，然后向湘赣苏区中

红军在反“围剿”斗争中书写的标语

心永新推进。另以第 77 师调驻遂川和万安地区，加强南线和赣江守备；将第 62 师第 186 旅调往安福，接替已调往新喻、上高地区的第 18 师防务。

罗霄山脉中段东侧的梅花山，位于湘南茶陵与江西莲花、永新之间，是湘军从茶陵东进的必经之地。控制这里可以威胁敌人主要补给交通线，又利于红 6 军团出湖南活动。据此，红 6 军团决定在湘赣军区警卫团和茶陵独立团协同下，利用梅花山一线有利地形，进行阵地防御，抗击国民党军的进攻。并调红 17 师进至梅花山的高坑地区，急令正在执行迎接干部西渡赣江任务的红 18 师星夜赶回参战。

担任主攻的彭位仁第 16 师原在湘鄂赣地区作战，这是第一回与湘赣红军交手，不知深浅，骄横狂妄。而王东原第 15 师屡败于湘赣红军之手，棠市一役，所辖第 43 旅更是遭受重创，元气大伤。此番出战的第 45 旅知道红 6 军团的厉害，行动就要比第 16 师小心谨慎得多。

从 11 月 1 日起，第 16 师每天派出一两个营到梅花山北侧作试探性进攻，但主力不轻易出来。萧克将计就计，命令茶陵独立团加强工事，在梅花山山顶北侧修筑一个碉堡，并在周围做散兵工事，吸引敌人主力出动。红 6 军团军主力则摆在梅花山、江鼓寨之线待机。

8 日 8 时开始，第 16 师和第 15 师第 45 旅出动近 5 个团的兵力，在飞机、火炮掩护下，猛烈攻击梅花山阵地。

湘赣军区警卫团、茶陵独立团凭借工事居高临下，顽强抵抗，坚守阵地。激战了两个小时，敌人越来越多。危急关头，红 17 师先头一个连跑步赶来投入战斗，红 18 师一个团也赶来参战，打退了敌军的多次进攻。

不甘心失败的敌人集中炮火猛轰梅花山山顶的碉堡。其实红军根本就不在碉堡内，而是在碉堡外的野战工事和灌木丛或山坡隐蔽。

一阵狂轰滥炸之后，碉堡轰然倒塌。彭位仁从望远镜中看到后，欣喜若狂，立即下令全师发起强攻。

第 16 师军纪极差，官兵平日里抢掠嫖赌，百无禁忌，只要能打仗就行。所以汇聚了一帮亡命恶棍，每到关键时刻便组成“敢死队”，以重赏引诱，玩命冲锋，竟屡试不爽。

这次，彭位仁又组织了一支“敢死队”，向全师官兵许诺攻下梅花山每人赏大洋 50 块，“敢死队”加倍。亡命之徒们一个个兴奋地嗷嗷直叫，向红军阵地猛扑过来。

坚守梅花山五佛岭阵地的是红 17 师第 50 团第 1 营 2 个连。官兵以坚决的突击将“敢死队”全部消灭，红军主力随即乘胜反击，一鼓作气，将尾随“敢死队”之后的国民党军约 2 个团击溃。

此战，红军共毙俘国民党军 1800 余人，狠狠地打击了国民党军的嚣张气焰。萧克回忆道：

土地革命战争时期，萧克与朱德在一起

这是第五次反“围剿”我们同敌人打的第一仗，打好了。我军只伤亡 100 多人，敌人伤亡惨重。第二天打扫战场，清数敌人尸体就有 200 多具，估计敌人伤亡人数在 800 至 1000 之间。但这一仗缴获不多，因为没有把敌人的退路卡住，敌人主力退走了。但是，梅花山之战是胜利的战斗，对湘赣根据地中心区的巩固有很大意义。

15. 潞田战斗

1933 年 12 月，硝烟弥漫的赣南战场，天寒地冻，中央苏区第五次反“围剿”斗争已进入十分艰难的时刻。

中共临时中央政府决定在中华苏维埃共和国首府瑞金举行中华苏维埃共和国第二次全国代表大会，即第二次全国工农兵代表大会，简称“二苏”大会。

中共湘赣省委成立了以省苏维埃政府主席谭余保为团长、红 17 师政治委员王震为副团长的湘赣苏区代表团，准备赴瑞金“二苏”大会。

中国共产党苏区第一次代表大会于 1931 年 11 月在瑞金召开（主席台中坐者为毛泽东，右四为朱德）

当时湘赣苏区反“围剿”的斗争形势也不容乐观。萧克和陈洪时奉命率红6军团主力，担负护送湘鄂赣和湘赣两省出席“二苏”大会的代表，以及迎接由中央苏区派到湘鄂赣当省委书记的陈寿昌和军区司令徐彦刚的任务。

14日，红6军团由永新出发，经关背到达遂川、万安、泰和地区的桥头。萧克决定红18师留在桥头负责掩护，亲率红17师绕大岗坑进至万安县的潞田。当晚，萧克命红17师第51团护送代表团成员渡赣江。

15日拂晓，第77师第461团在团长李春光率领下，由雩田圩向潞田古田岭阵地开进，企图截击红51团。

红军及时发现敌情。萧克认为敌人立足未稳，还没有做好战斗准备，可以乘机发起突然进攻，把这股敌人消灭掉。具体部署是：

以红49团占领天胜庵西北高地，红50团占领高平庙高地，利用敌人过去构筑的工事，阻击来犯之敌。同时急令返回到镜台的红51团经读堂、下石向黄牌下西南高地迂回，以断敌退路，争取全歼这股敌人。

9时许，敌第461团以一部兵力控制黄牌下西南侧小高地，主力兵分两路向红军阵地发起猛攻。

坚守阵地的红军将士顽强抗击，以猛烈的火力打击进攻之敌，连续击退多次冲锋，并予敌以重大杀伤。

与此同时，红51团成功地迂回到黄牌下，切断了第461团的退路。

腹背受击的敌军见势不妙，慌忙龟缩到墩子上和圩口几个村庄里，企图凭借村中房屋负隅顽抗，固守待援。

萧克一声令下，红军立即转入反击。红49团主力从正面直扑圩口，另一路向墩子上实施包围，同时以一支小分队迅速插向罗家沆和虎行山，防止被围之敌向西南方向逃窜；红50团也从高坪庙向圩口、墩子上攻击前进。

红军3个主力团一面发起进攻，一面进行阵前喊话，瓦解敌军。在红军强大的军事压力和政治攻势面前，一部敌军缴械投降。敌团长李春光气急败坏，率残部在墩子上继续顽抗，困兽犹斗。

无奈远水解不了近渴。红军以3个团兵力将第461团主力团团包围，李春光就是插上翅膀也飞不出去了。

激战至下午，红17师第51团1个营率先突破守敌阵地，其他各路红军也一拥而上。守敌见无路可逃，纷纷举起了双手。

此战历时不到两个小时，除少数人漏网外，敌第461团大部被歼，团长李春

瑞金沙洲坝中央工农民主政府大礼堂

光以下 600 余人做了红军的俘虏。

红 6 军团还缴获了步枪 300 余支，重机枪 3 挺，成为 6 月份以来战斗缴获最多的一次，士气提高了，弹药补充了，也有利于开展与恢复遂（川）万（安）泰（和）地区的工作，并完成了迎送代表团和干部的任务。

1934 年 1 月 22 日，中华苏维埃共和国第二次全国代表大会在瑞金沙洲坝中央工农民主政府大礼堂举行。

会议总结了中华苏维埃共和国成立两年来中国苏维埃运动的经验，提出了当前的任务，讨论了苏维埃政权建设、红军建设和经济建设等重要问题。会上，中华苏维埃共和国中央执行委员会主席毛泽东致开幕词，并做了《我们的经济政策》的报告。这是王震第一次见到仰慕已久的毛泽东。

对这位大名鼎鼎的湖南老乡，王震是久闻其名，如雷贯耳，脑子里更是塞满了毛泽东的革命故事，如数家珍：举办农民运动讲习所，领导湘赣边界秋收起义，创建井冈山革命根据地，总结“敌进我退，敌驻我扰，敌疲我打，敌退我追”的游击战争“十六字诀”，率领红军以弱胜强、连续三次粉碎国民党军的重兵“围剿”。

那时，毛泽东受到了执行“左”倾冒险主义的中央领导人的排斥和打击，被剥夺了红军领导职务，只任中华苏维埃中央临时政府主席，专做地方工作。他在红军中实行的战略方针和战术原则也受到了批评和指责，“十六字诀”被污蔑成

1933 年，毛泽东在瑞金叶坪召开的中央革命根据地八县贫农团代表会议上讲话

“游击主义”。

于是，王震认真地观察起主席台上做报告的毛泽东来。只见他身材伟岸，中分式黑色长发，面颊清癯，双目炯炯有神，举止潇洒而自信，讲起话来头头是道，妙语连珠，全身上下透出一种不同凡响的气质……王震不禁暗自称奇：毛泽东果然与众不同。

会议期间，中革军委负责人当面向王震交代，要红 6 军团在湘赣苏区内构筑碉堡阵地，实行“短促突击”的战术。

但当王震向毛泽东请教时，毛泽东却说：“你们有多少人？多少枪？堡垒对堡垒，你们摆得满吗？”

毛泽东再三告诫王震：“不能那么打，还是应该集中兵力打运动战，打歼灭战，还是要用那个十六字诀。”

16. 黄沙战斗

1934 年 1 月，蒋介石在镇压了李济深、陈铭枢、蒋光鼐、蔡廷锴等人领导的国民党军第十九路军发动的福建事变后，立即将入闽部队改编为东路军，协同北路军、南路军向中央苏区展开新一轮的攻势。在湘赣苏区，国民党西路军也发动新的进攻，于中旬攻占了梅花山，并继续向永新推进。

中革军委主席朱德

就在红 6 军团积极准备迎战时，14 日，突然接到中革军委以朱德、周恩来的名义发来的电报，命令“第 17 师应速向宜春、分宜地段渡过袁水，北出配合第 16 师向南浔路永修一带行动”，威胁南昌，以吸引赣江以东的国民党军，配合红一方面军作战。红 18 师则留在湘赣苏区继续坚持斗争。

萧克回忆道：

当时，我们驻在安福的枫田、固江一带，接到上级指示后，立即做出发准备，补充兵员，打草鞋、做风帽等。1 月 26 日早晨出发，进到分宜以东的萧公渡。萧公渡对面有条河，河对面有地方武装防守。那时是冬季枯水期，河水不深，我们在天亮前涉水冲了过去，把地主武装打跑了，还抓了些俘虏，查明情况。这一天全军乘胜渡过袁水，驻在鹤巢、双林一带。

27日，国民党的飞机来驻地轰炸。为了引开敌人，我派小分队去打鹤巢附近的碉堡。平常打碉堡是先把周围的电话线割断，那天我们特意不割电话线。我们一打，碉堡里的敌人就打电话告急，说红军的大部队来了。这样就把敌人的飞机引到碉堡附近。我们又在碉堡附近做了些假目标，飞机把炸弹抛完也就回去了，我驻鹤巢的主力部队得到了休整。这个方法很合乎孙子说的“兵者，诡道也”的原则。

红17师渡过袁水后，继续北进。西路军总指挥何键急令已进至安福地区的第16师北渡袁水跟踪追击，同时抽调“围剿”湘鄂赣苏区万载县小源地区的第18师第52旅和第62师第184旅，由第18师师长朱耀华统一指挥，驰往铜鼓，从西面进行堵截。

萧克率红17师披星戴月，夜行晓宿，巧妙地绕开敌人的围堵，由华阳渡过锦水，向高安前进。

一路上，到处都是敌人修筑的碉堡。萧克命令部队晚饭后战备行军，前面打开一二个碉堡，放火一烧，火舌从堡顶冒出，冲向天空，附近碉堡中的敌人都被吓跑了。红军继续前进，沿途烧碉堡，熊熊的火光把马路照得通明，好像一条大火龙。

2月2日，红17师向西经花桥到了宜丰的黄沙，驻扎下来。黄沙位于九岭山与罗霄山之间，是一个四面环山的小盆地。这里是修（水）、铜（鼓）、宜（丰）、奉（新）苏维埃联合县的中心区，有近万人口，是块小苏区，群众基础和地形条件都比较好。萧克决定在此休整，等待与红16师会合，然后继续北上，共同执行破坏南浔铁路的任务。

次日晨，萧克等人刚吃过早饭，正准备去看地形，突然西面的潭山、天宝方向响起密集的枪声。尾追而来的朱耀华的第18师2个旅发起了突然进攻。红17师立即抢占有利地形，顽强抗击。

萧克对第18师并不陌生。该师是中央苏区第一次反“围剿”中消灭的张辉瓒第18师的残部。1930年12月30日，第18师师部和第52、第53旅近万人在龙冈被红一方面军全歼，张辉瓒也做了红军的阶下囚，只有朱耀华的第54旅因

中央革命根据地第一次反“围剿”战斗旧址——龙冈

留守东固而侥幸逃脱。

当时，萧克任红 4 军第 12 师师长，率部参加了这次战斗。后来，蒋介石把第 54 旅扩编为第 18 师，朱耀华升任师长。

此番冤家路窄，萧克指挥红 17 师对阵朱耀华的第 18 师，双方拼得你死我活。上午 9 时许，五六架敌机分三次由南昌飞来助战，对红军阵地轮番轰炸，俯冲扫射。萧克回忆道：

中午，敌人的飞机来得更多了。我用望远镜观察敌人的阵地，发现敌人在阵地上用白布摆了符号标记，好让飞机辨别目标。我看准了这一招，也用白布在自己的阵地摆上同样的符号标记。敌机被迷惑了，不知该往哪里丢炸弹。双方对峙，一直延续到下午三点。我们抓紧挖工事，把部队调整好，然后向敌人的主阵地发起了猛攻。

正面山梁上，我们只用少量兵力控制，主力从山脊梁侧翼的柴篷里冲

参加“围剿”红军作战的国民党空军飞机

上去，几个手榴弹一响，敌人垮了，乱作一团，从山上滚下去。我们紧跟着追，那时田里没有水，就从田里追过去。这时敌人飞机又来了，朝前面丢了一二十颗炸弹，挨炸的都是敌人自己。原来我们的追击部队与敌人尾部相接，飞机上分不出你我，认为红军追得快，把他们后面的部队，也当作红军炸了。当飞机分清后，炸弹丢光了，只好在我们头上飞来飞去。我们知道它没炸弹了，也不管它，一直追到潭山附近，天黑，飞机不来了，我们才回黄沙。

这是一场以劣胜优的恶战。红17师所辖的第49、第51团，每团3个营，第50团才2个营，总共4000余人，凭借临时构筑的野战工事，顽强抗击敌军的连续冲锋；而敌人则是1个师，下辖师直属队、2个旅、4个团，又有飞机助战。

经过6小时激战，红17师击退了第18师，歼灭第184旅1个营，击伤旅长钟光仁，毙伤俘敌近1000人，缴获400余支枪及许多军用物资。

在缴获的战利品中，背包特别多。原来，第18师进攻时，士兵们解下背包、毯子丢在山脚，轻装前进。结果到溃退时，人人只顾逃命，谁也顾不得背包了。

不过，红17师也伤亡了400余人，参谋长李达负伤。黄沙战斗结束后的当晚，红16师从60里外的九仙汤地区赶到黄沙，与红17师会合。

红16师是湘鄂赣苏区的主力部队，师长高咏生、政治委员温锦惠，下辖3个团共1600余人。时值寒冬，全部官兵大部分没有穿上棉衣，有的战士还赤脚

红6军第17师写的标语

穿着草鞋，但精神饱满，斗志昂扬。

高咏生向萧克等人详细汇报了湘鄂赣苏区反“围剿”的情况：国民党军以6个师又5个旅的重兵，占据了各个重要城镇，并沿大的河流和主要道路建立了坚固的据点和封锁线，把湘鄂赣苏区割裂成大小十多块互不相连的地区。

萧克认为，在此形势下，两师会合后，敌人必然会转移兵力寻找红军主力作战，为避免与敌主力过多纠缠，应立即迅速隐蔽向南浔路挺进。

6日，红17、红16师在萧克的率领下，离开黄沙继续北进，经靖安县塘埠、罗溪，渡过修河，顺利到达瑞昌县大、小坳地区。

长征到达陕北后的萧克与聂荣臻

17. 红 17 师北上作战

1935 年 1 月，蒋介石在镇压了福建事变后，将入闽部队改编为东路军，协同北路军、南路军向中央苏区展开新一轮的攻势。在湘赣苏区，国民党西路军也发动新的进攻，于中旬攻占了梅花山，并继续向永新推进。

土地革命战争时期的周恩来

14 日，红 6 军团接到中革军委以朱德、周恩来的名义发来的电报，命令“第 17 师应速向宜春、分宜地段渡过袁水，北出配合第 16 师向南浔路永修一带行动”，威胁南昌，以吸引赣江以东的国民党军，配合红一方面军作战。红 18 师则留在湘赣苏区继续坚持斗争。

根据中革军委电令，24 日，萧克率红 17 师 4000 余人，从安福县花车出发开始北上。26 日拂晓，在红 18 师第 52 团配合下，红 17 师于分宜县以东的肖公庙击溃敌沿河设防的保安部队，渡过袁水，兼程向奉新县的黄沙地区疾进。

西路军总指挥何键急令第 16 师

北渡袁水跟踪追击，同时抽调“围剿”湘鄂赣苏区万载县小源地区的第18师第52旅和第62师第184旅，由第18师师长朱耀华统一指挥，驰往铜鼓，从西面进行堵截。

萧克率红17师披星戴月，夜行晓宿，巧妙地绕开敌人的围堵，由华阳渡过锦水，于2月2日进抵宜丰的黄沙，驻扎下来。

黄沙位于赣西北九岭山脉南麓，是修（水）、铜（鼓）、宜（丰）、奉（新）苏维埃联合县的中心区，也是湘鄂赣红军的游击根据地，人口约有1万。萧克考虑到部队连日急行军，十分疲劳，决定在此休整，等待与红16师会合，然后北上执行破坏南浔铁路（今南昌—九江）的任务。

次日上午，朱耀华的第18师2个旅从潭山市分两路尾追而来，向红17师发起突然进攻。与此同时，敌第16师也已追至黄沙东南地区。红17师当即以一部兵力对第16师阻击，集中主力抢占有利地形，顽强抗击第18师。

战斗中，五六架敌机分三次由南昌飞来助战，对红军阵地轮番轰炸，俯冲扫射。红17师凭借临时构筑的野战工事，顽强抗击敌军的连续冲锋。

经过6小时激战，红17师击退了第18师，歼灭第184旅1个营，击伤旅长钟光仁，毙伤俘敌近1000人，缴获400余支枪及许多军用物资。红17师自身伤亡400余人，参谋长李达负伤。

当晚，湘鄂赣苏区主力红16师1600余人在师长高咏生、政治委员温锦惠的率领下赶到黄沙，与红17师会合。

6日，红17、红16师在萧克的率领下，离开黄沙继续北进，经靖安县塘埠、罗溪，渡过修河，于15日顺利到达瑞昌县大、小坳地区。

这时，萧克接到中革军委电令：急速破坏南浔路。他决定红16师留在大、小坳地区，警戒武宁方向，并牵制尾追之敌，掩护红17师向德安县马回岭车站前进，执行破路任务。

但敌人已发觉红17师向南浔路挺进的作战意图，蒋介石急令暂编第4旅、

1955年被授予上将军衔的李达

独立第 36 旅、第 43 旅等部，沿瑞昌、岷山、德安、永修铁路线加强戒备；令第 16 师 3 个旅、第 52 旅、第 184 旅、第 185 旅和第 26 师 2 个旅，跟踪追击；令第 26 师 1 个旅和第 50 师 1 个旅，沿修水南岸布防，阻止红军南下，企图将红 17 师围歼在修水与富水之间的狭小地区。

敌军重兵围追堵截，情况万分危急。

17 日黄昏，红 17 师冒雨进抵马回岭车站附近后，发现敌人增调了重兵守备，加之地形不熟、道路泥泞，且缺乏破路器材和经验，萧克当机立断，命令部队马上撤下来，向西进入九渡源山区，准备寻机再去破路。

20 日，国民党军追击部队第 16 师进抵德安县的叶家铺和张甫田地区，其他追击部队也兼程前进；瑞昌的暂编第 4 旅和德安的独立第 43 旅同时出动向红军进攻；暂编第 4 旅已与红军警戒部队接触。

三面都有敌人围上来，和红 16 师的联系也已被切断，红 17 师处境险恶。萧克决定迅速摆脱敌人，跳到修水以南地区。当时，南面只有敌人的 1 个旅。红 17 师乘敌兵力少、空隙大，连夜冒雨从九渡源向南往秦山转移。萧克回忆道：

那天晚上，我们上了一个两里路高的小山，又下了六七里路的岭，天下着雨，路很难走。有个地方队伍老是走不动。我插上去一看，那个地方很窄，下面是悬崖陡壁，只有十几步路，就是走不动。我估计这里离敌人较远，即使敌人在远处发现，夜间也弄不清楚；就是被敌发现，也比困在山上更利于而后的战略机动。我就冒点险，叫人点了两盏马灯，以利于部队很快通过，向秦山撤退。我又

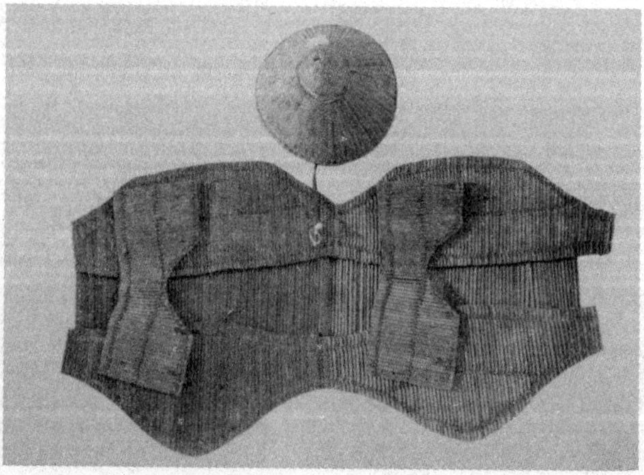

湘赣红军穿过的蓑衣、帽

让负责警戒的那个连堵住敌人，后来增援到一个营，才把整个部队掩护到了秦山脚下。这就利于今后的军事行动了。

虽然到了秦山脚下，但我们还没有脱离敌人的战役大包围。那天晚上，我们研究了各方面的情况，决定向南，从拓林南渡修河。整整一个晚上部队没有合眼，第二天天快亮时又出发了。

修水是江西五大河流之一。永修县拓林镇位于修水下游，河宽水深，不能徒涉，而附近船只都被镇上的保安队控制。

红 17 师侦察队一行 20 余人走到最前面。他们把缴来的国民党军服穿上，化装成第 18 师的先遣部队，急行军 110 里到达拓林镇渡口，向对岸的保安队喊话。

拓林的国民党镇长和保安队以为是国民党正规军来了，喜出望外，连忙划船过来，把侦察队接到对岸，迎进镇公所。侦察队员们一起亮出武器，把这帮家伙缴了械，命令他们为红军准备粮食，并在修水上架起浮桥。

次日早上 8 点，红 17 师顺利渡过修水，跳出了敌人的战役包围圈。随后经仰山、桃源、固坊、庙前街，进入上富山区。

敌人的大部队被抛在了后面，但他们调动得很快。彭位仁的第 16 师从德安乘火车到南昌，又从南昌到高安，从前面堵截；另一路李国均的第 62 师 2 个旅，经拓林、庙前，从北面追来；岳森的第 50 师从西面堵截；李觉的第 19 师 2 个团从西南面奔来，企图将红 17 师围歼在上富山区。

在萧克的率领下，红 17 师兼程向西行进，终于打破了敌人在上富地区围歼红军的企图。这时，红 17 师经过 1 个多月的艰苦转战，已减员 500 余人，部队非常疲劳，白天有飞机轰炸，只好晚上行军。

3 月 2 日，红 17 师进至修水县来苏，与在这里堵防的第 50 师交火。红军且战且退，先后打退了敌人 6 个连，冲破了敌人的封锁线。随后以百里夜行军，于 3 日凌晨赶到了漫江。

漫江依山傍水，是个百十户人家的小镇，再翻过一座山就是湘鄂赣省委机关所在地——铜鼓县的幽居。萧克了解到附近并没有国民党军正规部队，只有数百人的保安队据守在碉堡群里，于是决定在此宿营。官兵们实在是太疲劳了，倒头便睡。时任红 17 师政治部宣传干事的谭石冰记得：

那几天夜里他一边走一边打瞌睡，部队一停下，他站着就睡着了，直到战友

江西修水

在他的背后推一把他才会迷迷糊糊地跟着走下去，像被弄成了白痴的木头人儿似的。这晚上，上面通知宿营，他靠着一堵挡风的墙和衣躺下……啊，真舒服呀！两秒钟后，小伙子沉沉睡去，进入美好的梦乡。

其实，敌第50师的1个旅已进驻漫江附近的大椴、山口一带。天亮时分，第50师先头一部约4个营前来偷袭。红17师的警戒哨兵都睡过去了，结果红51团第2营和红49团第1营被敌人包围在村子里。

萧克在睡梦中听到激烈的枪响，闻声而起，马上集合部队，投入战斗。经红军指战员英勇反击，将这股敌人击溃，歼敌1个营，缴获了200多支枪。

许多年后，萧克称："这一仗虽然消灭敌人不算多，但在我军当时吃不好，睡不好又极端疲劳的情况下，堪称奇迹。"

但他在总结漫江战斗时，很生气地说："粗心大意嘛！连敌人的电话线都没有全部切断！幸亏我们的战士勇敢，要不然，非捅大娄子不可！"

红17师从漫江突围后来到幽居，找到了湘鄂赣省委，并与先期到达此地的红16师会合。此地四面环山，地域小、人口少，粮食原本就供应困难，一下涌进了5000多人的部队，连吃饭都成了问题。

这时，敌人又布置了新的进攻。东面是第18师的1个旅和第62师的2个旅，东南面是第16师，西面是第19师，北面是第26师、独立第4师和第50师的1个团。

萧克同以陈寿昌为首的湘鄂赣省委共同研究部队的行动方向，决定立即放弃在幽居的休整计划，趁北面防堵的第26师等部尚未部署就绪之机，迅速向北突

湘鄂赣红军在铜鼓县写的标语

围，向鄂南革命根据地机动。

7日晚，红17、红16师由铜鼓县的上、下杉出发，昼夜兼程向北疾进。部队刚到渣津，第26师郭汝栋部就赶来堵截。红17、红16师乘敌立足未稳，发起勇猛冲击，打垮敌人1个团，跳出了敌人的包围圈。随后继续北进，于10日进至赣鄂交界以九宫山为中心的修（水）武（宁）崇（阳）通（城）苏区。

这里也是山区，地方不大，纵横不足40里，人口仅有2000人，粮食依旧困难。多年行军打仗的经验告诉萧克，此地不利于久留，也不便与进攻之敌周旋。因为北面是长江和平汉铁路（今北京—汉口），西面是湘军重兵驻守的岳阳，东面是九江和南浔铁路，处在这个三角地带，活动范围小，十分危险。因此不能继续向北走了，应立即南返。

11日，红17、红16师一路南行，经过塘口、金港、获田铺，到达水源，把尾追之敌第26师和第50师甩在后面。萧克回忆道：

敌人太多，我们搞不清到底哪里有敌人，哪里没有敌人，就把侦察队派得远些，一旦发现敌人，大部队就改变方向。3月10日那天，我们到了湖北崇阳的塘口，发现前面来了敌人两个师，部队立即掉转方向往西走，前卫部队变成了掩护部队，在后面边打边走；敌人看到我们向西，已经落在我们后头了。第二天，等敌人向西追我们，我们又向南，和敌人调换了一个方向，掩护部队又变成了前卫，敌人与我们背道而行，越走越远。敌人被我们搞得晕头转向。我们就这样和敌人捉迷藏，紧张得很嘞！

15日，红军向朱溪厂前进。这时，得到一个错误情报，称敌第19师也被甩在后面了，前面没有敌人主力。由于连续数日行军都非常顺利，红军麻痹大意起来，放松了对前方的侦察警戒。

当红军行至修水县沙湾时，突与敌军遭遇。起初还以为是当地的保安团，人数不多，战斗力也不强，便主动发起进攻。结果越打敌人越多，越打敌人的火力越猛，越打红军的伤亡越大。侦察后才发现当面之敌是第19师第57旅等部的4个团。

萧克立即命令部队撤出战斗，西向平江县的虹桥地区转移。此战，红军伤亡了几百人，红50团团长李崇、红49团政治委员胡楚父和政治处主任曾杰等牺牲。

平江城

16日晚，红军在平江县嘉义、献钟之间的祠坪渡过汨罗江，于次日到达浏阳县的浏阳坳，终于摆脱了战略上被动局面。

浏阳坳位于汨罗江畔、连云山中，东面便是黄金洞苏区。在这里，萧克同意了红16师师长高咏生的提议，该师向东返回湘鄂赣苏区，坚持游击斗争。

曾任湘鄂赣省委委员、红16师政治部主任的傅秋涛，新中国成立后对萧克说："你那时决定把我们留下是对的，好多兵都归队了。16师一直在湘鄂赣坚持斗争到'七七事变'后红军改编时期，这一地区也成为我党在南方的重要战略支点之一。"

就这样，18日，红17师与红16师分开行动，继续南下。敌第57旅4个团紧追不舍，而第16师第52旅、第184旅、第185旅、补充旅第4团及独立第32

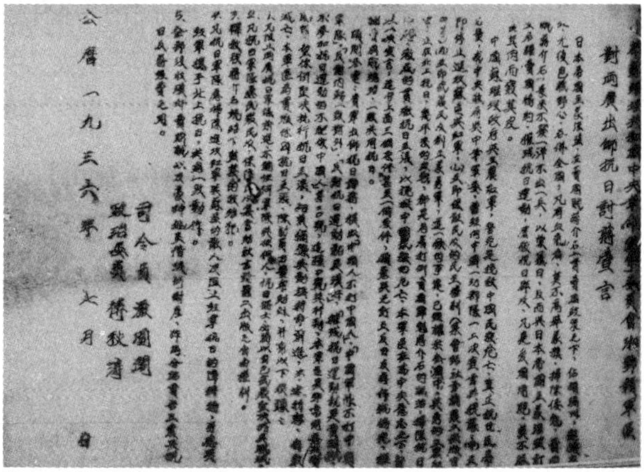

湘赣军区于 1936 年 7 月发布的对两广出师抗日讨蒋宣言（傅秋涛时任湘赣军区政委）

旅等部，则分别向万载和萍乡县的宣风、芦溪地区急进，企图阻止红 17 师南返。

20 日，红 17 师在桐木遭补充旅第 4 团堵击，红军边打边走，一昼夜行军 150 里，终于摆脱了敌人。

22 日凌晨 4 时，红 17 师在萍乡县宣风和芦溪间的珠亭山附近强渡袁水，一举突破了第 32 旅的拦堵阵地，返回到湘赣苏区武功山一带。对于这次远征经历，萧克回忆道：

我们北上湘鄂赣的队伍并不大，才 4000 人。两个月中，纵横驰骋，在白区走了 2500 里，赤区 500 里，3000 里路云和月，算是“小长征”吧！敌人调动了 46 个团围、追、堵、截，蒋介石亲自在南昌督战。但我们打垮了敌人 6 个团，烧毁了敌人无数的碉堡，冲破了敌人 5 次大兵团的战役包围。由于我们积极行动，钳制了敌人大量的兵力，起到了配合中央红军反对敌人五次“围剿”的作用。

18. 沙市战斗

1935年3月25日，北上执行破坏南浔铁路（今南昌—九江）任务的红17师在红6军团军团长萧克的率领下，进抵湘赣苏区安福县洋溪，与红18师会合。

分离两个多月的红6军团主力终于又会师了。然而，此时的湘赣苏区已遭重大损失，只剩下花溪、黄冈、石灰桥一带百十里的狭小地区了。

自红17师北上之后，留守苏区的红18师和地方武装在任弼时、徐洪、甘泗淇、龙云等人的指挥下，同"清剿"苏区的敌第15、第23、第63师及第62师第186旅等部，进行了艰苦的斗争。

土地革命战争时期的甘泗淇

虽然苏区军民十分英勇，但因执行"左"倾错误路线的指导方针，相继在七溪岭、龙源口、葡萄岭、东华岭、沙罗洲等地与敌激战，打了许多硬仗恶仗，始终无法打破占据绝对优势的敌人进攻，苏维埃省府不得不撤出禾川镇，转移至黄冈、象形、石灰桥地区，永新县城也丢掉了，红18师损失严重，只有第52、第53团共5个营的兵力。

这时，国民党军乘红6军团远征劳顿和减员严重之机，以第15师集结于江西省永新城，企图首先打通永新至莲花的公路交通，为而后在禾水以北、袁水以南地区进攻红 6 军团创造条件。

红军无线电训练班旧址。1931 年 1 月，红一方面军在东固坳上创办了无线电训练班，学员们用缴获的电台为反“围剿”战争做出了贡献

一天，红 6 军团的电台截获并破译了第 15 师师长王东原和军长刘建绪的来往电报。王东原电称：所部疲惫已极，建制残缺不全，需要整编。刘建绪复电：今彭位仁带一师人枪由茶陵去永新接王东原防务，王东原部最近返回茶陵。

沙市是永新通往莲花的必经之地，位于永新县城以西 45 里，南临禾水，北倚丛山，中间为一条乡村大道。此处地势险峻，利于隐蔽，且道路狭窄，行军部队只能成一路纵队。尤其是自澧田至沙市东西 15 里地段，地形两头小中间大，状如口袋，是打伏击战的理想阵地。

据此，红 6 军团决心集中兵力，采取伏击战法歼敌，并将作战方案报告了中革军委。

中革军委复电同意这个作战部署，并提出了具体的意见：“我十七、十八两师主力应在适当地区隐蔽，待敌后梯队到，即一齐猛攻，解决敌人，先头部队如已发现我军，（突击队）不应待敌展开，即行猛烈短促侧击其前梯队，使其后梯队赶不及……”

4 月 4 日，永新县地下党派人送来情报，说王东原第 15 师正在筹粮抓夫，将于 5 日同彭位仁的第 16 师第 47 旅，共 8 个团的兵力从永新出动，向澧田、沙市方向推进。

红 6 军团主力立即集结，当夜即隐蔽进入到澧田至沙市的道路北侧设伏。萧克回忆道：

我们以 3 个团进入澧田到沙市大道北侧四五里地隐蔽。战术部署是：首先集

抗日战争时期，萧克在给干部讲授军事理论

中力量打击敌人的先头旅，即在敌先头部队进入澧田与沙市之间尚未集结构成战斗队形前，3个团同时突击敌人的先头部队。我把突击重点选在沙市至汤溪陇一段5华里的山坡上，红49、红51团为右翼，红53团在左翼；红军学校摆在禾水南岸，侧击敌后续部队增援和先头部队回窜。这样的布置，从战略和战役上说是劣势，但从战术上说，红军在5里的行军道上，集中了3个团，却是优势。

5日拂晓，王东原以第16师第47旅为先头，沿永新至莲花公路向沙市开进。当进至澧田时，第47旅停止前进，就地构筑工事，掩护第15师继续向沙市开进。

9时许，第15师前卫第43旅进至沙市东面的小高地。

第43旅是红6军团的老对手了。一年前的棠市战斗中，该旅就曾担任为困守莲花的第63师运送给养的运输队前卫。结果被杀得大败而归，旅长侯鹏飞差点做了红军的俘虏。经过近一年的休整，第43旅又恢复了元气。不久前更是率先进占永新城，好不风光。侯鹏飞踌躇满志，命令第85团居前，旅部直属队居中，第86团断后，向沙市疾进。

10时左右，第43旅全部进入红军的伏击地域。红18师第53团和红军学校迅速占领澧田南北侧阻击阵地，截断第43旅的退路，割裂了该旅同后续部队的联系。同时，红17师第51团和当地游击队，在沙市以东高地迎头阻击。接着，红17师第49团主力和红18师第52团，在第51团左翼依次展开突击。

在红军疾风骤雨般的打击下，第43旅仓促占领公路北侧一线高地顽抗待援。红军在击溃第43旅先头团后，预备队红49团1个营立即投入战斗，协同红51、红49、红52团向公路北侧一线高地发起猛烈攻击。

仅用40分钟，便把第43旅的2个团击溃，侯鹏飞率残部仓皇向东逃窜。红军乘胜追击，将其在汤溪至沙市的河谷里团团包围起来。

这时，第15师后续部队和第16师第47旅赶到了澧田。面对敌军6个团又2个营的进攻，担任阻援任务的红53团顽强抗击，一连打退了敌人的5次冲锋。

红军创办了各种类型的学校培养干部。图为在军政学校学习的红军学员

战至下午1时许，红军全歼第43旅。这次侯鹏飞没有了棠市之役时的运气，连同参谋长赵楚卿、团长徐本桢被红军生擒活捉。

此战，红6军团共毙敌600余人，俘虏1000余人，缴获枪2000余支（挺），取得了一场酣畅淋漓的大胜。

19. 金华山、松山防御战

1934 年 4 月 5 日，红 6 军团取得沙市大捷，暂时稳定了湘赣苏区的局势。但局部的胜利并不能改变整个战场的危机，形势仍然是十分严峻。尤其是与湘赣苏区一水之隔的中央苏区第五次反“围剿”斗争已经到了生死存亡之际。

就在七个多月前，即 1933 年 9 月，蒋介石调集国民党军 64 个师又 7 个旅 50 余万人，空军 5 个航空大队 50 多架飞机，分为北路军、南路军、西路军及其他堵截部队，对中央苏区发动了规模空前的第五次“围剿”。

而在中央苏区，经过“残酷斗争、无情打击”后，毛泽东路线已被彻底摒弃。毛泽东本人也被剥夺了党和军队领导职务，只任中华苏维埃中央临时政府主

毛泽东与红军战士在中央苏区

席，专做地方工作。红军的指挥大权全部掌握在有着“黑面木偶”之称的博古手中，“左”倾冒险主义路线得以在苏区和红军中畅通无阻，贯彻执行。

博古坚决执行“左”倾冒险主义路线，完全摒弃了红军历次反“围剿”的正确战略方针和作战原则，提出“御敌于国门之外”的方针，企图以阵地战、正规战在苏区外克敌制胜，保卫苏区每一寸土地。为打破敌人的“围剿”，博古把红军指挥大权交给了共产国际派来的军事顾问李德。

结果，反“围剿”作战打响后，虽然红军将士依旧英勇，军民士气依然高涨，但苏区却越打越小，红军也越打越少。正如毛泽东所说的：“这真是‘乞丐要和龙王比宝’，未免滑稽可笑！”

到 1934 年 4 月初，国民党北路军和东路军已进至黎川南部康都、西城桥至泰宁一线，沿盱江东西两岸筑堡、修路，向广昌逼近。李德、博古指挥红军主力在广昌与敌血战 18 天，付出了 5500 余人的伤亡代价，仍没能守住广昌。

广昌失守后，国民党军分六路实行全面的堡垒推进。李德命令红军“全线抵御”“短促突击”，同时指示红 6 军团采取同样的方针，以阵地防御战来保卫永新平坝子，配合中央红军作战。

在“左”倾路线的错误作战方针指导下，红 6 军团实施消极的阵地防御作战，和李德发明的“短促突击”。所谓“短促突击”的战术原则，李德曾有过专门的解释。

1934 年 4 月，李德以华夫为笔名，接连在中革军委创办的军事理论刊物《革命与战争》第二、第三期上发表了《革命战争的迫切问题》《论红军在堡垒主义

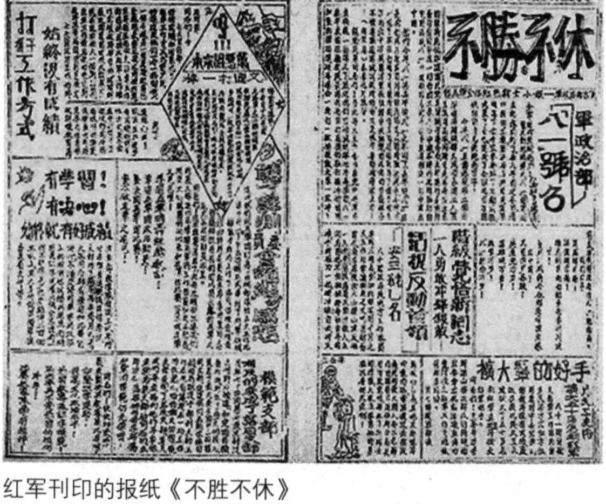
不勝不休

红军刊印的报纸《不胜不休》

下的战术问题》两篇文章，论述了“短促突击”新战术的原则及其实施办法。

面对敌人的堡垒新战术，红军过去采用的简单的游击战方法已不足以应用了，“把敌人诱入我们的阵地，现在通常已不能成功”，红军必须掌握和运用现代军事战术的原则。

在敌人实行堡垒战的条件下，红军新的战术主要应从下列三个准则出发：

1、红军应派出小股战斗部队牵制、削弱和分割敌人力量，与在敌人背后、侧翼以及正面活动的地方部队协同动作；

2、红军在敌人主攻方向应建立防御体系来直接保卫苏区，“应在重要的战略地点建立分散的堡垒，或牢固的阵地（堡垒群），来抵抗敌机的轰炸和炮兵的射击。……堡垒地带应配置一定数量的人力和火炮，当敌人在阵地前沿出现时，应以埋伏之主力部队，利用短促突击和奇袭的方法，加以驱散和消灭。”

3、红军主力应集中于一定方向，给予在阵地以外的敌人以坚决的突然的打击，消灭其有生力量。“但必须切断敌人与出发地的联系，这样才能有把握地消灭敌人有生力量，缴获敌人的武器和器材。一进入战斗，就必须立即投入所有人力和物力，尽快地、一下子就决定战斗的结局。”

红军粉碎敌人堡垒新战术最基本的战术，是要在堡垒主义条件下寻求运动战。红军应向在运动中的敌人进行短促的突击，当敌人离开堡垒向前移动时，突击其先头部队，当敌人前进到十里以外时突击其后续梯队。

红军应在敌军后续梯队或从堡垒内出来的增援队未到达之前迅速解决战斗，应注意利用夜间及昏暗条件进行机动及局部的战斗，应采取积极和消极的防空方法，应隐蔽地接敌和进行白刃战斗。

为避免敌人于一个方向钳制红军主力，而在另一个方向前进，红军应迅速和不断转变自己的突击方向。

红军为更确实地钳制敌人，应利用支撑点及其他堡垒。这些堡垒不仅要能抵御敌人的机枪火力，而且要能抵御敌人的迫击炮弹和飞机炸弹。进行短促突击作战时，红军守备部队的火力应在堡垒内，而突击部队则在堡垒外进行反突击。

李德提出的这种“短促突击”的战术原则，在实践中的要求，就是敌人筑碉堡红军也筑碉堡，然后对于从堡垒内出来作短距离推进筑垒的敌人，乘其立足尚未稳定时予以不意的、迅速的、短促的突击，以消灭敌人的有生力量。

这种战术要求极高，既要有准确的情报和判断，又要集中精干的兵力，还要和敌人作阵地战，更要能积极地结束战斗。因为敌人重兵集结，弹药充足，火力较强，四面呼应，红军稍有不慎，就会陷入敌人的包围。而这种战术，限制了红军的主动性，红军不能去调动敌人，而只能坐等敌人出碉堡时以求一战。

李德

这种战术原则，实际上是对敌人堡垒主义的恐惧，对堡垒主义估计过高与对运动战的可能估计不足而产生的一种单纯防御理论。

李德等人认为，在堡垒主义下，只能有许多小的胜利，不能有痛快淋漓的胜利，只有战术上的胜利才能引起战役上的胜利，然后引起战略上有利于我们的变化。这种战术，不是为了争取主动权，争取决战的胜利，只是为了消灭部分敌人，阻止敌人前进。

正是这种“短促突击”，节节抗御的战法，使红军的反“围剿”战争，成了不折不扣的阵地战、堡垒战、消耗战，促进了敌人三里五里一进，十里八里一推的堡垒主义作战法。其结果就是红军消灭敌人的数量极少，自己却遭受很大的损失。当时，不少红军指战员称“短促突击”为“肉包子打狗战术”。

“短促突击”不仅在中央苏区第五次反“围剿”作战中得以贯彻执行，湘赣苏区的一些领导也奉为真经，提出“为保卫苏区流尽最后一滴血”“誓死保卫永新平坝子”的战斗口号，命令红6军团在重要城镇、大居民点、交通要道、隘口等地构筑碉堡，处处设防，以阵地防御战结合“短促突击”，企图以此迟滞敌人的进攻，削弱其力量，达到制止敌人进攻的最终目的。

当时，红6军团从战斗部队到直属机关、分队，都被分配担任修筑堡垒的任务，甚至将主力团以连排为单位分散去守堡垒。一时间，湘赣苏区内，敌我之间方圆两三百里的碉堡旌旗相望，鼓角相闻，成为中外战争史上的奇观。

但这种以集中对集中、以堡垒对堡垒，在敌强我弱、敌大我小的形势下，同敌军打阵地战、拼消耗，红军岂能有好的结果！

国民党军在“围剿”苏区时修建的碉堡遗址

6 月初，刘建绪指挥所部完成了对湘赣苏区的碉堡包围圈。为了分割苏区，打通永新与吉安的联系，刘建绪命令彭位仁第 16 师 3 个旅在鲍刚第 185 旅的策应下，向红军金华山阵地开始了攻击。

3 日，金华山、松山战斗打响了。

敌军凭借空中优势，先以飞机、大炮对红 6 军团金华山阵地实施轮番轰炸。隆隆的炮声打破了山野的寂静，阵地上顿时土迸石裂、断枝横飞、尘土弥漫、硝烟四起。炮火向红军阵地纵深延伸后，敌人以密集的“羊群战术”发起潮水般的冲锋。

红军先躲在碉堡里打了一阵排子枪，然后冲了出去。见红军冲出来，敌人并不恋战，乱放一阵枪之后便向后退去。这时敌人的大炮又响了，由于这是短程射击，命中率极高，几乎每一发炮弹都能击中目标。红军只好慌忙再一次退回到碉堡中。

红军执行的就是李德津津乐道的“短促突击”战法，不但不能诱敌深入消灭敌人，反而使出击部队遭到不应有的伤亡。在这种反反复复的拉锯战中，红军的伤亡不断增加，战斗异常激烈、残酷。

担任主攻的敌第 47 旅副旅长李国强沉不住气了，认为红军已消耗得差不多了，便指挥敢死队冲锋，抢上了茶子山和马岭前沿阵地。

“坚决把敌人打下去！”萧克命令红 6 军团 3 个团同时发起反攻，指战员们高举大刀或端着刺刀，与攻上阵地的敌人展开肉搏，有的刺刀拼弯了，一脚踩直，继续战斗……终于将敌人赶下了阵地。

见攻击金华山受挫，彭位仁挥师杀向红 6 军团另一个阵地：幡竿山。这是一道长长的岭子。红6军团在这里构筑了仰山、左岭、月岭、埠前和墟皇山共五道工事。

此时，中央军李韫珩部第53师奉蒋介石之命西渡赣水，进抵安福县金田地区，虎视湘赣苏区北沿神功山、桂林坊、松山阵地，与彭位仁第16师相距仅30多里，成南北呼应之势。

“誓死保卫永新平坝子！”红6军团指战员们高喊着这个悲壮的口号，以红18师控制金华山阵地，地方武装坚守墟皇山，继续阻击敌第16师，而以红17师进入北部阵地，迎接李韫珩的第53师。

李韫珩，字抱冰，国民党陆军中将。1877年生于湖南宁远。保定军校速成班毕业后，留校任教。回乡省亲期间，应零陵镇守使刘建藩之请，任参谋长。1920年在驱逐张敬尧的长沙战役中，他亲率卫队数十人，率先攻入城中，旋任长沙警备司令。三湘人士，都视他为名将。1924年，李韫珩率部入粤，任湘军第8团团长。时杨希闵叛变，威胁广州政府，李韫珩奉命率3个团平叛。在石井兵工厂一战，打败杨希闵数万之众。后参加北伐战争，升任第13军第38师师长。

中原大战期间，张发奎想乘虚进占南京。李韫珩率部堵截，在洪桥与张发奎相遇，激战数月，击溃张发奎的部队。此后，他又渡海在青岛登陆，收回济南。旋再回陇海线，破冯玉祥主力于归德及许颖间，从而受到蒋介石的嘉奖。1932年6月，升任第16军军长，率部在湖北、江西一带“围剿”红军。

李韫珩可能没有想到他面对的红军指挥员曾与他有过一面之缘。那是1926

北伐军乘胜进军

年初，萧克投笔从戎，从家乡赶赴广东投军。途经韶关时，住在第8团团部，第8团的团长正是李韫珩。萧克是湖南嘉禾人，对这位老乡的大名早有耳闻，十分钦佩。不过，当时萧克绝对没有料到数年后，二人竟在湘赣战场兵戎相见。

7月1日上午9时，第53师在飞机大炮的支援下，拉开了向红17师阵地攻击的序幕。第53师是蒋介石嫡系部队，清一色的德国武器装备，首先集中炮火猛烈轰击神功山阵地。呼啸的炮弹雨点般落在小小的阵地上，顿时浓烟滚滚，满目疮痍，遍体鳞伤，整个大地都在颤抖着。浓黑的烟云笼罩住了阵地，半边天也被染得混沌一片。

炮火过后，第53师以主力在虹桥展开，从正面发起进攻，一部兵力迂回到桂林坊，从侧翼攻击神功山东麓。

坚守神功山阵地的是红17师第50团。将士们被浓烟呛得睁不开眼睛，耳朵也被炮声震聋了。从尘土中钻出来，抖掉身上的断枝落叶，修复工事准备迎敌。

黑压压的敌人起初还弯着腰，边爬边盲目射击，后来见山上的红军毫无反应，他们都满以为被炸得差不多了，便一个个直起腰来，号叫着往山上冲锋。

当敌人距离前沿阵地只有三四十米时，从掩体工事中突然腾起的红军战士居高临下猛烈开火。与此同时，红军其他各团也同时向冲锋到半山腰的敌人发起了攻击。

敌人被打得措手不及，丢下数十具尸体后纷纷溃退下去。

大约过了十分钟，敌人卷土重来，投入更多的兵力再次向山上冲来，又被红军打了下去。就这样，敌人一批被打退了，另一批又冲上来，不断投入兵力，发起不间断的轮番冲击，一点点地蚕食着红军的阵地。红军原本就少得可怜的弹药消耗得差不多了，战士们就用刺刀、石块与敌人拼杀，伤亡越来越大。

激战至黄昏时分，红50团击退了敌人5次集团冲锋，给敌以重大杀伤，自己也付出了很大的代价。为减少伤亡，萧克命令红50团撤离神功山，转移到永新县的高桥头地区；红51团进入神功山后线的松山，梯次阻击敌人。

2日10时，第53师故伎重演，在飞机大炮的掩护下，转向攻击松山。敌人兵分两路，主力以神功山为依托，经宁家、下边攻击松山东山头；一部经南田、上塘向红军学校警戒阵地进攻，占领怀忠、下木栅后，从左翼迂回松山西山头。

坚守东山头阵地的是红51团第3营和机枪连。指战员们顽强奋战，顶住了正面之敌的多次猛烈进攻，并对敌实施反击。据守西山头阵地的红51团第1营官兵也给予迂回之敌重大杀伤。

激战至下午4时，红51团受到敌两面夹击，局势愈发不利，遂撤出战斗，转移到香炉山阵地，继续阻击敌人。

3日中午，占领松山的敌人分两路向香炉山进攻。又是一场血战，战况与前几日如出一辙。敌人先以飞机大炮猛轰红军阵地，然后步兵以营连为单位发起集团冲锋。

战斗愈来愈惨烈，在数公里长的战场上，硝烟弥漫，杀声震天，尸横遍野，敌军发动了一次又一次的猛烈攻击，但始终未能越过红51团那道钢铁般的防线。

面对敌优势兵力和火力的猛烈攻击，全团官兵沉着抵抗，顽强奋战，接连击退敌人数次进攻。但伤亡也越来越大，弹药已经消耗殆尽。

萧克心急如焚，他知道敌我力量太过悬殊，红17师处于绝对的劣势，照这样打下去，不出两天，老本就会拼光。

此时，敌第16师已占领墟皇山，守卫墟皇山的地方部队已向钱市方向转移。红17师如不迅速脱离松山战区，将腹背受敌，有落入敌第16、第53师和第186旅重围的危险。

傍晚时分，萧克与李达、甘泗淇等人简单地交换了一下意见，下令坚守松山的红军撤出阵地，向南转移到永新县东乡的高桥。随后连夜南渡禾水，移驻金华山和梅田地区，与红18师会合。

入夜后，敌第16师攻占了钱市街以东红军阵地，随后继续攻击前进，占领了禾水以北的南田地区，4日拂晓又南渡禾水向金华山阵地进逼。

当日下午，三面受敌的红6军团为保存有生力量，被迫转移到永新县东南的牛田和津洞地区，准备恢复和依托井冈山地区，继续坚持斗争。

金华山、松山防御战历时1个多月，红6军团全体指战员浴血奋战，给予敌人重大杀伤，但由于执行单纯防御路线，最终不仅没有实现保卫永新平坝子的计划，反而大大削弱了红6军团的实力，使湘赣苏区进一步缩小，反“围剿”形势日趋严峻。

1955年被授予上将军衔的萧克

20. 红 6 军团西征

1934 年 7 月，在“左”倾路线的错误作战方针指导下，红 6 军团实施消极的阵地防御作战。结果，金华山、松山防御战接连失利，湘赣苏区被分割成若干小块，省委和后方机关转移到牛田地区，红 6 军团被 8 个师的敌人压迫在牛田和津洞之间方圆数十里的狭小地区内，形势危急。

国民党军准备将第 16 师、第 62 师集中永新，第 15 师集中宁冈，协同作战，配合东线、南线之敌，与红 6 军团决战。

任弼时

红 6 军团已处于敌军严密包围之中，西面是高山，不能发展和运动；东面和北面，敌军筑碉推进，很难突破；如向东南移至新游击区，主力运动不能保守秘密。出路何在?

《任弼时传》中是这样记述的：

七月初，任弼时主持召开省委会议，研究行动方案。会上有两个意见：一是上井冈山，坚持在原地区打游击，任命王震为省军区司令员，重新划分游击区域，并派红十七师的四十九团和由李贞率领红军学校全体学员开赴井冈山，恢复根据地，凭山险坚持。二是突出重围，向基本苏区的东南地区转移，准备打通与中央苏区的联络。

7月23日，中革军委给湘赣省委发来一封长电，明确指示："中央书记处及军委决定六军团离开现在的湘赣苏区，转移到湖南中部去发展广大游击战争及创立新的苏区。同时，除了六军团外，湘赣军区所属诸独立部队及游击队，应无例外地留在现有苏区及其周围，进行广大的游击战争，捍卫苏区"，并对红6军团向湖南发展的路线、到达地域和行动步骤都做了具体规定，要求"六军团由黄坳、上下七地域敌工事守备的薄弱部分突围，第一步到达湘南桂东地域，发展游击战争，推广游击区域；第二步应转移到新田、祁阳、零陵地域，去发展游击战争和创立苏区；第三步向新化、溆浦两县间的山地发展，并由该地域向北与红二军团（即红3军）取得联系"。

电报同时对这次行动的组织领导作了安排："准备离开现在苏区的部队应包括六军团之十七、十八两师全部及红校学生，无线电台两架，野战医院和制弹、修械厂。弼时同志及部分党政干部应准备随军行动，弼时即为中央代表，并与萧克、王震三人组成六军团的军政委员会，弼时为主席。"

在这封电报中，并没有讲明放弃湘赣苏区的原因及中央红军的根本意图，只说做出这个决定的主要考虑是："在这种情况下，红六军团继续留在现在苏区，将有被敌人层层封锁和紧缩包围之危险，而且粮食及物资的供应将成为尖锐的困难，红军及苏区之扩大受到很大的限制，这就是使保全红军有生力量及捍卫苏区的基本任务都发生困难。"

实际上，由于中央苏区第五次反"围剿"屡战失利，已无力在内线打破敌人的"围剿"，中革军委决定放弃中央苏区，实施战略转移。为确保中央红军的转移行动，中革军委要红6军团作为先遣队，由湘赣苏区先期突围，深入湖南，调动敌人，摸清情况，探出路子，在湘中地区开辟一块新的根据地，以便中央红军突围后，向贺龙、夏曦、关向应领导的湘西根据地转移时，有个立足之地。

后来，周恩来曾说过，当时组织红6、红7军团分别西征和北上，"一路是探路，一路是调敌"。博古则直接说明，"当时军事计划是搬家，准备到湘鄂西去，六军团是先头部队"。

红6军团立即召开会议研究转移部署，认为如按军委规定的方向突围，沿途山大路险，不便运动，容易遭到驻宁冈的湘军第15师堵截和驻永新的第16、第

中央红军长征出发地、二万五千里长征零公里处——中复村

62师的追击，而且会过早地暴露行动意图。考虑到南面为湘军和粤军的接合部，都是保安团队和地主武装，战斗力不强，间隙较大，便于行动，因此决定主力先向南再向西南急进，冲破敌人的包围圈。

突围方向确定后，红6军团立即行动起来，集结部队进行思想动员，任弼时还作了“争取新的决战胜利，消灭湖南敌人，创立新的根据地”的动员报告。随后，开展紧张的行动准备工作，打草鞋、备干粮、补充弹药等。

8月7日下午3时，红6军团第17、第18师和红军学校共9700余人，在独立第4团的接应和掩护下，由江西省遂川县的横石、新江口地区出发，踏上了西征的漫漫征途。

中革军委命令红6军团把一切能带走的东西都带走，无疑给部队的前进带来了很大的困难。萧克回忆道：

由于我们主要领导人不大了解西征意图，也没有接受红17师北上的经验，就把省保卫局的犯人，医院，兵工厂，石印机，甚至连个老虎钳子都带上了。有个电台发动机很重，也带走，你走十里路它就掉队一二里，后续部队也跟着掉队。这种搬家式的行动，使部队的机动能力大大削弱，行军不灵便，打仗顾虑多，客观上影响了指挥员寻找机会打仗的决心。特别是到了贵州，山高路窄，崎岖曲折。我们从湘桂黔边进入贵州，带的东西扔得差不多了。

……我参加军队以来，有三次深切的感受，一次是南昌起义后南下广东，

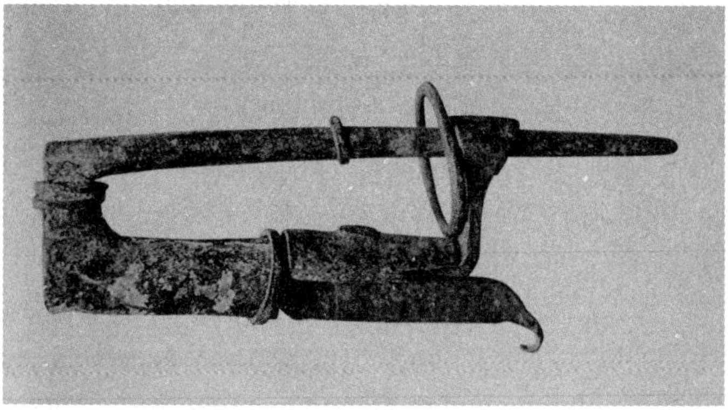

红军长征时大搬家。图为兵工厂造子弹的工具

开始带了被服、装备，一路走，一路丢，到东江后，留下不多了。第二次是朱毛红军下井冈山，也带了些辎重行李，虽然不多，但走到闽赣边，也丢得差不多了。第三次是红17师北上，北渡修水后，军委还特令我们焚毁行李，我们执行这个指示。行动更便利了。我认为军委的命令总的方面是正确的，但是，六军团西征，军委却叫我们搬很多东西，我认为是不行的。我最担心的是战斗部队为行李辎重所累而不利于灵活机动行动，打不好仗，不仅辎重行李会丢掉，连战斗部队也会损失。但又感到这是军委指示的，不执行也不好，我深深为此发愁。

红6军团一路日夜兼程，先后突破国民党军衙前至五斗江和遂川至黄坳、遂川至七岭的封锁线，于8日攻占遂川的藻林，歼灭守军地方民团。次日攻占左安，后冒着盛暑酷热，日夜兼程，在猴子岭一举突破寒口至广东桥的封锁线，11日进至湖南省桂东以南的寨前圩。至此，红6军团胜利突破敌人的四道封锁线，跳出了包围圈。

12日，红6军团在寨前圩正式成立军团领导机关，萧克任军团长兼红17师师长，王震任军团政治委员兼红17师政治委员，李达任军团参谋长，张子意任军团政治部主任。

红6军团胜利突围，在敌人的战略西线打开一个缺口，极大地震撼了湘桂两省的国民党军。湘军主帅、西路军总司令何键急令手下悍将刘建绪派2个师昼夜兼程追击红6军团，同时还令1个旅和4个保安团防堵拦截，力图把红军堵在湘境之外。

20世纪二三十年代的中国是个军阀多如牛毛的战乱时期。有兵有枪就能割据一方，就意味着权势、金钱和美女。因此，这些大大小小的军阀们都视地盘和实力为性命。也正因如此，他们的一切行动准则就是以保存实力和地盘为基点的。

眼见红6军团大有向广西境内逼近之势，桂军自然也不敢怠慢，调集廖磊第7军的2个师向北防堵，同样是想把红军堵在桂境之外。

敌变我变。红6军团放弃在湘南地区停留的计划，于12日晚从寨前圩地区出发，经汝城县的田庄圩、资兴县的滁口、郴县东南的狮子岭，越过郴宜公路，至17日进入桂阳县境。20日袭占新田县城，随后继续前进，在道路崎岖难行的大山区3天行进了240里，于23日到达零陵以北、湘江右岸的蔡家埠一带，准备抢渡湘江，向新化、溆浦地区前进。

就在这时，国民党军段珩旅及保安部队已先红军一天到达湘江，并已沿江展开，而敌追击部队第15师已进到阳明山地区，桂军第19师及广西民团2个团正分路向零陵、道县开进。

鉴于零陵到归阳沿江一线所有船只都已被敌人拉往左岸，且这一带江面宽阔，连日降雨，江水暴涨，不能徒涉，红6军团决定放弃由零陵地区抢渡湘江的计划，迅速向东南转移，25日进入阳明山区，准备在此开展游击战争。

阳明山地区地瘠人稀，十分荒凉，且地域狭小，不便大部队开展游击战争，建立根据地。而此时国民党军重兵已分别从南、北、西三面逼近阳明山。

湘江宜章渡口

为甩开国民党军，红 6 军团采取兜圈子的战术，于 26 日东进到白果市，全歼当地反动武装，活捉曾任阳明山县县长的奉明托。随后又急转南下，28 日到达嘉禾县的广发圩，接着急转西进，连续急行军三天，于 31 日乘虚在道县以南的薛家厂渡过潇水，甩掉了追击之敌，继经清水关进入桂北地区。红 6 军团忽东忽西，飘浮不定，把追堵之敌搞得晕头转向，跟在红军后面兜圈子，一无所获，疲惫不堪。何键大发雷霆，严斥追堵部队，并将作战不力的第 16 师师长彭位仁等撤职查办。

9 月 3 日，红 6 军团在广西全县（今全州）、灌阳东北地区的文市一举击溃国民党湘军第 16 师一部和桂军第 19 师 2 个团。次日，于兴安县界首以北凤凰嘴地区，利用一条卵石滚水坝，未发一枪一弹安全渡过湘江，径直西上，向越城岭前进，进占西延城。

越城岭在五岭山脉西头，处于湘桂两省之间。西延是越城岭地区唯一的县城。山高路险，地势雄壮，为湘桂两省要冲。红 6 军团占据西延城，有居高临下之势，但桂军时常派飞机侦察轰炸。一天，桂军飞机再度飞临西延城。敌人欺负红军没有防空火器，飞得很低，疯狂扫射。有个连的红军官兵气不过，便集中步机枪，一起对空射击，居然击落了一架敌机。飞机上的人员和武器装具也全部被俘获。

8 日，红 6 军团在西延车田接到军委的一个训令，要求他们在城步、绥宁、武岗地区打击敌人，坚持到 20 日后，沿桂边境行动，与在川黔湘边境活动的红 3 军取得联系，在凤凰、乾城（今吉首）、永绥（今花垣）地区建立巩固根据地。

此时，湘军为加强沿赣江及湘南地区的力量，防止中央红军向西突围，将前敌总指挥刘建绪调回湘赣边地区，第 15、第 16 师亦解除追堵任务相继调回。追堵红 6 军团的湘军部队改由第 19 师师长兼代湖南省保安司令李觉负责指挥，辖第 19 师第 55 旅，独立第 32 旅，补充第 1、第 2 部队等部。

李觉，号云波，又名淑志。国民党陆军中将。1900 年生于湖南长沙。1913 年考入北京陆军第一预备学校。毕业后到山东边防军第 2 师当入伍生。不久，直皖战争爆发，段祺瑞战败倒台，这支新军也就随即解散。李觉回到长沙，入湘军第 1 师第 2 旅第 3 团当排长，深得团长唐生智的器重。

1921 年，唐生智亲自选派李觉到保定军官学校第九期深造。1922 年 5 月毕业后回原部队任连长。

据说李觉刚当连长时，年纪轻轻、嘴上没毛，整个一白面书生，手下士卒多是打过很多仗的兵油子，并不服这个学生官。

无奈之下，李觉竟然采纳了唐生智出的馊主意，拿烧热的老姜抹嘴唇，说是这样能快点长出胡子来，长出胡子就显得不那么嫩了，底下的兵好服你。最后兵还是服了他，当然不是因为他有胡子，而是他出色的军事指挥才能和勇猛顽强的战斗意志。

1924 年，李觉调任第 9 旅第 27 团营长，归属何键部下。何键也非常喜爱李觉。后经唐生智的从中撮合，何键将长女何玫嫁给了李觉。从此，李觉以唐生智的得意门生、何键的乘龙快婿的身份，步步高升，成为湘军主将。

历史给李觉开了一个不大不小的玩笑。

15 年后的 1949 年 8 月，林彪率领中国人民解放军第四野战军以雷霆万钧之势直逼湖南。时任湖南“绥靖”副司令的李觉却再也没有了当年追堵红 6 军团时的勇猛，转而积极协助程潜、陈明仁举行起义，湖南遂和平解放。

起义后，李觉先在湖南省人民政府任职，后调全国政协工作。粉碎“四人帮”后当选为全国政协常委，晚年与夫人何玫在长沙过着安静舒逸的生活，直至 1987 年逝世。

为防止红 6 军团进入广西，桂军增派兵力，除第 19 师外，另将第 24 师调来，由第 7 军军长廖磊统一率领，执行追堵任务。

这样，湘、桂军用于追堵红 6 军团的兵力约 15 个团，分路由武冈、新宁和西延、龙胜地区向城步方向前进，在飞机的配合下，企图阻止红军北进。

1949 年 8 月，第四野战军进驻长沙市

红6军团立即行动起来，到11日进至城步以西的丹口地区。接着继续西进，准备在绥宁以东地区侧击由城步向绥宁方向前进的国民党湘军，但未能得手。随即夺路南下，于17日袭占通道城。18日，在靖县新厂歼灭湘军补充第2总队的2个团大部。20日，进入贵州清水江流域。

红6军团时而东，时而西，时而南，时而北，如神龙腾空，使敌人难以捉摸。何键无可奈何地说，红军“时而声东击西，行踪飘忽，作圈子策”“我15、16师跟踪追逐数千里”，疲于奔命。

贵州，地处中国西南边陲，是个“天无三日晴，地无三里平，人无三分银”的贫穷偏僻山区。这里山高、谷深、路窄，红6军团从江西、湖南带的马，根本走不惯这种路，许多都失足堕入谷底。

贵州清水江一带是苗、侗族聚居地区，长期以来受反动政府和地方军阀的欺凌，民族间仇恨很深。红6军团严格执行党的民族政策，遵守苗、侗同胞的风俗习惯，处处维护群众利益，做到秋毫无犯，提出民族团结和民族平等的口号，深入宣传共产党的民族政策，取得了当地少数民族群众的信任和支持。不少群众主动为红军带路，积极为红军传递消息，热情接待过路红军，有的甚至冒着生命危险秘密收留红军掉队人员，并帮他们寻找部队。

进入贵州后，红6军团面临的最大困难是，没有军用地图，只有一张中学生用的简图，行军全靠找向导带路。对于一支孤军远行的部队而言，在一个完全陌

参加红军的少数民族战士

生的且没有群众基础，甚至连地图都没有的地区行动，困难之大可想而知。

24日，红6军团在当地群众的帮助下，收集船只，绑结木筏，架设浮桥，由清江县南家堡胜利渡过了清水江。

26日，当先头部队行至大广时，与桂军第24师遭遇。经激战突出重围，进入大广以西的大山。但担任前卫的红18师第54团遭受严重损失，团长赵雄以下140余人牺牲。战后，第54团余部编入各团。

此时，红6军团前临潕水、后濒清水江，而湘、桂、黔三省国民党军兵分两路追来。一路由廖磊亲率桂军第19师和湘军李觉部第55旅及独立第32旅，沿三穗通往镇远的大道平行追击；另一路由覃联芳率桂军第24师和湘军补充第1总队，紧随红军尾追。敌人企图以黔军王天锡率领的第1、第5、第6团和特1团共4个团，在施秉至黄平一线从正面堵击，以北路军在三穗、镇远、施秉一线由北而南压迫红军，在尾追部队的配合下，一举将红军围歼于镇远以南潕水与清水江两河之间。

为迅速摆脱这种困境，红6军团遂越过施秉至黄平的大道，于30日进至黄平。10月1日，袭占地主武装盘踞的老黄平县城——旧州。

旧州城，位于贵阳市以东偏北约100公里处，虽已废除州治，但文化交通和人物等，较新设县治，声名更大。

在城里的教堂里，红军扣留了外国传教士薄复礼和海曼。

红军在贵阳留下的标语

薄复礼，1897 年生于英国曼彻斯特，原名鲁道夫·阿尔弗雷德·博萨哈特·比亚吉特。薄复礼是他的中文名字，因为他喜爱中国传统文化，尤以孔子的“克己复礼”为信条。1922 年，薄复礼来到中国，在贵州镇远、黄平、遵义一带传教。海曼，是新西兰人，旧州教会的负责人。

当时正处于紧张的行军作战时期，对这些不明身份的外国人，自然不能放过。好在，红军很快就查明了他们的身份，并释放了他们的家人，但还是留下了薄复礼和海曼。后来，薄复礼随红 6 军团一直行动了一年半，成为参加红军长征为数不多的外国人之一。萧克回忆道：

坦率地讲，我们扣留他们两人的主要原因，是从军事角度考虑的。西征以来，转战 50 多天，暑天行军，伤、病兵日益增多，苦于无药医治。我们知道传教士有条件弄到药品和经费，于是，提出释放他们的条件是给红军提供一定数量的药品或经费。

在旧州，红军不仅缴获了数万银元的巨款和一部无线电收发报机，还在教堂里意外地找到了一张晕滃式的贵州地图。对于不熟悉贵州地形且无当地地图的红军来说，这真是雪中送炭。

萧克立即把这张非常珍贵的地图取下来。可惜的是，地图上面所标的地名都是外国文字，曲里拐弯的字母根本看不懂。于是就把略知外文的张子意和袁任远叫来。

结果，两人拿着地图，认真研究了半天，一个劲儿摇头，说这不是英文，他们也看不懂。焦急之中，萧克突然想起那个叫薄复礼的传教士会汉语，虽然讲得不太好，但能听得懂，就请他来，说不定他认识地图上的外国文字。

天佑红军。薄复礼看了眼地图，说是法文，他认识。萧克喜出望外，立即请他帮忙把地图上的地名翻译成中文。于是，两人就在一张四方桌子上展开地图，用一盏煤油军用马灯照明。薄复礼负责翻译，萧克负责在地图上记，整整干了大半夜，把想要知道的红 6 军团与红 3 军会合的那个方向的地名都一一标注上中文。

大功告成，萧克从心里感激薄复礼的热情帮助，就又与他连说带比画地交流起来。

在交谈中，我不仅知道了军事上的有用的情况，还了解了他的身世。过去，

1937年4月，红6军团团以上干部在陕西富平欢送出席全苏区党大会代表合影

我对传教士的印象是不好的，认为他们来中国是搞文化侵略的，把他们当帝国主义分子看待，财产要没收，拘留要赎金。这时，我们对统一战线的认识有提高，执行政策不像过去那样“左”了。传教士帮助我翻译的这张地图，对我们在贵州行军作战，决定部队的行动起了好作用。我总感到，他在困难的时候帮助了红军，尽管不是主动的，但总是做了对我们有益的事情，所以，我对他有些好感。

这位传教士一直随我们行动了18个月，这期间，我们一起谈过信仰，一起搞过娱乐活动，一起利用长征中难得的休息日子聚餐，相互有了进一步了解。在1936年4月12日，我军进至昆明附近把他释放了，临别时，我还特意请他吃了一顿饭，还给了他足够的路费。据说，他被释放后，不但没有诋毁我们，反而说了不少赞誉红军的话。

根据中革军委的命令，红6军团准备由猴场掉头向东北前进，经石阡附近进至江口地区，再与红3军取得联系。

这时，国民党军判断：乌江天险，又有黔军重兵扼守，红6军团难以西渡，必经余庆、石阡去印江与红3军会合；在西、北两面有乌江天险阻隔的情况下，只要死死封锁住石（阡）镇（远）大道，便可在这一地区将红6军团围歼。

于是，廖磊、李觉等在镇远紧急会商，决定出动20个团的兵力，其中：黔

1934 年 5 月，贺龙、关向应率红 3 军攻克彭水县城后，经南渡沱渡过乌江到黔东开辟革命根据地

军侯之担部 5 个团严密防守乌江，以入黔的湘、桂两军主力进至石阡、镇远拦截，以桂军第 24 师、湘军补充第 1 总队及黔军 4 个团沿施秉、余庆一线展开，由南向北压迫红军。

湘、桂、黔三省国民党军精心策划，在石阡以西地区给红 6 军团布下了一张天罗地网，只等红军来投。

对此，红 6 军团毫不知情。7 日，红 6 军团前卫部队在李达的率领下，进至石阡西南甘溪时，突与桂军第 19 师遭遇。

桂军抢占了甘溪东北的白虎山和群宝山一线高地，居高临下向红军发起猛烈进攻。仓促投入战斗的红军部队很快就被敌冲散，李达只得率红 17 师第 49、第 51 团向西翻过梵净山，渡乌江去找红 3 军会合。红 6 军团主力则转入石阡、余庆、施秉之间的高山密林，同国民党军 20 多个团周旋。

梵净山区，山高岭峻，居民稀少，部队给养十分困难，有时一天也吃不上一顿饭。战士们往往是饿着肚子不分昼夜地行军打仗，没有鞋穿，只能赤着双脚在深山密林里与敌周旋。《任弼时传》是这样描写当时的困境的：

这时，任弼时病了，三天两头发疟疾，加上风餐露宿，日夜转战，身子十分虚弱，他躺在担架上坚持指挥，后来萧克找来了一匹马让他骑，但山势陡峭，骡马在羊肠小道上行走常常失蹄，只好拄着木棍徒步。队伍零零落落，电台的队长

土地革命战争时期的任弼时

阎知非，背着机器，行走非常困难。任弼时见了，让通讯员把马牵来给阎骑，阎说我走得动，让陈琮英骑。这时陈琮英却掉了队，赤着脚倚在树下喘息，负责宣传和收容工作的陈罗英发现后，连背带拖地把他带走，这才赶上了军团部。她知道陈琮英身上带着机要的密码本。任弼时见了她们，高兴而诙谐地说："哎呀！真要感谢你呀！我丢得起老婆，却丢不起机要局长哟！"

红6军团在梵净山里被困了七八天，形势愈加危急，决定向南面的白沙、甘溪方向转移。16日，当进至龙塘、关口一带时，又遭湘军第55旅唐伯寅团及独立第32旅和黔军一部堵截。经激战，红6军团主力继续向甘溪方向转移。但红18师师长龙云率领担任后卫的红52团遭受严重损失，被敌重兵截断，与军团主力失去联络。

红52团在龙云和团长田海清的率领下，英勇顽强，于17日突出重围，向白沙方向转移。由于敌军紧追不舍，被迫转向晏家湾一带，准备经川岩坝北上印江，与红3军会合。当进至黑滩河一带时又被敌重兵包围。红52团在困牛山与敌殊死搏杀三昼夜，弹尽粮绝，田海清壮烈牺牲。龙云率200余人突出重围，经石阡的国荣、中坝，镇远的都坪，于25日进至石阡与岭巩交界的龙头坳，再遭黔军金祖典团围攻。龙云负伤后被俘，押送到长沙，被何键杀害，年仅26岁。

17日，红6军团主力到甘溪后，准备走小道，伺机通过石阡、镇远间的敌人封锁线。当晚，军团领导人开会，商议如何突围。

萧克认为："坚决向东去，脱离这个地区，争取主动。"

任弼时点头说："哪怕牺牲一点也要突出去，等到明天就麻烦了。萧克，你下决心吧！"

王震也表示："生死存亡在此一举，有路无路都要突出去。"

部队在一名 50 多岁老猎户的引导下立即出发。天很黑，正下着雨，沟里已有尺把深的积水，战士们人人头上扎一块白布，顶着四五级的大风，艰难地行进在人迹罕见的谷涧水沟（贵州当地称为夹沟）的沟底。

这时，南面的湘军补充第 2 纵队陈铁侠部和北面的桂军都已发现红 6 军团主力的行动，恶狠狠地猛扑上来。

萧克命令掩护部队坚决阻击追敌，主力部队跑步前进，鱼贯东行，穿越石镇大道，终于突破了敌军包围。天亮时分，萧克率后卫部队一起杀出了夹沟，看到了正在东升的太阳。“这是一个极端紧张而又关系到全军团大局的军事行动。直到现在，一经忆起，心胆为之震惊。”

许多年后，萧克还专门写了一首名为《红日东升》的诗，记录当时的心情：

封锁重重往复返，
满腔热血九回旋。
通宵苦战见红日，
百战老兵为一叹。

正当红 6 军团在梵净山区艰难转战之际，贺龙和关向应从敌人的报纸上获悉：任弼时、萧克、王震率红 6 军团已由江西遂川出发西征。他们分析，红 6 军团很可能是前来同红 3 军会师的。

萧克于 1995 年题写的“红军第二方面军总指挥部旧址”匾额

贺龙说："报纸上是8月份的消息，如今已是10月了，如果6军团是来和我们会师，应该快要到喽！"

于是，二人率红3军主力由黔东苏区沿梵净山西麓南下接应。

15日，贺龙率领的红3军在沿河县较岩乡水田坝，与红6军团参谋长李达率领的红17师第49、第51团一部400余人会合。次日，贺龙、李达率领部队兼程南下，寻找红6军团主力。

23日，红6军团第50团在梵净山下江口县堰边溪的木根坡与红3军会合。同日，红6军团主力经过10余天的艰苦转战，终于战胜种种困难，到达贵州省印江县木黄。

24日，红6军团与贺龙、关向应率领的红3军胜利会师。

26日，红3军和红6军团在四川省酉阳县（今属重庆市）南腰界召开庆祝会师大会。

木黄

红6军团经过两个多月的艰苦转战，行程2500余公里，终于打破了湘、粤、桂、黔四省国民党军的围追堵截，胜利完成了转移任务，并为中央红军长征起到了侦察、探路的先遣队作用。

21. 湘西攻势

1934 年 8 月 7 日，任弼时、萧克率领的红 6 军团由湘赣苏区突围西征，历经近 80 天的艰苦转战，行程 5000 多里，于 10 月 24 日同贺龙、关向应率领的红 3 军在贵州印江县木黄胜利会师。

26 日，两军在红 3 军司令部所在地南腰界召开庆祝会师联欢会。为防止敌机空袭，联欢活动在树林里进行。会议由政委关向应主持，贺龙和任弼时先后讲了话。

任弼时是中共中央政治局委员，随红 6 军团行动的中央代表，所以贺龙尊称他为“任代表”。任弼时则向大家介绍说，贺龙同志是“两把菜刀闹革命”、南昌起义军的总指挥。

《贺龙传》是这样描述当时的场景的：

贺龙握着一根旱烟杆子，满脸笑容地走到主席台前，向全场指战员敬了个礼，笑着说：“我让弼时同志夸

红 2、红 6 军团在印江木黄镇五甲村这棵柏杨树下会师

得有点子昏昏沉沉喽！‘两把菜刀闹革命’，一把在别人手里，我手里只拿着一把，是单刀，不是双刀。”满场爆发出一阵笑声。贺龙说：“会师，会师，会见老师。你们来自井冈山，那是毛主席、朱总司令创造的苏区，一直是我贺龙和我们红三军学习的榜样。我代表红三军全体同志热烈欢迎你们！你们千里跋涉来到这里，本该休息两天，睡个好觉，可是蒋介石不会让我们休息。我们一会师，树大招风，我料想蒋介石也睡不着觉喽！这里是新开辟的根据地，不很巩固。可靠的根据地在哪里呢？”他用烟杆子敲了敲自己的草鞋底子说，“在我们的脚板上！靠我们行军、打仗，夺取胜利，开辟更大的根据地，消灭更多的敌人。到了那一天，我贺龙请客，大家轮流睡上一天一夜！”

经过两个多月的远征，红6军团遭受重大损失，仅剩3000余人，与红3军合兵后，总兵力才8000多人，但两军上下互相尊重，互相团结，不分彼此，士气高涨。

在庆祝大会上，任弼时宣布：红3军恢复红2军团的番号，由贺龙任军团长，任弼时任军团政治委员，关向应任军团副政治委员，李达任军团参谋长，甘泗淇任军团政治部主任。

就在木黄会师前两天，即10月22日，中革军委电示红6军团：“向印（江）、松（桃）间前进，会合我十七师之一部，在该地与二军团确（取）联络，并在松桃、乾城、凤凰地域建立苏区，发展游击战争。”

红2、红6军团木黄会师纪念碑

按照中革军委的指示，贺龙、任弼时统一指挥红 2、红 6 军团作战，开辟黔东根据地。黔东特区地处贵州的印江、德江、沿河，湖南的松桃（今属贵州省）和四川的酉阳（今属重庆市）五个县的毗连地界，纵横只有 200 多里，人口不过 10 余万，人少粮缺，不利于红军的壮大和根据地的发展。

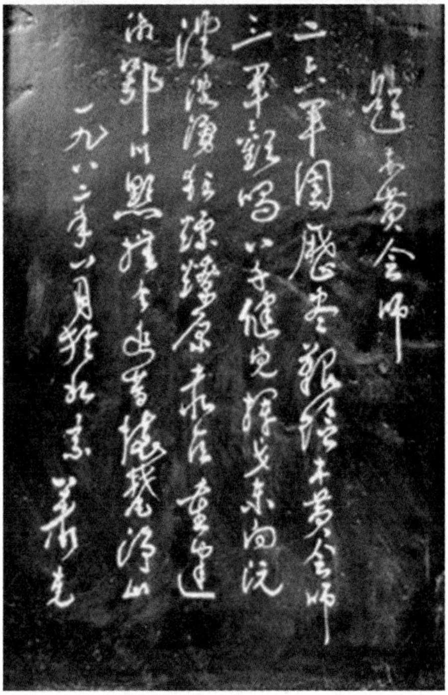
1982 年 8 月，萧克为木黄会师纪念馆题词

于是，贺龙、任弼时、萧克等人把四周的地形、民情、经济条件及敌情进行了认真研究，认为湘西澧水流域上游的永顺、桑植、龙山、大庸（今张家界市）一带，最适宜于建立新的革命根据地。

虽说湘西经济落后，但共产党的影响比较大。早在大革命时期就有党的活动，后来贺龙领导的红 2 军团曾在那里长期活动，有较好的群众基础。贺龙在当地的政治影响力很大，人熟地熟，有利于今后的发展。

同时，“追剿”红 6 军团的湘桂两省国民党军主力调往湘南，参加围堵已开始长征的中央红军，湘西地区敌人力量薄弱，只有陈渠珍部 3 个旅和 4 个保安团，以及地主武装等，共万余人，加上杂牌军杨其昌、车鸣骥、雷明九、廖怀中等 4 个旅（实际 4 个团）4000 余人，总共不足 2 万人，战斗力也不强。而且只有向湘西进军，才能达到牵制、调动湘鄂两省国民党军，策应中央红军的战略转移，也才能在游击战、运动战中歼灭敌人，恢复和发展革命根据地，发展壮大红军。

贺龙说：“乾城、凤凰是陈渠珍的老窝子，他盘踞在那里几十年。这个人，颇有头脑，也会用兵，只是野心有限，就想当个湘西土皇帝。他很怕蒋介石、何键吞掉他。我们不主动打他，他不会拼出血本和我们打的。我们若到他的老窝里捅上一刀，他当然要拼老命喽。依我看，到那些地方活动很困难。六军团只有 3000 多人，是打不赢的。如果两个军团去湘西北的桑植、大庸、永顺、石门、慈利一带，情况就不一样了。那里不是陈渠珍的老地盘，他不如我熟，群众也支

“湘西王”陈渠珍

持我们党和红军。我们出兵湘西北，可以牵制住湖南、湖北一大批敌人，能够支援一方面军。我们把这批敌军背起来，也好让一方面军肩头上轻一些子嘛！”

综上考虑，红 2、红 6 军团领导人决定向湘西进军，创建新苏区。

25 日，贺龙、任弼时等人致电中革军委，指出：“贵州苏区在印江、沿河间，……以枫香溪、惟（谯家）铺、云（铅）厂坝为中心，南北一百里，东西六七十里，人口［不足二十］万，西靠乌江，东、南、北均系徒涉场很小的小河。粮食很缺乏。地方武装有独立师约千余人，两个独立团［各约二］百余人，五游击队三百余人。数日前，黔敌三个团进至［印江苏区］中心，现未退……湘西之敌：除陈渠珍师外，另有杨其昌、廖怀中、雷鸣九共计四团，保安三四团，分驻凤凰、乾城、桑植、龙山、麻阳、永顺、辰溪等县”，“……六军团除五十二团外，计 3300 余，除留伤病员 300 余人外，只存 3000。二军团及独立师 3900 余，卫戍及伤病员 200 余，枪 3700 余支。二军团每支枪子弹不过 10 发”，建议“以目前敌情及二、六军团力量，两个军团应集中行动”，“两军团的行动由二军团统一”指挥，并决定将黔东根据地的地方武装和红 2、红 6 军团现有的伤病员合编成独立师，留在黔东特区开展游击战争，巩固和发展根据地，“主力由松桃、秀山间伸出乾、松、凤地区活动，建立新的根据地”。

但这一建议并未被中革军委所采纳。

26 日，中革军委复电指出：“二、六军团会成一个单位及一起行动是绝对错误的。二、六军团应单独依中央及军委指示的活动地域发展，各直属中央及军委直接指挥”“六军团应速以军委电令向规定地域行动，勿再延误”。

接到电报时已近午夜，红 2、红 6 军团的领导人连夜开会研究。贺龙认为中革军委并不了解实际情况，红 2、红 6 军团各只有三四千人，分开活动力量弱，容易被敌人各个击破。一方面，凤凰是军阀陈渠珍长期盘踞的地方，反动统治根深蒂固，不仅驻有重兵，而且土著武装极多，枪支不下数万。这一地区自清代起就实行屯防制，在凤凰、永绥（今花垣）、乾城（今吉首）、松桃、古丈，修筑了1100多座碉堡和一道长达百余里的边墙。这里还是多民族杂居地，以苗族、土家族居多。长期以来，受反动统治阶级的挑拨离间和反动宣传，民族间隔阂很深。红6军团要是单独去，生活习惯和讲话都和他们不一样，很难立足。另一方面，黔东根据地纵横200里，人口只10万以上，人少粮缺，民贫地瘠，部队给养和兵员补充有很大困难，以此狭小地域很不利于红军机动兵力和以后的发展。红2军团继续留在黔东也不妥。

与会人员都同意贺龙的意见，任弼时起草了电文，于27日以夏曦、贺龙、关向应、任弼时、萧克、王震的名义联名致电朱德、周恩来，除陈述坚持两个军团统一指挥、集中行动的理由和意见外，提出主力不再直接向乾城、凤凰地区前进，因为上述地区敌人“武装多，且极强，经常可动员万人，系受陈渠珍节制”的部队，建议“我二（两）军团明日（二十八日）向龙潭前进，到酉阳、龙山、永顺、保靖、永绥间，用秀山附近民众根据地，且向凤凰、乾城发展”。

根据两军团统一行动、进军湘西的计划，对部队进行了整编，统一调配了干部。原红3军第7师改编为第4师，师长卢冬生，政治委员方理明，参谋长韩克西，政治部主任张平化，下辖第10、第12团。原第9师改编为第6师，师长钟炳然，政委袁任远，参谋长周天民，下辖第16、第18团。红6军团暂时编为第49、第51、第53团。为迅速执行新的作战任务，红2、红6军团抓紧进行休整和准备，将原黔东独立师的兵员分别补充到红4、红6师中，另以地方武装和两

贺龙、任弼时和红二方面军（由红2、红6军团改编而成）部分领导干部长征到达陕北后合影

个兵团留下的伤病员组建新的黔东独立师，在黔东坚持游击战争，策应主力向湘西发展。

然而，中革军委仍坚持原定计划。28 日，两军团领导人再次致电军委，力陈两军团统一指挥、行动，以及发动湘西攻势的理由：

在敌我及地方条件下，我们建议：二、六军团暂时集中行动，以便消灭敌一二个支队，开展新的更有利于两军团将来分开行动的局面。目前分开，敌必取各个击破之策；以一个军团的力量对敌一个支队无必胜把握，集中是可以打胜敌任何一个支队的，且两军在军事政治上十分迫切要求互相帮助。

当天，红 2、红 6 军团主力从酉阳县南腰界地区出发，向湘西地区发动攻势。

30 日，红军进逼川东的酉阳县城。贺龙对任弼时、萧克等人说："我们去湘西北，要先兜个圈子占领酉阳城，把陈渠珍那万把人从永顺、大庸引出来拦截我们，我们甩手一拐，就能进永顺城休息几天了。"

任弼时和萧克忙问："酉阳城怎么打？"

贺龙不慌不忙地说："酉阳城是川军独 2 旅旅长田冠五把守的。他是我当年的部下，我先写个信去，叫他让开大路，我们又不占他的地盘。"

贺龙的办法果然十分灵验。田冠五接信后，很快就率部弃城而逃。红军顺利进占酉阳，随后连日急行军，经湖北来凤县的百福司，渡酉水，向湖南龙山县的

湖南永顺。红 2、红 6 军团会师后，创建了以永顺为中心的湘鄂川黔革命根据地

招头寨前进，吸引从永绥、保靖出动前来追堵的陈渠珍部向北调动。待周燮卿、龚仁杰等率部万余人进至招头寨附近时，红2、红6军团突然调头东进，于11月7日乘虚占领湘西北咽喉永顺县城，缴获了大批棉花、布匹和弹药。

至此，红2、红6军团摆脱了川黔军的羁绊，甩开了前来追堵的陈渠珍部，集结在永顺县城附近，获得了一周时间的休整。其间召开了庆祝俄国十月革命胜利十七周年纪念大会，宣传群众，打击土豪，征集物资，着手整顿部队，加强政治建设。

红2、红6军团进入湘西，占领永顺，极大地震慑了湘鄂两省国民党军。国民党第10军军长兼湖北省主席徐源泉急令驻湖北藕池的第34师开赴湖南津市、澧州地区，阻止红军向东发展；国民党湖南省主席何键严令陈渠珍派兵“堵剿”。陈渠珍不敢怠慢，立即在凤凰召开军事会议，成立“剿匪指挥部”，委派龚仁杰、周燮卿为正副指挥官，指挥所部和杨其昌旅、皮德沛部共10个团1万余人，分四路从永绥和保靖向北行动，于11月13日逼近永顺城。

打好进入湘西的第一仗，是红2、红6军团能否立足湘西，进而恢复和发展湘鄂川黔革命根据地的关键所在。

贺龙、任弼时、萧克等认为，新编第34师虽人数、装备优于红军，但内部派系林立，指挥混乱，军纪极差，官兵多是吸鸦片的“瘾君子”，实际战斗力不强，又非常骄纵。而红2、红6军团会师后，士气高涨，决定集中兵力，以诱敌深入之计，伺机在运动战中歼敌。萧克回忆道：

在永顺，我们分析了敌我态势。当时湖南军阀何键的部队，正在湖南追击我

湘鄂川黔革命根据地的部分红军

中央红军；湖北军阀徐源泉的部队，大部分散在鄂西和洞庭湖滨的津市、澧州；当面之敌只有陈渠珍这一股。该敌虽然数量多于我，但其内部派系林立，指挥不一，官无规束，兵无严纪，战斗力不强。我二、六军团八千子弟，都是经过革命战争锻炼出来的战士，加之两军指挥统一，团结一致，群众支援，我们能够消灭这股敌人。也只有消灭了这个敌人，才能够在湘西打开局面，站住脚。我们定下了歼灭陈渠珍部的决心。

这时，中革军委也发来电示："现我西方军已进入宜、郴之线，湘敌全部被调来抗击我西方军，二、六军团应乘此时机，深入湖南西北去扩大行动地域。"

为了迷惑敌人，红军故意示弱，于13日主动放弃永顺县城，并丢下一些破烂装备，做出狼狈撤逃之状，且战且退，引诱敌军骄怠尾追。

果然，新编第34师中计，误认为红军力弱怯战，经永顺城一路向北猛追。

见敌人已经上钩，贺龙、任弼时、关向应等人反复研究，最终选定永顺城北90里的十万坪谷地作为伏击敌人的地点。

16日上午，红2、红6军团在龙家寨以北十万坪谷地设伏。下午4时，新编第34师先头2个旅全部进入伏击地域。红2军团从正面，红6军团从翼侧发起猛攻。

经2个多小时战斗，新编第34师大部被歼，后卫旅在把总河仓促抢占有利地形，企图阻击红军发展进攻并收容残部。

但在红军乘胜攻击下，迅速崩溃，向永顺方向逃走。红军星夜追歼其残部，于18日重占永顺。

龙家寨战斗，红2、红6军团密切合作，共歼灭敌3个旅大部，俘2000余人，缴获枪2200余支，给陈渠珍部以歼灭性打击。这是红3军离开湘鄂西根据地和红6军团西征以来扭转困局的转折点。

至下旬，红军又先后占领了大庸、桑植等县城及其附近地区，奠定了在湘鄂川黔边创立根据地的基础。

25日，中革军委来电指示红2、红6军团："我西方军已过潇水，正向全州上游急进中，你们应该利用最近几次胜利及湘西北敌情空虚，坚决深入到湖南中部及西部行动，并积极协助我西方军。首先你们应前出到湘敌交通经济命脉之沅水地域。主力应力求占领沅陵。向常德、桃源方向应派出得力的游击部队积极活动"，"为巩固新苏区，留下二军团一部分及随六军团行动的党的干部来完成这

贺龙 1935 年 10 月在桑植的故居

一任务。二军团主力及六军团全部应集结一起，以便突击遭遇的正规部队”。

按照这一电令，任弼时、王震、张子意率红 6 军团 2 个团及红 2 军团 1 个团留在初创的根据地开展工作。贺龙、关向应、萧克率红 2 军团主力和红 6 军团的 1 个团继续发展攻势。

12 月初，红 2、红 6 军团主力由大庸南下，袭击沅陵未克。随即沿沅江东下，准备乘虚进击常德、桃源之敌。

此时，国民党军独立第 34 旅奉蒋介石令由湖北省黄陂乘轮船赶至常德、桃源一带布防。旅长罗其疆自恃兵强马壮，压根没把红军放在眼里，将第 701 团部署在桃源北部的浯溪河，第 702 团部署在陬市、河洑地区，第 700 团驻守桃源县城，旅直属队在当地保安团配合下担任常德城防，企图确保常德、桃源两城，使长沙免受威胁。

罗其疆旅各团在部署上相距数十里，呈分散孤立态势。红军决定抓住敌人的这个弱点，首先奔袭浯溪河，求歼第 701 团，而后再各个击破第 700、第 702 团。

15 日，红军利用雨夜疾行 50 余公里，进抵浯溪河附近。

次日清晨，前卫红 4 师第 12 团对守军突然发起进攻，一举突入独立第 34 旅第 701 团浯溪河西山阵地。第 701 团立即集中兵力反扑，红 12 团撤出阵地。第 701 团以主力发起反冲击，企图将红军消灭于阵前。

紧急关头，红 2 军团第 6 师第 18 团和第 4 师后续部队赶到，以一部占领有利地形，阻止了第 701 团对红 12 团的追击，并乘第 701 团脱离阵地之机发起冲击，将其击溃。

溃敌逃至浯溪河南岸时，将由桃源赶来增援的第 700 团 2 个营先头部队冲乱。两部遂一同向常德败逃。

红军以一部兵力迅猛追击，以主力直取河洑。经激战，击溃第702团主力，占领河洑。此战，红2、红6军团共歼国民党军1个团另2个营，并击溃1个团。

17日，红军兵临常德城下。常德是湘西重镇，水陆交通枢纽。当时仅有1个保安团和独立第34旅残部驻守，兵力空虚，士无斗志。

何键深恐红军攻下常德，南渡沅江，进取益阳、安化，进逼长沙，一面连电蒋介石：“共军围攻常德甚急，势难固守，请飞兵救援”；一面向徐源泉求救，请“迅令在澧之部队，向临澧、鳌山夹击”。同时急令在湘南围堵中央红军长征的湘军第19、第62、第16师兼程北进，星夜回援常德、桃源。

蒋介石也命令在江西的第26师乘火车、汽车驰援常德。徐源泉更是害怕红军向湖北发展，威胁长江交通，便置蒋介石派他率部入川与中央红军作战的命令于不顾，将所部第48、第34、第58师和新编第3旅、暂编第4旅等部，统统撤回，摆到湘鄂边境和湘西地区。

当中央红军转兵贵州后，李云杰纵队和李韫珩纵队共4个师也相继转到湘黔边境，以防堵红2、红6军团与中央红军会合。

24日，红军主动撤围常德，于26日占领慈利县城。1935年1月初返回大庸、永顺地区休整，湘西攻势结束。

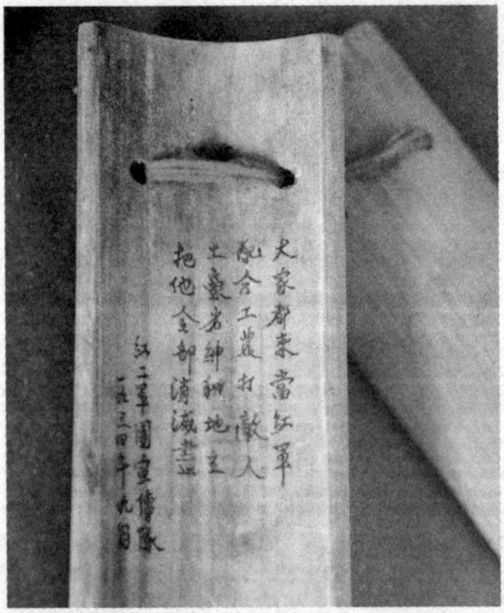

湘西攻势期间，红2军团宣传队的竹板，上面写有宣传文字

这次攻势作战，红2、红6军团在贺龙、任弼时等人的指挥下，共击溃国民党军15个团，歼灭近5个团，连克永顺、大庸、桑植、桃源、慈利诸县城，控制了永顺、大庸、桑植县的大部和龙山、保靖、桃源、慈利、常德县的一部，并在部分县建立工农政权和地方武装，初步建成了湘鄂川黔苏区。同时迫使国民党军从“追剿”中央红军的湘军中抽调3个师、由江西抽调1个师驰援湘西，拖住了准备入川的徐源泉部，在战略上有力地配合了中央红军的行动。

22. 龙家寨战斗

1934年10月下旬，红2、红6军团为策应中央红军的长征行动，并创建新苏区，在红2军团军团长贺龙、政治委员任弼时统一指挥下，从四川省酉阳县（今属重庆市）南腰界出发，发起湘西攻势。

红军一路过关斩将，相继占领酉阳、永顺等城，极大地震慑了湘、鄂两省国民党军。为阻止红军进入湘西，原驻鄂西的徐源泉部急调2个师开赴洞庭湖滨的律市、澧县，与常德的警备部队联络；湘军统帅何键严令陈渠珍的新编第34师尾追。

长征到达陕北后的任弼时

陈渠珍当即成立“剿匪指挥部”，以龚仁杰、周燮卿为正、副指挥官，率3个旅10个团1万余人兵力，从永绥（今花垣）和保靖分四路向永顺城扑来，企图将立足未稳的红2、红6军团围歼于永顺地区。

红2、红6军团领导人认为何键的主要兵力正在湘南堵截中央红军，徐源泉部分散在鄂西的施南和洞庭湖滨一带，当面的陈渠珍部虽人数、装备优于红军，但内部派系林立，指挥混乱，军纪极差，官兵多是吸鸦片的“瘾君子”，实际战斗力并不强，且非常骄纵。而红2、红6军团会师后，士气高涨，决定集中兵力，以诱敌深入之计，伺机在运动战中歼灭该敌，打好会师后的第一仗。

贺龙说："周燮卿他们带了万把人攻我们。我的想法是先搬出县城，让他一步，叫他狂够狂足，我们再回过头来收拾他！这是我们两个军团会师后的第一仗，关系到我们能不能在湘西北站住脚，能不能有力地支援红一方面军，一定要打好，要打个歼灭战。"

13日，红2、红6军团主动放弃永顺城北移，以少部兵力与敌人保持接触，且战且退，并故意丢弃一些破烂装备，引诱新编第34师骄怠尾追。

敌人果然中计，误以为红军怯战，挥师追来。

红军边走边观察地形，选择有利于伏击、侧击敌人的地域和时机。据萧克回忆，当时选择伏击新编第34师的地点和时机一波三折。最初，红军想在永顺城北附近设伏。贺龙反复考虑后说："这里离城太近，如果围不紧，敌人逃回城里再打就难了。"于是决定继续后撤，又拟在吊井岩、颗砂和塔卧等地设伏，但都因地形不利于大量杀伤敌人而作罢。最后，红军看准了永顺城北90里处的龙家寨及其东北地区的地形。

以龙家寨为中心的十万坪谷，南北长15里，东西最宽处仅为4里，包括杉木村、碑里坪、把总河、龙家寨，谷底平坦，可装入大量敌军，两侧茶林丰茂，山势较缓，既利于隐蔽，又便于出击，是个理想的设伏场所。具体部署为：

十万坪大捷旧址

红 2 军团司令部和红 4 师师部位于毛坝，红 2 军团主力埋伏于正面的杉木村一带山上，红 6 军团第 17 师 2 个团和第 18 师 1 个团分别埋伏在毛坝以南谷地东侧的山坡上的密林里。每人都用树枝伪装好，不准点火，不准讲话，没有命令不准开枪。

16 日上午，红军设伏完毕。指战员们埋伏在冰冷的山坡上，凝视着谷口大道，只等敌人自投罗网。

贺龙站在山坡上的一棵大树下，用望远镜仔细地观察着部队设伏情况。看了半晌，他露出满意的微笑，对警卫员说："好，这里避风，请任政委他们来吧！"

任弼时、萧克、王震等军团领导人和各师师长、政委来到大树下。贺龙指着铺在地上的地图说："这是一个大口袋，口袋的口子在官庄，王震同志带四十九团在那块，等敌人全部进了口袋，便把口子紧紧扎住，关门打狗。你们回去告诉大家，打埋伏要万分隐蔽。敌人进了口袋，打冲锋要突然、迅速，一下子扑到敌人眼前，插到敌人堆里，打得越猛越好，使敌措手不及。"

16 时，新编第 34 师先头 2 个旅大摇大摆地闯进了伏击圈。随着贺龙的一声令下，红 2 军团从正面，红 6 军团从翼侧发起猛攻。萧克回忆道：

下午四时左右，敌前军龚仁杰、周燮卿两个旅进入我伏击圈。当他们准备在碑里坪宿营时，我们乘敌立足未稳，六军团从侧翼向敌本队发起猛烈攻击，二军

贺龙设在毛坝的指挥部旧址

团从正面猛打敌前卫龚仁杰旅。敌在运动中突然遭我猛烈冲击，兵多摆不开，枪多不能发扬火力，无法构成有力的防御配系。只两个钟头，龚仁杰、周燮卿两部就被我们打垮了。

我们乘夜追击。追了十多里，发现敌杨其昌旅在距龙家寨北五里地左右的把总河筑构工事，企图顽抗。这时，6 军团的 51 团赶到了。一会儿，2 军团的 18 团也来了。18 团团长高力国一来就找到我，要求分配战斗任务。我一看手上有两个完整的团，就决定消灭杨其昌的部队。

历史就是这么巧合。有谁会想到，这位杨其昌还曾是萧克的老上级。

北伐战争时，身为贵州军阀的杨其昌任国民革命军第 26 师师长，萧克所在的团归其指挥，在河南一带作战。不过，杨其昌本人并没有去河南，而是由副师长吴仲禧代为指挥的。后来，杨其昌投靠了何键，走上了反共的道路。

有道是冤家路窄，昔日的上级成为今天战场上的对手。萧克毫不客气，决心运用红军擅长的夜战，乘敌立足未稳之机，立即发起攻击，狠狠地教训一下杨其昌。他把红 18、红 51 团集合起来，进行了简短的战前动员。

就在一天前，红军路过把总河。萧克对这一带的河流岔道早已心中有数，便命令红 51 团从正面发起攻击，红 18 团攻击敌人的侧面。

晚上 9 点多，红军开始行动。红 18 团动作很快，从右侧的干河沟迅速摸了

萧克与红二方面军的部分干部陈伯钧、关向应、王震、甘泗淇合影

过去，从侧面向敌发起突然攻击；红51团则从正面发起猛烈冲锋。

杨其昌旅担任新编第34师的后卫部队，奉命增援遭伏击的前卫部队，到把总河一线抢占有利地形，构筑工事，企图阻击红军进攻并收拢残部。

龙家寨战斗打响后，杨其昌顿感不妙，心知不是红军的对手，就想脚底抹油开溜，但上峰军令难违，只得硬着头皮率部进抵把总河。

参加过多年军阀混战的杨其昌是只狡猾的老狐狸，心想红军人少势单，一时半会儿也吃不下2个前卫旅，只要把自己的这个旅沿把总河一线摆开，依托工事，发挥火力，是能够挡住红军的进攻的。再说天黑路险，红军也不可能立马杀到。

没承想，他的老部下萧克如此勇猛，根本没有给他喘息的机会，两记重拳打得他眼冒金星，阵脚大乱。不到两小时，杨其昌旅就大部被歼，残部仓皇而逃。

18日，红军乘胜再次占领永顺城。

龙家寨战斗是红3军离开湘鄂西根据地和红6军团西征以来扭转困局的转折点，共歼灭敌军3个旅大部，俘2000余人，缴获枪2200余支，给陈渠珍部以歼灭性打击。

23. 浯溪河战斗

1935年底，红2、红6军团为配合中央红军的长征行动，发起了湘西攻势。

在取得龙家寨大捷后，根据中革军委10月26日关于去乾城（今吉首）、凤凰地区的指示，贺龙、任弼时等决定留下红49团的3个连在永顺、保靖地区开展游击活动，保护伤病员，牵制敌人，以红2、红6军团乘胜南下，准备渡过酉水，打击陈渠珍部，争取在永绥（今花垣）、乾城、松桃和凤凰地区建立新的根据地。

长征到达陕北后的贺龙

但当红军进抵酉水北岸王村时，发现敌人已有防备，遂放弃渡过酉水的计划，转向东北，于11月24日夺占大庸（今张家界）县城，歼守敌朱华生旅一部，随后再克桑植。

25日，中革军委电示红2、红6军团：

我西方军已过潇水，正向全州上游急进中，你们应该利用最近几次胜利及湘西北敌情空虚，坚决深入湖南中部及西部行动，并积极协助我西方军。首先你们应前出到湘敌交通经济命脉之沅水地域。主力应力求占领沅陵。向常德桃源方向应派出得力的游击队积极活动……为巩固新的苏区，留下二军团一部分及随六军团行动的党的干部来完成这一任务。二军团主力及六军团全部应集结一起，以便突击遭遇的正规部队。

据此，红2、红6军团决定兵分两路：任弼时、王震、张子意率红6军团第49、第53团和红2军团第16团，以及随红6军团行动的原湘赣苏区的地方干部留在新区，恢复和建立根据地；贺龙、关向应、萧克率红2军团主力和红6军团第51团继续发展攻势，计划首先夺占沅陵，然后进入湘中，直接威胁在湘南防阻中央红军的湘军侧背。

12月初，红2、红6军团主力由大庸南下。对于是否攻打沅陵，红军中有不同意见。因为事先已侦知沅陵守军为周燮卿部2个团和戴季韬部2个团，兵力多、装备好，而且城防坚固，红军毫无胜利把握。但也有人提出，即使打不下来，威逼一下也是好的，再说中革军委也有“力求占领沅陵”的明确指示。

7日，红军进袭沅陵。果然，守敌早有准备，加之沅陵城高壕深，红军袭击未能得手，随即沿沅江东下，准备乘虚进击常德、桃源之敌。

后来，红2、红6军团在总结沅陵之战时，指出：“沅陵的行动是不对的，不久事实证明了”，“以致这次行动得不到丝毫结果，并且延迟了向常、桃活动的时间，致湘军将在一定的时间内，毫无顾虑地追击一方面军（湘军由湘南开始向中央区红军追击，一直追至新厂才折而北进）”，“在我们由沅陵折回常、桃时，浯溪河之捷，取下桃源，逼近常德，陶、章等师立即由新厂北调增援常德、桃源”。

就在这时，蒋介石命令国民党军独立第34旅由湖北省黄陂乘轮船赶至常德、桃源一带布防，阻截贺龙、萧克“股匪”。

红2军团印制的用于瓦解敌军的缴枪证

14 日，红 2、红 6 军团主力正向桃源县北面的浯溪河运动，奔袭该处敌军。突然收到中革军委的电令，命红 2、红 6 军团向沅水上游行动。

贺龙说："我看还是接着打吧！军委离得远，对这里的情况没有我们清楚。打了胜仗挨点子批评也合算。我看，怎么对斗争有利，怎么能把敌人多背点过来，就怎么做！"

关向应、萧克也都表示同意贺龙的意见。

驻守桃源、常德的独立第 34 旅旅长罗其疆自恃兵强马壮，善守能攻，弹药充足，压根没把红军放在眼里，决定以所谓"决战防御"之策，准备与红 2、红 6 军团在常德外围决战。具体部署是：

第 701 团驻守桃源北部的浯溪河，第 702 团驻守陬市、河洑地区，第 700 团驻守桃源县城，旅部直属部队在当地保安团配合下担任常德城防，企图以此来消耗和疲劳红军，确保常德、桃源两城，使长沙免受威胁。

这样，罗其疆旅各团在部署上相距数十里，且呈分散孤立态势，不利于及时支援。贺龙、关向应、萧克等决定抓住敌人的这个弱点，采取集中兵力、各个击破的战法，首先奔袭浯溪河，求歼第 701 团，而后再各个击破第 700、第 702 团。

15 日，天降大雨。入夜后，雨仍下个不停，红军利用黑夜疾行 100 余里进到浯溪河附近。守敌以为天气恶劣，道路泥泞，红军不可能发动进攻，疏于防范。

16 日晨，前卫红 4 师第 12 团突然发起进攻，一举突入敌第 701 团浯溪河西山阵地。第 701 团发现攻入阵地的红军兵力并不多，且无后续部队，立即组织兵力实施疯狂反扑。红 12 团立足未稳，被迫撤出阵地。第 701 团气势更盛，立即留下 2 个连守阵地，集中主力发起反冲击，企图将红军消灭于阵前。

红 2、红 6 军团在桃源的指挥部旧址

紧急关头，红 2 军团第

6师第18团和第4师后续部队赶到。红4师师长卢冬生乘第701团脱离阵地之机，命令师警卫连、侦察队和迫击炮连等部迅速占领有利地形，阻止第701团对红12团的追击，然后组织第12、第18团向敌发起猛烈冲击，将敌打得溃不成军，拼命南逃。

恰在此时，由桃源赶来增援的第700团2个营先头部队赶到浯溪河南岸。不料却被溃逃的第701团残部冲乱，两部遂一同向常德败逃。

红17师第51团在肃清街西阵地上残存的敌第701团2个连后，主力迅猛追击，占领了陬市，直取河洑。

驻守河洑的第702团一部和从常德来援的独立第34旅教导队向红4师发起冲击，战斗呈胶着状态。入夜后，红军同敌反冲击部队继续激战。红17师第51团从左翼迂回包抄，红4师和红6师第18团从正面发起攻击，将敌彻底击溃，残敌逃回常德。红军进占河洑。留守桃源的敌第700团1个营，见势不妙，生怕被歼，仓皇从沅水南岸缩回常德。

湘鄂川黔革命根据地红2、红6军团烈士纪念碑

17日，红军包围常德。18日，红18、红51团占领桃源县城，另派出1个营渡河，前出益阳方向游击。

浯溪河之战是一个漂亮的由奔袭转为进攻的战斗。红2、红6军团发扬不怕吃苦、连续战斗的优良作风，共歼国民党军1个团另2个营，并击溃1个团。

24. 湘鄂川黔苏区反“围剿”

1934年冬，红2、红6军团在贺龙、任弼时等人的领导下，取得湘西攻势的胜利，极大地震撼了湘鄂两省国民党的统治。

此时，中央红军活跃于云贵川地区，红四方面军在四川仪陇地区初步创建了川陕苏区，红2、红6军团则建立了湘鄂川黔苏区，三大主力红军呈掎角之势，令蒋介石坐卧不安，急调重兵，企图隔断红军“聚而歼之”。而充当“围剿”湘鄂川黔苏区急先锋的就是时任湖南省政府主席的何键。

湘军统帅何键

1887年生于湖南醴陵的何键，号云泉，后改号芸樵。国民党陆军二级上将。辛亥革命后，先后入湖南将校养成所、湖北陆军第三中学学习。

何键是一个有着强烈的追逐功名之心的人。在陆军第三中学学习期间，有一次考几何学，他在勉强做完试题之后，即在卷子的空白处写道：“春秋几何？人寿几何？几何而求贫贱耶？几何而求大富贵耶？”一时成为老师和同学们茶余饭后的笑料。

1916年，何键毕业于保定军官学校第三期步科，分配到湖南陆军暂编第1

师第 1 旅见习。师长赵恒惕嫌他岁数过大，后见其体格魁梧，才勉强任命其为少尉排长。

这年 29 岁的蒋介石已官居中华革命军东北军参谋长，少年得志；而比蒋还大几个月的何键才刚刚初出茅庐，在湘军充任最底层的排级军官。

如果没有军阀混战，何键的军旅之途绝非光明。

1918 年 3 月，北洋军阀张敬尧进攻湖南，湘桂联军被击败。何键在战斗中丢失了枪支，逃到长沙。后经四处钻营，上下活动，得到赵恒惕一纸手令，命其前往湘东收集溃兵散枪。谁也没想到这竟成了何键军旅生涯的第一个转折点。

当时，张敬尧在湖南实施暴行，三湘百姓恨之入骨。何键看准时机，回到家乡醴陵后，即联络同乡、保定军校同学刘建绪等人，打起“保境安民”的旗号，收集散兵游勇，组织游击队。当地的青壮年纷纷投效何键。短短几个月的时间，何键便拉起了一支 1000 多人枪的游击队，依托醴陵西南险要山地，多次挫败了张敬尧的进剿。

有谁能想到，20 世纪在湖南开展游击武装的第一人竟会是何键。

更为有趣的是，何键打游击的醴陵地区就位于罗霄山脉以东不远处。数年后在罗霄山脉中段，另一支游击武装迅猛发展起来，威震四方，以致改变了整个中国的命运。它的领导人便是何键的老乡——湘潭的毛泽东。

时驻郴县（今郴州）的醴陵籍湘军总司令程潜得知家乡有这样一支游击部队，即委任何键为“浏醴游击队司令部”司令兼第 1 支队队长。而此时，25 岁

毛泽东率湘赣边界秋收起义部队向井冈山进军（油画）

北伐时期的唐生智

的毛泽东正在长沙参加“驱张运动”，苦苦探求救国真理。

1919 年，湘军再次发生内讧，谭延闿联合赵恒惕赶走了程潜。何键的游击队也在劫难逃，副司令张国威率 3 个营直接编入了赵恒惕部唐生智团。何键顿时失去了三分之二的兵力，只得接受收编，任中校营长。

有道是：塞翁失马，焉知祸福。从此，这位游击司令在唐生智手下飞黄腾达。

1921 年，何键升任骑兵团团长。两年后，赵恒惕将部队扩编为4个正规师，何键得力于唐生智的保荐，升任第 9 旅旅长。

1926 年 5 月，唐生智宣布参加国民革命，并接受国民革命军第 8 军军长兼北伐军前敌总指挥职。何键升任第 2 师师长，旋即率部参加北伐。

北伐战争是何键人生的第二次大转折。

在向武汉进击时，何键被任命为江左先遣纵队司令，率部西渡长江，袭占汉阳。随后一鼓作气，拿下汉口，直逼武昌。

据守武昌的是湖北督理兼中央第 25 师师长陈嘉谟和鄂军第 8 师师长刘玉春等部共 2 万余人。蒋介石的嫡系有“铁军”之称的第 4 军与号称“钢军”的桂系第 7 军两次攻城，伤亡万余人，均未奏效。

何键不仅骁勇善战，而且工于计谋。他认为武昌虽已是孤城，但城防坚固，易守难攻，只宜采取围困的方法，促其内变，择机攻城。

果然，在围困了 1 个月后，10 月 8 日，守军第 3 师师长吴俊卿率部投降。两天后，何键的第 2 师捷足先登，率先攻进武昌城，打开城门迎接大部队入城，一举全歼守敌，生擒陈嘉谟和刘玉春。

战后，蒋介石连发两电嘉奖何键：“默运间谋，建树伟绩，……所有江左部队，并特犒赏洋二万元。”

1927 年春，第 2 师扩编为第 35 军，何键升任军长，从此跻身于北伐名将

1926年10月武汉各界欢迎国民革命军大会会场一角

之列。

这时，何键又迎来了他人生的第三次大转折。

是年4月12日，蒋介石在上海发动反革命政变，向共产党人举起了屠刀，轰轰烈烈的大革命就此失败。

时任湘西善后委员会委员长的何键在长沙也撕掉革命的伪装，露出反共真面目，公开反对农民运动，列举了两湖农民运动的种种所谓“罪状”，坚决反对没收地主的土地。

5月21日晚，何键指使所部许克祥独立第33团向湖南省党部、省市总工会、农民自卫军总部、省党校、特别法庭等革命机关和工人纠察队发动了进攻，收缴了纠察队的枪支，放走了拘押在特别法庭的土豪劣绅人犯，制造了震惊中外的反革命叛乱，史称“马日事变”。

6月29日，何键发出通电，公开树起“清党反共”大旗，忠实执行蒋介石“宁可错杀三千，不可放走一人”的反共政策。一时间，长沙城里血雨腥风，共产党员、工农革命群众和革命青年学生每天都有数十人惨遭杀害，全省各县也先后重演了“马日事变”的惨剧。湖南进入了空前的反革命白色恐怖时期。

从此，何键与共产党人成为不共戴天的仇人。

1928年4月，何键兼任湖南省清乡督办署会办，掌握地方武装，疯狂叫嚣“不要放走一个真正的共产党，如遇紧急情况，当杀就杀；若照法定手续办事，上面就不好批了，共产党的祸根就永远不能消灭”，残酷地屠杀革命群众和共产

国民党反动派屠杀革命群众

党人，妄图斩尽杀绝。

对共产党心狠手辣的何键博得了蒋介石的欢心，从此步步高升。1929 年初，何键出任湘赣两省“剿共”代总指挥。

在国民党高级将领里，何键又是一个善于投机的人。他虽属湘系，但与桂系白崇禧、胡宗铎、夏威是保定军校的同窗好友。四人曾歃血为盟，义结金兰，亲如手足。

1929 年 2 月，蒋桂战争爆发。3 月 25 日，李宗仁为把何键拉上反蒋战车，任命他为第一路军总指挥，率湘军部署于湘东地区。第二天，蒋介石调集 18 个师又 1 个旅，连同海、空军共计 10 余万人，讨伐桂军。

尽管与桂系有着多年的交情，但当蒋军大兵压境时，何键再一次显示出他在政治上的敏感嗅觉，便义无反顾地投靠了蒋介石，在李宗仁、白崇禧背后狠狠地刺了一刀！

投之以桃，报之以李。

这一年 4 月，蒋介石任命何键为湖南省政府主席，并令其率部出湘伐桂；5 月 15 日，湘军攻占桂林；6 月，李宗仁、白崇禧被迫通电下野，远走香港、越南。

1933 年，何键兼任湖南全省保安司令部司令，一举掌握了湖南的党政军大权，成为湘军的掌舵人。

靠“清党反共”捞取政治资本，逐渐爬上湘军头把交椅的何键，又充当起蒋介石“围剿”苏区的急先锋。

历史跟何键开了一个不大不小的玩笑。想当年他在醴陵西南山区打游击时，曾多次打破张敬尧的围剿；而如今他对占据井冈山的朱毛红军进行“围剿”，却屡屡遭到失败。

何键毕竟是靠打游击起家的，对游击战法颇有研究，因此在进行“围剿”作战时针对性很强，对红军造成的危害也较大。

1929 年 1 月，国民党集结湘粤赣三省兵力，再次大举进犯井冈山，发动了历史上的第三次“会剿”。

何键乘机一马当先，占领了井冈山，成为第一个攻下井冈山的国民党军将领。何部所到之处烧杀抢掠，无恶不作，一些地方甚至成了惨不忍睹的无人区。

1930 年 10 月，何键成立“平济绥靖处”，任命刘建绪为处长，率第 15、第 16、第 31 师进攻苏区，并颁布了“十大杀令”，对苏区人民实行血腥屠杀。

是年冬至 1931 年，为配合蒋介石对中央苏区的“围剿”，何键又纠集了湘鄂两省的部队对苏区进行反复“扫荡”。

1932 年 5 月，何键调两个师到湘南，“围剿”由赣入湘的红 3 军团，他本人也亲自赶到衡阳督战。

井冈山五大哨口之一——黄洋界

1933 年夏，蒋介石坐镇南昌，亲任“剿匪”军总司令，调集 50 余万大军，苦心筹划对中央苏区的第五次“围剿”。何键任西路军总司令，下辖湘军 9 个师又 3 个旅和浙赣闽边守军 5 个师又 4 个保安团，分别“围剿”湘赣、湘鄂赣和闽浙赣苏区红军，并阻止中央红军向赣江以西和赣东北机动。

打游击出身的何键一生中不知出任了多少“剿共”职务。可以说，自中国共产党开展武装斗争建立苏维埃根据地后，何键就开始了对苏区的“进剿”“会剿”“围剿”，成为名副其实的“剿共先锋”，双手更是沾满了共产党人的鲜血。红军创始人朱德、毛泽东的夫人均死于他手。

1929 年 1 月，朱德的夫人伍若兰被何键部旅长刘士毅杀害于赣州，人头悬挂在城头。

一年后，1930 年 11 月 14 日，毛泽东的第一位夫人杨开慧又是被何键枪杀于长沙浏阳门外识字岭。

不仅如此，何键还曾挖过毛泽东的祖坟。

虽然贵为湖南省主席、官居国民党军上将司令，但何键却是出奇的迷信。他的幕僚萧某精通风水之术，在实地察看过韶山冲毛泽东家的祖坟后，声称山川“妖气”环绕，将会“荼毒生灵”，便极力怂恿何键挖掉，以绝后患。

于是，何键命令湘潭县长王英兆负责执行。挖人祖坟在中国是最为人不齿之事，是要遭老天报应的。王县长考虑再三，本想拒绝，无奈上命难违，只得找来自己的心腹保安团长罗夔商议。

罗团长自告奋勇，表示愿亲率一个小分队悄悄潜入韶山冲，趁夜暗之时将毛泽东的祖坟挖掉。

正所谓：要想人不知，除非己莫为。

不知是谁走漏了风声，毛氏家族连夜将祖坟铲平，并伪装了一番，保护起来。待罗团长一行人马赶到韶山冲时，哪里还找得见毛家祖坟，只好乱掘一气，回去交差。

何键知道后，大发雷霆，改派保安司令部特务队队长龚澍率一群特务跑到韶山冲，终于挖出了毛泽东第十一世祖的坟墓，并将尸骨扔进了湘江。

1934 年 10 月，中央红军撤离中央苏区，开始战略转移后，蒋介石任命何键为“追剿”军总司令，指挥第六路总指挥薛岳所率中央军 9 个师及湘军各部，负责“追剿”中央红军。

何键虽与薛岳的中央军通力合作，“追剿”奔走最卖力，部队行动最积极，但也对堵截中央红军并没有信心，只想如何能使中央红军迅速通过，不要在湘境停留下来。

12 月初，中央红军渡过湘江后，蒋介石又命薛岳跟踪追堵红军入黔，其中湘军的 7 个师到黔东的石吁、印江地区，沿乌江围堵中央红军。

这下，一向“追剿”积极的何键不答应了，深恐湘军主力入黔后，自己失去控制，便以阻击湘西红 2、红 6 军团为由，坚决不答应。

12 月 18 日，何键急电蒋介石：

桃源于筱午被贺、萧股匪攻陷，罗旅被截断，两团长负伤，现匪围攻常城甚急，势难固守，请飞兵救援。等语。窃贺、萧乘虚进犯，职早引以为深虑，只以职辖部队正在专力进剿朱、毛大股，而迭电请求调用朱、岳、罗各师，又须留驻赣西。嗣后蒙派郭师，则以道途较远，刻仅两团到达长沙。匪现乘我援兵未集，猛攻常城，若即进一步分兵扰我益阳、安化，则糜滥更大。职负地方重寄，事先明知其故，而力不从心，及情急势迫，则已误事机，顾此失彼，心痛曷极。现一面飞令徐总司令迅令在澧之部队向临澧、鳌山夹击，一面令郭师已到长沙之两团及飞调十九师一部，与省会警备部队，兼程开常援剿，一面令陈渠珍师迅出大庸，断匪归路，勉应一时。至如何将该匪根本歼灭，并谋湘西之整理与巩固，俾

湘江战役遗址——界首渡口

免进剿之顾虑，容俟筹拟，呈候钧核，示遵。

字里行间，何键在向蒋介石施压。同时，何键加紧部署，先后 3 次制定作战计划，电请湘鄂川边“剿匪”总司令徐源泉派兵“会剿”。

何键的用心是在蒋介石面前和徐源泉争夺“主剿”红 2、红 6 军团的专职，借此机会把川军郭汝栋的第 26 师和罗启疆的独立第 34 师纳入他的作战计划，归他指挥。

可老奸巨猾的蒋介石偏偏把“主剿”红 2、红 6 军团的专职交给徐源泉。徐源泉有恃无恐，对何键的请求“受而不答”，就是按兵不动。何键因而向蒋介石叫嚷“欲靖川黔，先靖湘西；欲除朱毛，先除萧贺”，而他本人“不仅负军事之责，亦负地方之责，兼筹并顾，无可诿卸”。

对此，蒋介石无可奈何，只得同意将李觉、陶广、章亮基等师回调湘西，任命何键为第一路军总司令，围攻湘鄂川黔苏区。

经过一番讨价还价后，何键、徐源泉终于制订“协剿”计划，集中 11 个师又 4 个旅，共计 81 个团约 11 万兵力，并配有 2 队战斗飞机，分 6 个纵队，采取“分进合击、攻堵结合”的战法，组织对湘鄂川黔苏区的“围剿”，企图围歼红 2、红 6 军团于湘鄂两省西部边境地区。

湘鄂川黔革命根据地形势示意图

贺龙、任弼时获悉国民党军即将进行“围剿”的情况后，指挥红2、红6军团于12月底停止攻势行动，率两军团约1.2万人于1935年1月初由常德、桃源地区回师大庸（今张家界市）一带，进行反“围剿”准备。

1月中旬，贺龙、任弼时根据国民党军的进攻态势，决定集中红2、红6军团主力于大庸、永顺之间地区，待机打击由沅陵北进的国民党军，而后视情迅速转移兵力，在运动中各个击破其他各路国民党军。苏区军民积极行动起来，厉兵秣马，准备粉碎敌人的进攻，保卫革命根据地。

2月初，湘赣两省国民党军发起进攻，红2、红6军团实施坚决抗击。至3月下旬，先后在溪口、高粱坪、后坪等地与国民党军激战。但由于未集中兵力和实行正面防堵的消极防御，未能阻止其进攻，部队伤亡很大，减员至9000人，大庸、桑植、永顺县城失守。

为扭转困局，中共湘鄂川黔省委和军委分会决定：暂时放弃苏区；集中红军主力，并将大部分地方武装编入增强主力；立即北渡长江，转移至湖北省南漳、兴山、远安地区创建新苏区。

4月12日，红2、红6军团离开塔卧、龙家寨，开始向北转移。当天，川军郭汝栋纵队进占塔卧。

下午，红军先头部队第4师行抵陈家河西南蒋家垭地区时，与由桑植沿澧水西进，企图阻止红军北进的湘军陈耀汉纵队第58师第172旅遭遇。

陈家河位于桑植县城以西60里处，四周重峦叠嶂，只有一条蜿蜒崎岖的羊肠小道通向桑植。前卫红10团立即发起攻击，歼灭其警戒分队，占领有利地形。

贺龙、任弼时、萧克等认为第172旅孤军远出，工事还没有做好，而且士兵

中央革命军事委员会湘鄂川黔分会旧址

多系北方人，不善山地作战，决定围而歼之。于是一面命令红 4 师占领有利地形加以监视，一面集中 11 个团的兵力，形成局部上的绝对优势，分割围歼该敌。

13 日晨，红 2、红 6 军团一部夺占庙凸山、张家湾、吴家湾 3 个制高点，主力分别向陈家河两侧的蔡家坪、玛瑙台和铜关槽等国民党军阵地发起突击。

激战至黄昏，将第 172 旅全部歼灭，旅长李延龄也被击毙在澧水河畔。

陈耀汉闻讯，即率第 58 师师部及第 174 旅（欠第 348 团）由桑植向陈家河增援。进至两河口时，发现第 172 旅被歼即掉头南撤，准备暂宿桃子溪，企图等待留守桑植的第 348 团到达后，再继续撤至塔卧。

15 日，红 2、红 6 军团冒雨回师塔卧。途中发现陈耀汉部宿营桃子溪，决定乘敌立足未稳之机发起突然袭击，歼灭该敌。

激战 2 个小时，将敌全歼。陈耀汉只带着他的特务连乘夜暗侥幸逃脱。此战，红军共歼湘军 1 个师部和近 2 个旅，俘 2000 余人，缴获枪 2000 余支（挺）、山炮 2 门。

次日，红军乘势收复了桑植县城，并恢复了塔卧以北的大块根据地。

三天之内，红 2、红 6 军团在陈家河和桃子溪两战告捷，不但歼灭了第 58 师，而且将何键的包围圈撕开了一个缺口，正如任弼时所说："敌人原有的包围封锁合击我们的计划已失其效用，而我们依据以桑植为中心的广阔地区转入自如的有利的地位。"

陈家河桃子溪战斗后，中共湘鄂川黔省委和军委分会根据形势的变化，决定放弃北渡长江的计划，继续在苏区坚持斗争。

桑植县新貌

为了调动敌人离开基本根据地，4 月下旬，红 2、红 6 军团主力大踏步地东进，攻占国民党军后方兵力薄弱的江垭，并前出至慈利城北，威胁湘军后方的常德，造成夺取慈利、石门，进攻津市、澧县和北渡长江之势。

果然，各路敌军惊惶失措，力图自保：湘军生怕红军断其后方补给线，急令李觉纵队全部和陶广纵队一部回师东来，援救慈利；鄂军怕红军渡江后深入湖北腹地，徐源泉将西面龙山、来凤地区的 2 个纵队转移到鹤峰、五峰、渔洋关、长阳一线，固守长江防务，同时电告何键，将驻塔卧的郭汝栋纵队东撤，要何键派兵接防。何键只得从陶广纵队的第 184 旅抽出 2 个团进驻塔卧。这一来，何键苦心经营的合围计划土崩瓦解。

5月，红2、红6军团主力北出鄂西，寻歼驻防龙山、来凤的鄂军徐源泉部。宣恩位于恩施以南，龙山、来凤以北，只有鄂军 2 个团驻守，兵力空虚。

6 月 9 日夜，红 6 军团夺占宣恩城北的椒园，控制俯瞰全城的制高点铜山堡，切断北通恩施的大道；红 2 军团隐蔽在城南 20 里处，随时准备打击北上的援敌。

敌人慑于红军的威力，迟迟不敢出动援救。但红军一旦攻克宣恩，南可扼来、龙，北上可进逼恩施、利川和四川的万县（今重庆市万州区），直接威胁长江交通线。徐源泉于 11 日电令驻来凤的纵队司令兼第 41 师师长张振汉出兵援救宣恩。

张振汉指挥约 4 个旅的兵力，编成 3 个支队分为左右两路平行前进，具体部

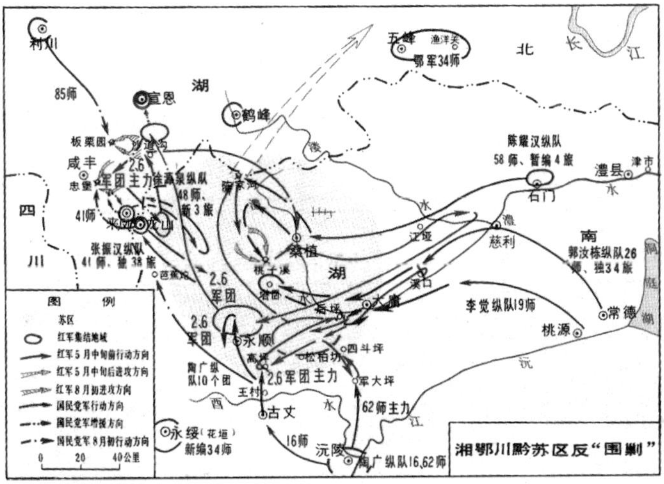

湘鄂川黔苏区反“围剿”示意图

署是：以第 48 师第 144 旅及新编第 3 旅 1 个团和保安第 5 团为右支队，第 41 师第 123 旅为中支队；第 41 师直属队及第 121 旅为左支队，分别由李家河、来凤出动西进，增援宣恩。集结地点为距宣恩 90 里咸丰县的忠堡。

贺龙、任弼时决定以红 6 军团一部继续围攻宣恩，以红 2 军团及红 6 军团主力连夜南下，12 日 15 时赶到了忠堡东北黄牛棚附近。

这时，鄂军右支队先头已进至忠堡，中支队和左支队正向忠堡前进。红军不待其靠拢即向运动中的右支队发起攻击，歼其后卫一部，同时击溃左支队前卫营，抢占有利地形。

13 日，红军将左支队包围于忠堡以东构皮岭山谷。14 日晨，红 2、红 6 军团集中 4 个团又 1 个营的兵力，发起向心攻击。激战至 15 时左右，红军将被围之敌全歼。

此战，红军共歼国民党军 1 个师部和 1 个旅又 1 个营，俘张振汉以下 2000 余人，缴获枪 2000 余支、电台 2 部。

接着，红 2、红 6 军团回师湘西，直指龙山。

龙山城，地处湘西边缘，和来凤相距 15 里，中间夹着一条酉水，为湘鄂两省的交通要道。守敌只有 1 个团和 1 个保安团，共约 1500 人，城内居民近万人，守军至多能维持十天到半个月的给养。

忠堡大捷纪念碑

任弼时在 9 月底红 2、红 6 军团党的积极分子会议上做报告时，指出当时围困龙山基于四点考虑：

第一，敌人在半个月至二十天内增援部队没有到达的可能（鄂敌在忠堡惨败后，一时不能增援；湘敌因粮食困难，亦不易远道进援）。

第二，守城部队（一团白军及一个保安团，只一千四五百人）及城内居民共约万人，没有存粮（居民依靠逢场买米），至多只够维持十天到半月的供养。

第三，守城部队炸弹极少，工事不甚坚固，在地形上我们容易接近城垣地带，可以施行坑道破城。

第四，龙山城攻下后，来凤孤立，可能逼退驻守来凤之敌。我们若能取得龙山、来凤（两城只距十五里），在地理及其他条件上最适宜作我们基本根据地地区。

18日，红军开始包围龙山，以2个师先扫清城外碉堡，相机夺城，主力大部分散到周围各地开展群众工作，进行扩军和整训。

一周后，在红军强大的军事压力和政治攻势面前，龙山西北两面城外守碉的敌军投诚，而东面的敌军仍坚守待援。这时，红军已从国民党军手中缴获了几门山炮，炮弹不多，而且瞄准技术又不熟练。

贺龙沉思后说："就那么几发炮弹，要一发顶十发用，弹无虚发才行。"

他和任弼时商量后，把张振汉找来。

忠堡战斗中，张振汉受伤被俘后，以为必死无疑。因为同样是国民党中将师长，同样是"围剿"红军的纵队司令的张辉瓒，在从长沙出发去"围剿"中央红军时还同张振汉见过面，结果被红军俘虏后砍了头。

但令张振汉万万没有想到的是，红军不但没有杀他，反而对他进行了精心的

长征时期红2军团的彭富九（右二）

医治和耐心的教育。开国少将彭富九曾回忆：

张振汉被押到贺龙面前时，贺龙笑着说："老张啊，我们又碰到一起来了。你不是要活捉我这个贺匪吗，今天到底谁捉了谁？"被红军活捉的张振汉觉得自己必死无疑。军营里"杀了张振汉，为兄弟们报仇"的呼喊声充斥着张振汉的耳膜。正当他绝望之际，贺龙却说了一句："此人不杀，暂时留下来，先给他治疗吧。"

那时候红军缺医少药，仍拿出宝贵的药品给张振汉治疗。在饮食上，红军战士吃的都是粗粮咸菜，唯独给张振汉开小灶，吃细粮。贺龙、任弼时、关向应和萧克等高级将领还亲自向张振汉解释党的抗日民族统一战线政策，启发他的觉悟，使他的思想有了很大的转变。

张振汉在保定军官军校学的就是炮兵，科班出身，操炮水平自然不在话下。他愉快地接受了任务，瞄准1000米远的碉堡，只用两炮就把它摧毁了。

这年7月，湘鄂川黔红军学校成立，萧克兼任校长。据张振汉的儿子张天佑回忆：

一天，张振汉见到贺龙，鼓起勇气提出想要回汉口与家人团聚，以后永不在军队任职。听到了这个要求，贺龙反问："你丢了41师，回去老蒋会放过你？"过了一会儿，贺龙又劝："你是保定陆军军官学校二期，学炮兵，难得的人才啊，能不能留下来当红军学校的教员？"张振汉当即拒绝了这个要求，一方面，他觉得自己是败将、俘虏，教红军实在不合适；另一方面，张振汉一心想要逃出红军队伍回国统区，如果为红军做事，被蒋介石知道，那就永远回不去了。知道张振汉有顾虑，贺龙又请了红军大学校长萧克来做他的思想工作。看到红军将领几次三番亲自请自己讲课，张振汉觉得于情于理已经无法推辞，只好答应先去试试。他后来这样告诉儿子张天佑："我当时是被逼着去的，我知道一去红军大学任教，就等于上了梁山，国民党不会容我了。但是当时的处境和贺龙的诚意，我不能拒绝。"1935年8月，张振汉换上了红军的军装，站在了红军大学的讲台上，加入了红军革命队伍。

张振汉担任红军学校高级班的战术教员，萧克、王震等红军高级将领有时

红军学校旧址

也会到课堂，听这位败军之将讲课。这令张振汉震惊了，不仅为红军的政策所感动，同时为自己的过去而惭愧，更为红军对他的信任而感到欣幸和鼓舞。他把自己的军事知识和作战经验全部奉献出来，成为当时红军学校中公认的水平最高的教员之一。

萧克回忆道：

我同他接触与交谈中，知道他早年从军，又是保定军官学校毕业，有军事知识又有作战经验，根据党的政策，对他宽待。不久，我们扩大了红军学校，选调有战争经验的干部及优秀战士入学，全校有学员八百名，还有个高级班，都是营以上的干部，全班有七八十人。我以兼校长身份请张振汉到红军学校当战术教员，并亲自与高级班学员听他讲课。我这样做，一为使张安心，二为使学员虚心接受正规的军事知识。同时，我们还请了其他有军事技术的几位军官当教员。有人问，打败仗的人怎么教打胜仗的？我认为军事技术没有阶级性，一般战术原则，如行军、组织战斗、协同动作以及利用地形地物等都是军事科学，不管红军白军都要用。至于运用得如何，则取决于不同的阶级和不同的政治目的，以及不同的战略指导思想。打败仗的人还可以从反面来进行教育，张振汉就举了他自己同红军打仗，以及军阀混战的战例来说明一些原则。

张振汉与夫人邓觉先

后来，张振汉随红2、红6军团长征，成为唯一一位参加长征的国民党高级将领。这段经历，被跟随贺龙长征的英国传教士薄复礼在《指导的手》一文中多次提及。到达延安后，毛泽东、周恩来亲自接见了张振汉，给予他极大的鼓励。

抗日战争全面爆发后，毛泽东在枣园接见了张振汉，劝他回蒋管区继续做抗日民族统一战线的工作。经过反复思考，张振汉接受了党的安排。当时正在延安访问的美国记者埃德加·斯诺在《西行漫记》一书中写了张振汉离开延安的一幕，“周恩来和其他人请张振汉吃饭，为他送行，周恩来还握着张振汉的手，叮嘱他为抗日奋斗。”

返回蒋管区后，张振汉不辱使命，曾任江苏连云港市市长、驻台湾省特派员。1949年3月加入中国国民党革命委员会，从事湖南和平解放工作，并参加了湖南起义。新中国成立后，任长沙市人民政府委员、副市长，湖南省政协常委，全国政协委员等职。

见红军扫清了龙山城外的碉堡，守军只得龟缩在城内，用石头把城门堵得严严的，形成对峙局面。起初，红军曾用坑道作业配合袭城行动，但因技术太差，挖掘的地道已经超过了城角还不知道，被守敌在城内掘毁，最后决定采取围城打援之法。

这时，城内粮食恐慌，“守兵已把菜叶、草根食尽”，徐源泉只得派飞机空投。可惜红军对空射击技术太差，尽管敌机在三百米的低空投掷粮食，仍无法击落，使守军得以苟延残喘。

7月3日，红6军团在永顺小井击败增援龙山的陶广纵队一部。战斗中，军团政治部宣传部长李朴中弹牺牲。

李朴，1905 年生于四川简阳。大革命时期加入中国共产党。1926 年毕业于中央军校武汉分校第五期，参加南昌起义。1929 年任国民党广西教导总队中队指导员、中队长，率部参加百色起义。历任中国工农红军第 7 军第 3 纵队政治部主任、第 21 师政委，湘赣第 8 军政治部主任兼中央军事政治学校第 4 分校政委，第 17 师政治部主任，第 6 军团政治部宣传部部长。

在任红 8 军政治部主任时，李朴与军长萧克一起指挥湘赣苏区反“围剿”斗争，结下了深厚的友谊。在一年后的湘赣苏区肃反中，因有“托派”嫌疑，被撤了职。

萧克回忆道：

这个说法也是从中央苏区传过来的。我们接到省委决定时，都感到有些奇怪。李朴是红军中的老干部，大革命时期入党，参加南昌起义，以后到莫斯科炮兵学校学习，回国后在湘赣苏区工作。在红 8 军时，先是当了一段参谋长，后又任政治部主任。我到湘赣以后，常同他一起交谈，感到他是一个革命热情高，政治上比较老练的同志，怎么会是“托派”？据说李朴在莫斯科炮校学习时，苏联开展反“托派”的运动，他曾被学校关了三天禁闭。

李朴被撤职后，曾对人说：“告诉省委，我有错误，可以撤职，但不要开除

参加井冈山斗争的部分同志 1938 年在延安合影

党籍。我要努力工作，为党尽力。”他的这番话，代表了受冤屈同志的心声。那时打仗牺牲并不可怕，可怕的是被自己人不信任。对于把党的事业看得重于生命的人来说，不能被党组织理解、信任和承认，那是最为痛苦的事情。

……那天我正指挥战斗，一颗子弹呼啸而来，打中了在我附近的李朴，他立刻倒在地上，鲜血染红了身下的青草。他用自己的热血证明了对党、对革命事业的忠诚。

10日，红2军团在来凤、龙山间的象鼻岭击退增援的鄂军独立第38旅。五天后，红6军团在咸丰、来凤线上的胡家沟，同增援龙山的黄新纵队5个团发生激战。红18师参谋长马赤、红17师第49团政治委员段培钦牺牲。

三次打援，红2、红6军团都未能达到歼灭援敌有生力量的目的，只是阻止了援敌前进或仅给援敌以杀伤。

下旬，陶广纵队集中10个团增援龙山。这时，红军夺取龙山、来凤的可能性已经不存在，遂于27日主动撤围龙山，连夜南下，打击援敌。

28日早9时许，红17、红4、红6师在招头寨以北地区与陶广纵队遭遇。激战一天，红军阻止了援敌的前进，隐蔽集结于龙山以东地区待机。此战，红军自身伤亡很大，红17师师长苏杰、红51团团长黄林、红50团政治委员方振声牺牲。

龙山围困战一共持续了35天，红2、红6军团并未达到预期目的，还遭受了一定的损失。贺龙指出：“围龙山，主要是想消灭陶广、陈渠珍的。那仗未打好，围城也未围好。……原来围城、打援、休整，后来改为围城、休整、打援，是个被动的，分散了。”

这时，国民党鄂军为将红军堵在湘西，调集兵力分四路向湘鄂边境推进。其中，由江西新调入湖北参加对湘鄂川黔苏区“围剿”的第85师准备由小关经板栗园前往李家河。

贺龙、任弼时、萧克等鉴于第85师新到鄂西，情况不熟，决定集中主力以伏击或截击的战法，求歼该敌于运动中。

为迷惑国民党军，红2、红6军团由龙山以东兴隆街向北进至沙道沟附近，造成打击第34师和第48师1个旅的态势。

果然，这两路国民党军立即停止前进，就地警戒。而第85师认为红军距离自己较远，行动方向又不一致，遂于8月3日继续由宣恩向李家河前进。

板栗园战斗遗址

此时，红 2、红 6 军团突然改变行动方向，由沙道沟向西南疾进，迅速赶到板栗园地区设伏。

当第 85 师（欠 1 个团）进入伏击地域时，红军突然发起猛攻，将其切成数段，激战至午夜，全歼该师师部另 2 个团又 1 个营，击毙其师长谢彬，俘 1000 余人。

板栗园战斗后，红 2、红 6 军团返回原苏区。8 月 8 日，又在芭蕉坨一举击溃国民党军 10 个团。这时，鄂军被迫后撤，湘军亦收缩兵力转入防御，反“围剿”作战结束。

在这次历时半年有余的反“围剿”作战中，红军根据情况变化，采取正确的战略战术，大小战斗 30 多次，与 86 个团的国民党军直接作战。除倚城或据点固守的 10 个团敌军外，均被红军击败。先后占领过 7 座县城，歼国民党军 2 个师、1 个旅、1 个师部，活捉纵队司令兼师长 1 人，师参谋长 2 人，毙师长 1 人，俘旅长以下军官百余人，士兵 8000 多人，毙伤敌 1 万人以上。在同十倍于己的国民党军战斗中，红 2、红 6 军团扩大到 2.1 万余人，重建了红 18 师，提高充实了独立团营和游击队的战斗力。

25. 陈家河桃子溪战斗

1935年2月初，湘赣两省国民党军迅速集结11个师又4个旅约11万人的兵力，编为6个纵队，采取“分进合击、攻堵结合”的战法，对新创建的湘鄂川黔苏区进行大规模的“围剿”，企图将红2、红6军团歼灭于湘鄂两省西部边境地区。具体部署为：

东南方向，以湘军为主，陈耀汉纵队从石门经江垭向大庸（今张家界市）以北推进，郭汝栋纵队配合李觉纵队向大庸以东地区推进；南面，陶广纵队的主力向大庸以西的永顺地区推进；西北面，以鄂军为主，徐源泉纵队和张振汉纵队以一部扼守乌江，其余的向龙山、来凤地区推进。敌人以苏区的中心大庸为总目

高粱坪战斗遗址

标，迅速分进合围，企图把红军压缩在狭小地区，陆空配合，“聚而歼之”。

面对来势汹汹的国民党军，贺龙、任弼时指挥红2、红6军团实施坚决抗击。至3月下旬，先后在溪口、高梁坪、后坪等地与国民党军激战。但由于未集中兵力和实行正面防堵的消极防御，未能阻止其进攻，部队伤亡很大，减员至9000人，大庸、桑植、永顺县城失守，中共湘鄂川黔省委所在地塔卧和基本后方龙家寨离国民党军只有一天至一天半的行程，红军被压缩在狭小地区。任弼时后来说：“这是我们处境最困难时期。”

其间，中共中央及中革军委曾来电指示：“你们应利用湘鄂敌人指挥上的不统一与何键部队的疲惫，于敌人离开碉堡前进时，集结红军主力，选择敌人弱点，不失时机，在运动战中各个击破之。总的方针是决战防御而不是单纯防御，是运动战而不是阵地战。辅助的力量是游击队与群众武装的活动。对敌人须采取疲惫、迷惑、引诱、欺骗等方法，造成有利于作战的条件”。同时指出：“你们主要活动地区是湘西鄂西，次是川黔一部；当必要时，主力红军可以突破敌人的围攻线，向川黔广大地区活动，甚至渡过乌江。但须在斗争确实不利时方才采取此种步骤。”

根据中央指示，为扭转困局，中共湘鄂川黔省委和军委分会决定：暂时放弃苏区；集中红军主力，并将大部分地方武装编入增强主力；立即北渡长江，转移至湖北省南漳、兴山、远安地区创建新苏区。

4月12日，红2、红6军团根据地中心地区离开塔卧、龙家寨，开始向北转移，准备经万民岗、陈家河、仓官峪，从秭归东南的香溪北渡长江。

出发前，贺龙对部队讲话：“蒋介石下了大本钱，来了十几万人，要抄我们的家，要消灭我们红军。抄家么，可以嘛！消灭我们？办不到。早早晚晚我们要打回来。到了那个时候，要打他们一个鸡飞狗跳，扒他们的皮喽！”

红2、红6军团出发不久，川军郭汝栋纵队就进占了塔卧。原来，红2、红6军团撤出根据地的行动，被敌人侦察到了。

何键以为在桑（植）、龙（山）、永顺之间“合围聚歼”红军的胜券已唾手可得，下令各路纵队广筑碉堡封锁线，令鄂军纵队司令兼第58师师长陈耀汉率部从桑植西进，迅速构筑碉堡线，“堵匪西窜”。

陈耀汉也认为红军是仓皇逃跑，便想拣个便宜在蒋介石面前争头功，立即令第58师第172旅从桑植出发，沿澧水西上担任警戒，主力随后跟进，“务于十二日进抵两河口、陈家河一带”；第58师第174旅经陈家河转往万民岗地区。

湘鄂川黔革命根据地中心永顺塔卧

陈耀汉亲自率领纵队部和师部在中间策应，企图与西面的张振汉纵队打通联系，截击歼灭红2、红6军团，活捉贺龙。

下午，红军先头部队第4师行抵陈家河西南蒋家垭地区时，与由桑植沿澧水西进，企图阻止红军北进的第172旅遭遇。

陈家河是个小集镇，位于澧水东岸、桑植县城以西60里处，四周重峦叠嶂，只有一条悬绕山腰、下临深谷的蜿蜒崎岖小道通向桑植，为红军向北转移的必经之地。

前卫红10团立即发起攻击，歼灭敌一个警戒分队，并占领了蒋家垭北侧的田家坡高地。从俘虏口中，红军了解到敌人的具体部署，得知第172旅刚刚进占此地，工事还没有完全构筑好，部队分散配置在陈家河、铜关槽、庙凸、张家湾和澧水南岸的蔡家坪等高地。

敌情出现新的变化，贺龙与任弼时、萧克等立即研究对策，认为第172旅孤军远出，工事还没有做好，而且士兵多系北方人，不善山地作战，决定围而歼之。

贺龙说："陈耀汉用兵慎重，这次冒了火，是以为我们垮了。他堵住我们的路。大路只此一条，堵住就过不去。陈耀汉这个师武器比我们强，可是他这个旅远离桑植。我们两个军团打11个团，力量大大超过它。他们是北方部队，过去多在平原活动，不善于山地作战。陈家河一带的地形，我了如指掌，多山多水，道路少而狭窄，他们撤退、逃跑、增援都很困难，战场对我们有利！加上敌人刚到，立足未稳，他们的命根子碉堡工事也未来得及修，尽管占了镇子，却来不及

陈家河战斗遗址

作固守准备。我看哪，一定要给敌人一点厉害看看，免得他们成天到处发疯！”

萧克当即表示：“对，消灭他1个旅，我们有11个团，可以说是狮子抓乌龟喽。”

任弼时追问道：“打是对的，打完了呢？”

“要走，也要打这仗再走。我看，不胜，就走；小胜，再看看；大胜嘛，杀他个回马枪，老子不走喽！”贺龙意气风发，要在陈家河好好教训一下陈耀汉。

贺龙命令部队悄悄隐蔽在河西面围子后边的大山上和围子附近的 3 个小山包附近，将全军的轻重机枪都摆在这里，居高临下，封锁陈家河唯一的渡口。

13 日凌晨，红 2、红 6 军团在田家坡及其西北地区展开，准备攻击陈家河西面的庙凸和陈家湾上的敌人，使陈家河、铜关槽大山上的敌阵地暴露出来，然后各个歼灭铜关槽、蔡家坪和澧水两岸的敌人。

上午 8 时许，正当红军准备发起攻击时，部署在庙凸山上的敌人约 1 个营沿着山脊向红 51 团阵地发起进攻，企图先发夺人，抢占先机。

红 51 团沉着应战，将敌放至手榴弹有效杀伤距离内，突然投出大量手榴弹，随着军号吹响，红军趁敌混乱、回窜之机，一鼓作气居高临下冲向河谷，打到敌军阵地的纵深，攻下庙凸、张家湾和吴家湾三个山头。战斗中，红 6 军团政委王震在率部冲击时负伤。

与此同时，红 2 军团主力徒涉过澧水，向陈家河两侧的蔡家坪、玛瑙台之敌进攻，红 6 军团主力和红 4 师一部向铜关槽的敌人阵地发起突击，红 51 团预备队第 3 营则直插陈家河，直捣第 172 旅旅部，使该旅失去指挥，从而割裂了澧水两岸敌人的联系。

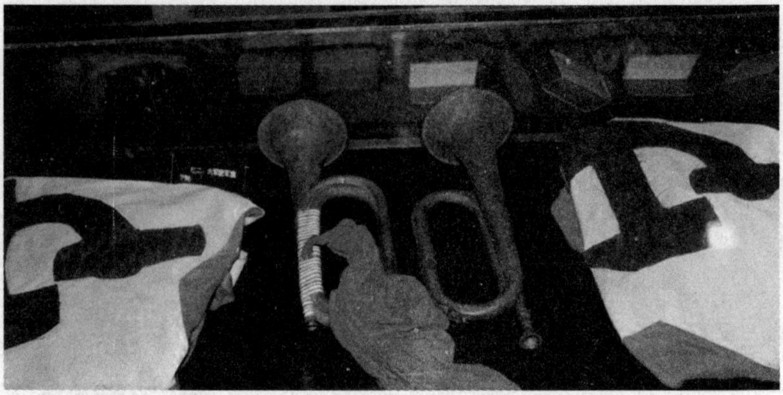

红军的军号

战至下午 2 时，红军全歼澧水南岸蔡家坪和玛瑙台的敌人。而扼守铜关槽大山的敌军 400 余人利用山势高峻、地形复杂的有利条件，负隅顽抗。至黄昏，红军终将其全部歼灭，旅长李延龄被击毙在澧水河畔。

陈家河战斗告捷，红军士气大振。

陈耀汉闻听第 172 旅在陈家河遭红军围攻，危在旦夕，立即率第 58 师师部及第 174 旅（欠第 348 团）由桑植增援。当进至两河口时，发现第 172 旅被歼即掉头南撤，准备暂宿桃子溪，企图等待留守桑植的第 348 团到达后，再继续撤至塔卧。

15 日，大雨滂沱。贺龙、任弼时、萧克等人分析，认为陈耀汉南窜塔卧，必经桃子溪。于是，萧克、王震即率先头部队 2 个团冒雨急行军 90 里赶到桃子溪。萧克回忆道；

打掉这股敌人，就把情况摸清楚了。驻桑植的敌人是陈耀汉的 58 师，我们打掉了他一个旅，还有一个旅和一个师部在驻桑植。我估计，桑植的敌人会撤退，因为一个师打掉了一半，剩下的势孤力弱，不会继续控制桑植了。我就同任弼时和贺龙商量：认为桑植城的敌人会向南退往塔卧，以便与那里的敌人靠近或集中，任弼时和贺龙都赞同我的意见，就由我带两个团去截击。

那时，刚打完仗，队伍都散开了，一下子调不拢，我只调齐了 49 团和 51 团，马上出发，走山路，一口气跑了 80 多里。走到离桃子溪 8 里路的地方，发现小河里的水有些浑，就问老百姓，他们说，上游刚有大队人马过去。我判断是桑植的敌人撤退下来了，立即决定打，虽然不知道他有多少，但估计最多是一个旅加一个师直属部。他们刚到，而我们是从距桃子溪80多里的陈家河赶来的，马上打，正是“出其不意，攻其不备”。在离桃子溪8里的岔路上，把两个团展开，一下子冲到敌人的师直属队和前卫团。敌人措手不及，很快就溃败了，残部退到后山。我军乘胜继续攻击，一直打到晚上八九点钟，把陈耀汉的师部和另一个旅也歼灭了。这一仗，战术上是以稍劣势的兵力击破优势敌人。

陈耀汉被红军杀得落花流水，只带着他的特务连乘夜暗侥幸逃脱。此战，红军共歼敌1个师部和近2个旅，俘2000余人，缴获枪2000余支（挺）、山炮2门。

值得一提的是缴获的2门山炮为日本制造，红2、红6军团自此有了炮兵营。后来其中的1门炮跟随红2、红6军团长征到达陕北，其中有1门炮至今仍陈列在中国人民革命军事博物馆里供人参观。

至此，陈耀汉的第58师除第348团未参战得以幸免外，其余全部被歼。红2、红6军团乘胜收复了桑植县城和永顺、大庸县的部分地区。

敌各路“围剿”大军见陈耀汉第58师几乎全军覆没，无不心惊胆战，纷纷后退和收缩，由进攻转入防御。其中，张振汉纵队由茨岩塘逃回龙山，再往来凤；暂编第4旅向郭汝栋纵队靠拢，集中固守塔卧；湘军主力则分别集中于大庸（今张家界市）、永顺、王村和沅陵等地。

湘鄂川黔边省委和军委分会根据形势的变化，放弃了北渡长江的计划，决定在原地坚持斗争。

桃子溪战斗旧址（右上角的山炮为此次战斗所缴获，现存中国人民革命军事博物馆）

26. 忠堡战斗

1935年5月9日，中央红军四渡赤水，摆脱了数十万国民党军的围追堵截，胜利渡过金沙江。战场形势发生了新变化。

贺龙、任弼时等人认为：为牵制吸引国民党军、策应中央红军转移，红2、红6军团自1934年11月进入湘西后，一直遵循着对湘敌采取攻势，对鄂敌采取守势的方针。随着中央红军渡过金沙江，这一任务已告一段落。当前的中心任务是保存壮大力量，坚持在长江以南进一步打击消灭湘鄂两军的有生力量，恢复和发展湘鄂川黔苏区。

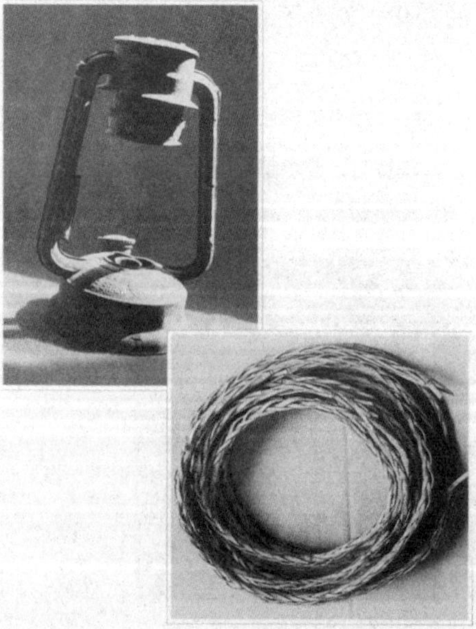

中央红军渡赤水河时用过的竹绳、马灯

中旬，中共湘鄂川黔军分会讨论研究下步行动方针。鉴于当时湘军力量较集中，和红军作战经验较多，战斗力较强，而鄂军分散薄弱，又不善于山地作战，战斗力较差；同时湘、鄂两军在地势上已被红军分割，湘军在东，鄂军在西，指挥不统一，有可为红军利用的矛盾，因此决定改变主要作战方向，采取东守西攻的方针，即对湘军采取守势、对鄂军采取攻势。

下旬，红 2、红 6 军团主力北出鄂西，进逼驻防龙山、来凤的鄂军徐源泉部，以诱使鄂军第 41 师出战。

然而此时，自陈家河桃子溪一战陈耀汉第 58 师被歼后，鄂西地区国民党军大部收缩聚集于施南、宣恩、黔江、咸丰等城镇和来凤、李家河地区，徐源泉司令部驻守恩施，加强堡垒工事，极少主动出击。贺龙、任弼时遂决心以围城打援的战法，诱使敌人离开堡垒，在运动中寻歼敌军。

宣恩位于恩施以南，龙山、来凤以北，当时只有鄂军第 48 师 1 个团和 1 个保安团驻守，兵力十分空虚。

6 月 9 日夜，红 6 军团一部在鄂军战役纵深内夺占宣恩城北的椒园，控制俯瞰全城的制高点南山铜鼓堡，同时另以一部兵力切断了北通恩施的大道；红 2 军团隐蔽在城南 20 里处，随时准备打击可能由来凤、李家河地区北上的援敌。

敌人慑于红军的威力，迟迟不敢出动援救。但红军一旦攻克宣恩，南可扼来凤、龙山，北上可进逼恩施、利川和四川的万县（今重庆市万州区），直接威胁长江交通线。恩施城里的徐源泉生怕宣恩失守，恩施难保，于 11 日电令驻来凤的纵队司令兼第 41 师师长张振汉率来凤、李家河地区的守军主力驰援宣恩。

1893 年生于江苏徐州铜山的张振汉，别号炎生，国民党陆军中将。别看张振汉只是个师长，资历却甚老，毕业于保定陆军军官学校第二期炮科，比何键还要高一期。

张振汉

但张振汉的官运一直平平。初在奉军任连长，曾在徐树铮麾下参加过外蒙古独立谈判。后参加北伐战争，任国民革命军第 48 师 142 旅 283 团团长。直到 1930 年出任第 48 师旅长，才步入将军行列，年已三十有七。而“小师弟”何键早在一年前就当上湖南省政府主席，爬上了湘军统帅的宝座。

1930 年，张振汉率部参加蒋冯阎中原大战，因战功于次年升任第 41 师师长，授中将军衔。1935 年，奉命参加

“围剿”湘鄂川黔苏区。张振汉自恃人多枪多，装备精良，多次扬言要“亲手抓住贺龙”。

6月12日，按照徐源泉的命令，张振汉指挥约4个旅的兵力，编成3个支队分为左右两路平行前进，增援宣恩。

具体部署是：以第48师第144旅3个团、新编第3旅1个团和保安第5团为右支队，由李家河经冉大河、三叶台西进；以第41师第123旅为中支队，由李家河经关口、老叉口、韭菜园西进；以第41师直属队、第121旅为左支队，由来凤经甘家沟、三堡岭西进。

张振汉知道红军的厉害，十分谨慎。但他认为红军主力远在宣恩附近，距咸丰县的忠堡百里以上，而他的部队距忠堡只有四五十里。即使红军与他们同时行动，也要到黄昏时分才能赶到忠堡附近。为防止红军袭击，张振汉命令3个支队务必于下午4时前赶到忠堡集结，并在黄昏前做好工事，完成防御准备。

为预防万一，张振汉还命令各部：如果在行进途中遭遇红军，就地停止前进，由行军队形变为战斗队形，面向北方组成三道阵地的纵深防御。

有道是：机关算尽太聪明，反误了卿卿性命。出发前，张振汉将行动路线、行军序列和途中休息地点详细电告徐源泉。谁知，这份密电为红军电台截获并成功破译。

贺龙、任弼时当即以红6军团一部继续佯攻宣恩，监视和迷惑敌人；以红2

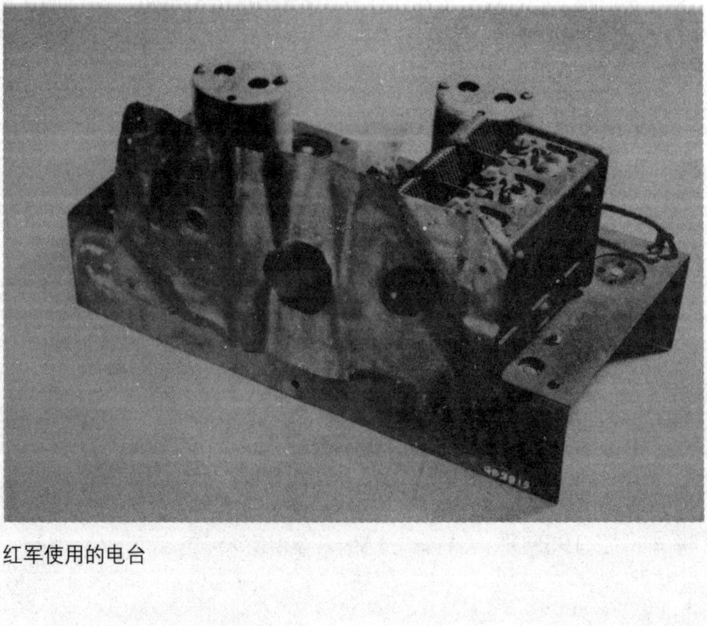

红军使用的电台

军团及红 6 军团主力于 11 日夜出动，分两路南下忠堡地区截击。

为争取及早赶到忠堡以东截击，红 2 军团参谋长李达在行军途中给参战部队下达了作战任务，命令红 4 师务必先敌赶到韭菜园以西地区，截击敌人右支队。

红 4 师经 130 里急行军，于 12 日 15 时赶到了忠堡东北黄牛棚附近。这时，张振汉的右支队先头部队已进至忠堡。而中支队已进至韭菜园西侧，左支队先头部队也已通过老鸦关，距忠堡都只有几里路。

为不让敌军进入忠堡集中，红 4 师立即向运动中的右支队发起攻击，歼其后卫一部，并在忠堡东面的构皮岭击溃了左支队前卫营，抢占有利地形，将其大部压迫在构皮岭的山坳里。随后，又以一部兵力抢占忠堡与构皮岭之间的高升塘，构筑工事，准备阻击忠堡回援之敌。

这时，红 6 师也赶来参战，迅速从红 4 师左翼投入战斗，向构皮岭之敌侧后迂回，很快就攻占了老鸦关东侧高地，从而切断了敌左、中支队的联系及左支队向来凤的退路。

由于红军处于敌军中间分割包围歼敌的复杂情况，贺龙、任弼时决定先集中兵力遏止敌右、中支队的增援，并完成对敌左支队的包围，然后相机调集力量围歼敌军。当晚，贺龙命令红 4、红 6 师加强阵地，坚决阻止敌人突围和增援；命令红 17 师火速前来参战，以第 51 团占领忠堡北山，监视忠堡敌右支队的行动，并向咸丰方向警戒，以第 49 团由忠堡和构皮岭之间向南穿插，攻占构皮岭南山，协同红 4、红 6 师，包围敌左支队。

忠堡战斗遗址

13日天亮后，张振汉指挥所部突围。进入忠堡的右支队集中兵力向北山红军阵地攻击，企图威胁红4师的侧背，掩护构皮岭的左支队突围；进至韭菜园的中支队第123旅向红6师老鸦关阵地发起猛攻，企图恢复与师部的联系。

红军顽强坚守阵地，打退了敌军的多次进攻。右支队在几次攻击失利后停止进攻，中支队第123旅旅长黄百韬见势不妙，干脆率部仓皇逃回李家河。至此，红军基本解除了敌军增援的顾虑，集中力量对付被包围在构皮岭的左支队。

14日晨，红2、红6军团集中第10、第16、第49、第51团和第18团1个营的兵力，从四面同时向构皮岭发起向心攻击。

张振汉亲自督战，指挥所部2000余人密集在一个不大的山坳里，利用巨石、田埂、房屋和工事拼命顽抗。战斗进行得十分激烈，从清晨一直持续到下午3时，第41师师部电台被毁，参谋长中弹身亡，张振汉头部和身上中弹片负伤，做了红军的俘虏，被围之敌全军覆没。

此战，红军共歼国民党军1个师部和1个旅又1个营，俘张振汉以下2000余人，缴获枪2000余支、电台2部。

27. 板栗园战斗

1935年6月，红2、红6军团在取得忠堡战斗胜利后回师湘西，发起龙山围困战。

地处湘西边缘的龙山城，与来凤县相距15里，中间夹着一条酉水，为湘鄂两省的交通要道。守敌有1个正规团和1个保安团，约1500人，据城死守待援。

这时，蒋介石为取得对湘赣川黔苏区"围剿"的胜利，将从江西调至利川的第85师拨归徐源泉指挥，并另从江西湖口调第二十六路军的1个师接替第34师的防务，让鄂军集中作战；同时命令湘军、鄂军从南北方向夹击红军。

7月27日，国民党军集中10个团增援龙山，红2、红6军团主动撤围龙山，隐蔽集结于龙山以东地区待机。

徐源泉的兵力虽得到加强，但因屡遭红军打击，早已没有了当年"剿匪"之勇气，只想如何保存实力，将部队推进至湖北边界，加强来凤至宣恩的封锁线，防止红军再次入鄂西。

为此，徐源泉于7月30日和8月1日，先后命令第34师主力和第48师1个旅分别由湖北鹤峰以西的太平镇和宣恩以南的高罗向沙道沟推进；以由江西新调入湖北的第85师经宣恩西南的小关开往宣恩南面的李家河；以在高罗的暂编第4旅一部占领水田坝；以在来凤的第123旅占领李家河，掩护第34师主力等部开进。

红军并不知道第85师已调至鄂西，参加对湘鄂川黔苏区"围剿"。一天，电台报务员无意中抄收到第85师少将师长谢彬发给徐源泉的电报，才获悉该部

红一方面军无线电报务员全体合影

已到达咸丰，正准备经板栗园、李家河增援龙山。

第 85 师是一支杂牌部队，前身为国民革命军第 43 军。1927 年 1 月，湖南省代省长、第 8 军军长兼北伐军前敌总指挥唐生智，得知隶属北伐军左翼军的黔军第 12 军预谋反叛的消息后，诱杀了黔军将领袁祖铭、朱菘、何厚光等人，同时将隶属左翼军的黔军旧部编入其他部队。同年 4 月，新编第 7 军与原属黔军第 12 军残部和彭汉章第 9 军残部合编组成国民革命军第 43 军，李燊任军长，下辖第 1、第 2、第 3 师和教导师，贵州铜仁人谢彬任第 1 师副师长。

1929 年春，蒋桂战争爆发后，贵州省省长兼第 25 军军长周西成与李燊之间爆发战争。4 月，周西成阵亡，李燊接任贵州省主席。6 月中旬，周西成旧部毛光翔、王家烈、犹国才、廖怀中等部联合向李燊发起反攻。李燊兵败出走香港，第 43 军残部后被谢彬收编，改编为新编第 10 师，驻扎铜仁。1930 年 5 月，桐梓系军阀王家烈部开进铜仁，谢彬率新编第 10 师调离贵州开赴武昌地区，于次年底改编为第 85 师。

贺龙、任弼时等认为第 85 师新到鄂西，对当地的各种情况都不熟悉，且行军沿途山高林密，峡谷深邃，道路崎岖，侦察搜索和展开都很困难；同时，第 85 师从纵深向前运动，戒备可能比较疏忽；而且，鄂西其他敌军都分守在几个县城和较大的集镇上，点与点之间空隙很大，便于红军进出。据此，决定集中主力再次进入鄂西敌人的战役纵深，以伏击或截击的战法，求歼第85师于运动中。

为麻痹国民党军并造成错觉，红军于 8 月 2 日由龙山以东的兴隆街北进至宣恩沙道沟附近。徐源泉判断红军将打击由太平镇、高罗南下沙道沟的第 34 师或第 48 师第 142 旅，急令其停止前进，严加戒备。

当天下午 6 时，第 85 师进抵上洞坪，得到红军主力移沙道沟附近的情报。谢彬原拟稍事休整，待情况明了后再行前进，但考虑红军是向北行动，且沙道沟距离自己较远，近在咫尺的李家河又在友军第 41 师手中，仍于 3 日晨按原计划继续由宣恩向李家河南进。

根据《国民党政府军事机关档案》（民国二十五年）第 777 卷记载，谢彬在上洞坪司令部下达了如下命令：

一、根据沙道沟附近有匪千余人与我地方团队接触，又闻高乐方面亦有匪一部与我四八师部队（约三团）接触，又闻乐歌坪亦有千余并闻匪大部住龙山东十五里之兴隆街，今日有向前推进之说。我四一师部队（约三团）由来凤来李家河附近掩护本师。我四八师之一旅已由沙道沟推进。

二、本师（缺五〇七团及工兵连）拟于明（三）日进李家河。

三、五〇一团为前卫，于明午前五时半出发完毕，经板栗园向李家河搜索戒备前进，到达后应向忠堡、石牌洞、沙道沟方向警戒，并与友军谋取联络。师直属各部队及五〇五团（缺第一营）为本队，俟前卫出发完毕，取相当距离跟进。五〇五团第一营（缺第三连）为后卫，在本队后相当距离继续跟进。

四、本部行李由五〇五团派兵一连掩护，随后尾进。

五、大休息地在板栗园附近。

六、各级设营人员应携带武器自卫，由本部李副官泽春统率指挥分配。

七、无论行军、休息、宿营，务格遵委员长蒋手订剿匪要旨实施。

八、明日行进时余在特务营后。

此时，红军突然改变行动方向，由高罗和李家河之间乐歌坪、石牌洞及沙道沟附近揳入敌人纵深，沿山间捷径向西南急进，于 3 日 11 时许赶至第 85 师必经的板栗园东南利夫田谷地设伏。

利夫田谷地处在板栗园与李家河之间，长约 15 里，宽不足 1 里，北侧山上森林茂密，利于隐蔽，南侧山上岩石裸露，陡峭难攀。红军立即以第 4、第 6 师成一个梯队埋伏在谷地北侧的安家坡山上，等待敌人自投罗网。

3 日拂晓，第 85 师（欠第 507 团和工兵连）约 4000 人遵照命令，按第 501

板栗园战斗遗址

团、特务营、师司令部和第505团的行进顺序依次出发。上午10时到达利夫田西北七八里路的板栗园，停止休息。

因红军行动迅速，隐蔽良好，完全没有暴露。敌人在板栗园见到赶集的人很多，并接到从李家河返回的侦察分队报告："李家河街上很安静，李家河的友军住在碉堡里。由板栗园到李家河，沿途有钓鱼的、打柴和种地的老百姓。"

谢彬据此判断："此地很平静，红军距离尚远，前面又有友军占领坚固阵地掩护，现在第一要着，就是尽快地赶到目的地。"

11时，第85师继续前进，于中午12时许进入伏击地域。红4师率先开火，将敌前卫第501团死死地压制在谷底，然后发起多路猛攻，将其截成数段，歼灭于三灵沟、潭家岩地区。《国民党政府军事机关档案》中关于此战的记载如下：

我左侧卫第五〇一团第一营由左翼登山搜索前进，于正午十二时刚至安家坡羊山林中。伏匪即先向我射击，并趁我展开之不及，继以猛扑，战端遂尔开始。当时，我前卫司令官五〇一团团长黄魁接得报告后，令该侧卫营仰攻张家坡，占领后，即与匪相恃。时我正面到天田及右侧高山之匪亦正与我前兵（五〇一团第三营）激战，嗣因左翼无进展，我黄团长即令第二营增加。匪一面施行猛烈抗战，一面以大部由安家坡向我左翼延伸，同时又以团余之众向正面（谷底）猛冲，（我）不支，五〇一团团部被压迫至木厂小桥，匪即跟之，团营均被截断，遂失联络。

这时，敌特务营和第505团2个营匆忙展开，企图抢占红军伏击阵地西面的莫家坡大山，以稳定阵脚。

贺龙立即命令红6师迅速抢占莫家坡制高点，歼灭向上攀登的敌人。红6师先敌登上了山头，并沿山脊配置了兵力和火力。当敌人气喘吁吁地爬到离山顶还有三四十米时，红6师的轻重武器突然开火，手榴弹雨点般抛入敌阵，然后猛冲下去，一举将3个营的敌军全部歼灭。战斗中，谢彬督军顽抗，胸腹中弹而亡。

与此同时，红军后续部队第17师也赶上来，从红4师左翼投入战斗，与红2军团一起攻击退守谷地南山的敌军第505团1个营。残部群龙无首，前无接应，后无援兵，战至晚11时，全部被歼。

《国民党政府军事机关档案》是这样记载的：

师长谢彬率特务营及五〇五团第三营刚登至莫家坡山腹森林中，即与匪激战，我右翼即被匪抄至，先师长乃随五〇五团主力登巴里核高地。殊刚至半山，匪约团余，突从山腹森林中向我腰击。对面莫家坡之匪亦同时向我射击，弹密如雨，势颇猛烈，先师长正力督官兵沉着应战，腹部中弹，登时阵亡，我栋折梁摧，官兵无主矣。

当师长成仁之刹那间，我五〇五团第一、二两营与匪悲壮苦战。冲锋肉搏之时，虽占领巴里核高地。但不

在谢彬被击毙处立的石碑

旋踵复被匪之战。优势压迫，上下夹击，白刃交镝，互相混杀，谭团长亦振奋督战，而匪较前愈重，战况较前愈烈。一、二营竟被匪截为数段，失却联系，旋被重重包围，此后全部状况皆陷于各自苦撑之势矣。午后二时许，五〇一团黄团长率兵一排在木厂小桥受匪压迫，力将不支，继退至板栗园附近，匪又跟至，复集合数十人死力拒之，以掩护我辎重行李等从容后移。匪竟用（竟从）两侧高地抄围，以至大部行李不获脱险。幸解弹药之五〇五团第三连赵连长得力，由黄团长指挥，节节掩护，而得安全退至小关。

下午三时以后，各阵地官兵均各自与匪坚决冲杀，悲愤苦斗，匪更重重包围，我益艰苦支持，在月暗星残之下，混杀侧杀直至四日拂晓，弹尽援绝，谭团长始率残部约两连及会合特务营之二十余人向宣恩方向突走，五〇一团第一营余部向来凤方向突走，五〇五团一、二两营之余部向小关方向突走。第三营余部由负伤营长邱明率领向李家河方向突走。五〇一团第三营陷于谷底苦战，阵亡殆尽。最后崔营长率二十余人突围，未达目的，均毁械自戕。迫击炮连亦因山险被截。

此役，红军在敌军战役纵深内出奇兵，以伏击手段速战速决，共歼灭第 85 师师部另 2 个团又 1 个营，缴获长短枪支近 1000 支，迫击炮 6 门，弹药 600 多箱，银元 6 万多元。国民党军战报记载为："阵亡官兵四百四十四名，负伤三百五十五名，失踪官兵一百五十七名。损失步马枪八百七十九支，轻机枪五支，各种重机枪一十六挺，手提式并冲锋枪共六十二支，短枪二十二支，迫击炮六门，刺刀八百四十六把。"

板栗园大捷纪念碑

板栗园之战，不仅使湘军、鄂军彻底丧失了进攻的信心和勇气，而且迫使蒋介石放弃了利用湘军、鄂军"围剿"红 2、红 6 军团的计划，命令湘军、鄂军停止进攻，转入防御。至此，湘鄂川黔苏区军民胜利地粉碎了国民党军的"围剿"。

28. 强渡澧水、沅江

1935年8月3日，红2、红6军团在鄂西板栗园设伏，一举歼灭第85师师部另2个团又1个营，取得反“围剿”的胜利。随后乘湘军、鄂军转入防御之机，巩固与发展根据地。

蒋介石认为，对湘鄂川黔苏区“围剿”之所以失败，主要是由于只使用了湘鄂两省的地方军队，而且指挥不统一，各自为战。于是决定抽调曾与中央红军

1935年9月，红2、红6军团领导人在湖南澧县合影（左起：贺龙、李达、关向应、任弼时，坐者为王震）

多次作战的中央军嫡系、半嫡系军队，参与“围剿”行动，妄图将长江以南的唯一一支红军消灭掉。

9月初，蒋介石除命令湘鄂两省原参加“围剿”的86个团，继续巩固和增强对湘鄂川黔封锁线外，下令由鄂赣两省增调第二十六路军孙连仲纵队3个师和1个独立旅、樊崧甫纵队4个师，共42个团，准备从五峰、澧县、石门、慈利一线出击，同时调汤恩伯部第78、第88师到长沙、岳阳防守，调第102、第103师配置在利川、宜昌为预备队。

10月，蒋介石设立宜昌行营，以陈诚为参谋长代理行营主任，以130多个团的兵力，对湘鄂川黔苏区发动新的大规模“围剿”。此次“围剿”，采取持久作战和堡垒主义方针，在苏区周围构筑大量的工事碉堡，形成更大的包围圈，并实行更为严密的经济封锁。具体部署为：

以原有湘鄂两省“围剿”军在以大庸（今张家界市）、永顺、龙山、来凤、鹤峰、走马坪为前沿的袋形阵地上筑碉固守，从湘鄂川黔苏区的南、西、北三面实行防堵，限制红2、红6军团机动；以孙连仲纵队和樊崧甫纵队为进攻部队，从津市、澧县及其以北地区由东向西步步推进，企图将红2、红6军团逐步压缩，聚歼于龙山、永顺和桑植之间。

虽说红2、红6军团接连取得两次反“围剿”的胜利，总兵力也已达到2.1万余人，但形势依旧不乐观。

贺龙曾在走马坪收编地方武装，壮大革命队伍（油画）

从地理位置看，湘鄂川黔苏区处于长江中游，北有长江天堑，鄂军封锁了各条主要通道；南有沅、澧二水，湘军主力集中于此；西北是崇山峻岭，人口稀少，贫穷落后，粮食困难；东有洞庭湖阻隔。敌人利用苏区周围的山水要隘，构建有战略作用的碉堡线，以绝对优势的兵力守备，形成重重包围、严密封锁、内外隔绝的战略格局，对红军的机动极为不利。此外，湘鄂川黔苏区经济落后，物资匮乏，红军在补给上遇到了很大的困难，粮食、兵员、服装都无法就地解决。

面对国民党军封锁越来越紧，红2、红6军团物资补给十分困难的情况，中共湘鄂川黔边省委和军委分会于11月4日举行联席会议，分析了敌我形势，认为：敌人从9月开始组织的第三次“围剿”，规模比前两次更大，兵力占有绝对优势，并不再采取长驱直入，急进猛追，而是逐段筑碉，交替前进，步步紧缩包围圈，已经完成了对苏区四周的封锁线。而苏区虽经过一年的建设，但地方武装和土匪还没有完全消灭，群众也未得到充分发动，后方还不够巩固，加之苏区面积狭小、经济落后，不利于大兵力机动，物资供应困难，且中央红军已渡江北上，红四方面军退至川康边界，红2、红6军团陷于比较孤立的态势。

在此情况下，继续坚持在苏区内进行反“围剿”斗争势必日益困难，力量被削弱，甚至有被敌人消灭的危险。于是，会议决定按照遵义会议决议关于“在内线作战取得决定性的胜利已经极少可能以至最后完全没有可能时……应毫不迟疑地转变我们的战略方针，实行战略上的退却，以保持我们的主力红军的有生力量，在广大无堡垒地区，寻求有利时机，转入反攻，粉碎‘围剿’，创造新苏区，以保卫老苏区”的精神，以红18师（下辖第53团和新组建的第52团）留在苏区龙山、桑植、永顺地区坚持斗争，主力逐步向湘黔边转移，寻求机动，争取在国民党军兵力薄弱的贵州省石阡、镇远和黄平地区创建新的苏区。

红2、红6军团在桑植的总指挥部旧址

但要跳出敌军130多个团的重重包围，安全转移到黔东去，并不是一件容易的事。如何选择突破口，如何设定行动路线，将直接关系到红 2、红 6 军团的生死存亡。贺龙认为，如果直奔贵州，后边跟着咬得很紧的十几万敌军，红军将处于十分被动的地位。而湘鄂川黔根据地南边虽有澧水、沅水阻隔，但国民党军兵力较弱。据此建议向南突围，先到湘中，威胁长沙，调动敌人大批兵力追往湘中，打乱敌人的“围剿”计划。然后，再抛开敌人，转入贵州，取得主动权。

会后，红 2、红 6 军团所属部队集中在桑植地区，进行战略转移前的各种准备。新组建了红 5、红 16 师，其中红 5 师下辖第 13 团（由鄂川边独立团改编）、第 15 团（由龙桑独立团和龙山独立团合编），红 16 师下辖第 46 团（由红 18 师第 52 团改编）、第 47 团（由红 18 师第 54 团改编）、第 48 团（由龙永独立团和永顺独立团合编），并把机关裁减的部分人员补充到主力部队中。同时从党内到党外，从上至下进行广泛的政治动员，提出以运动战打破敌人“围剿”的战斗任务；对部队中的老弱病残、妇女儿童及医院、兵工厂等不便于长途行军的人员与单位都做了妥善安置；吸取了中央红军和红 2、红 6 军团以往长途远征的教训，坚决简化行李，每人只带三天口粮、两三双草鞋，轻装前进。

出发的前一天，贺龙在红 2 军团全体大会上讲话：“现在，我们 2 军团已经有 3 个师 8 个团，6 军团也建立了红 16 师。我们两个军团已有 1.7 万人。比起刚刚会师的时候，扩大了 1 倍还多。蒋介石搞来 140 多个团围攻我们。我们在根据地坚持了 1 年的斗争，人民支援红军尽了最大的努力。但是，这里山多、田少，加上敌人烧杀掠抢，养不了我们这近两万人的红军喽！所以，我们要从内线转到

红二方面军长征出发地纪念碑

外线，打到敌人后方去。”

11 月 19 日，一个风雨交加之夜，贺龙、萧克率红 2、红 6 军团 1.7 万余人从桑植刘家坪等地出发，开始战略转移。

从桑植地区向西，有澧水和沅江两道河流障碍，敌人分别设置了两道封锁线。为迅速突破敌军防线，红军特意选择了大山中的小路行军，从湘西的天子山、张家界、索溪峪一线穿过。如今这里已是著名的风景旅游区，被联合国教科文组织列入世界自然遗产名录。但当年却是人迹罕至，被称作“峰三千，水八百；强人隐，虎豹行”的“鬼魅之乡”。

红军之所以选择这条路线，一是此地为湘军李觉第 19 师和地方保安团的接合部，防守薄弱；二是为了避开敌机的侦察轰炸。虽然道路难行，但红军将士日夜兼程，攀岩而上，缘石而下，一天内急行军 120 里。

20 日下午 4 点多，前卫红 6 军团第 17 师第 49 团到达大庸和溪口之间的澧水北岸张家湾附近，得知驻守对岸的为第 19 师 1 个团。敌人已沿江修筑了许多碉堡，封锁了江面。这时，红 6 军团主力已赶到大庸县城东 30 里兴隆街地区。

黄昏时分，红 49 团团长王烈亲自挑选了 30 名善于泅水的战士组成突击队，乘木排、竹筏进行偷渡。但因水流湍急，国民党军火力封锁密集，偷渡没有成功。王烈立即率第 1 营实施强渡。

经激战，第 1 营占领了敌军对岸工事，顽强地守住了滩头突破口。与此同时，红 49 团主力在强渡点下游涉水过江，与第 1 营两面夹击滩头守军。战斗中，王烈壮烈牺牲。

至 22 时左右，红 49 团攻克 30 余座碉堡，消灭了滩头守军，打垮了敌军 1 个营的增援，控制了渡口，并搭起了浮桥。

红 6 军团后续部队有的从浮桥通过，多数从张家湾上、下游不远处找到的徒涉点，渡过澧水。

时任国民党“追剿”军第三纵队指挥官的樊崧甫回忆道：

11 月间，碉堡线合龙，正拟集中慈利，重兵深入扫荡，忽报贺部红军攻打恩施。我判断红军将渡澧水沅水，继中央红军之后长征，遂电蒋介石、陈诚、何键、刘建绪，请添兵增援澧水防军李觉部第十九师。蒋却下令：哪条防线被突破，杀哪个防守的师长。拒不添兵。我因所部建筑碉堡未成，无法抽调，只好将指挥部和直属部队移驻慈利，并警告李师加强防备。该师旅长邓南骥（号季良）

拍胸保证，“决不让红军渡过”，请我放心。我鉴于李师是友军，不归我指挥，不好过分干涉。

11月21日，部队到慈利的第三天晨2时，我从睡梦中惊醒，听到西方枪声剧烈，同时接旅长邓南骥电话：慈利西约25里之鱼米渡附近，红军强行渡河，与我守兵接触。我嘱“竭力抵抗，不得疏忽”，并电李师长派兵增援。我以为第十九师可能挡回红军。不料刚拂晓，邓旅长来见我说，红军已突破该旅防线南进。此时我手中只有一个用炮兵编成的步兵营，没有力量去追截。而湖南的部队正集中在湘西围堵，长沙、沅陵间兵力空虚。我判断红二、六军团的动向有三种可能：第一是，步红一、三、五军团的后尘，从湘西经黔滇川康北进；第二是，诱进剿部队追击，变阵地战为运动战，扼险击破进剿纵队，再回桑植发展攻略；第三是，乘虚攻取长沙。

我既怕红军向慈利围攻，也怕向长沙挺进，急电报告宜昌行辕，请飞电何键、刘建绪率军追剿，免贻后忧，又接通长沙长途电话，邀何键对话。何的参谋长郭持平云：“何总司令、刘总指挥均赴南京开国民党第五次全国代表大会，长沙无兵。如红军来攻，无法应战，你可否派点部队救急？”我对郭说：“红军距长沙路程远，短时间不会飞来。即使有警，从铁路向武汉调兵很快可到。现时堵住沅水要紧，你速电沅陵派兵守住柳林汊，并集中兵力追击。我慈利也无兵，盼你千万不可着忙。”我据探报，“红军南向黄石市，部众甚盛，似全部俱出”，无须再顾虑桑植方面，遂令第四十三、七十九、九十七三个师兼程集中慈利，令第二十八、九十八两师准备待命。

又据传：何键、刘建绪携款150万，在京运动当国民党中央委员。我大为愤恨，密电蒋介石质问：“何、刘置军事于不顾，挟金运动当选中央委员，职想提名与否，钧座当已成竹在胸，不如明白告知，让他们免费冤枉钱和时间，迅速回到前线，以免一再贻误戎机。”蒋复电云：“立催刘建绪总指挥乘飞机回湘，率军追剿。”旋令派何键为追剿军总司令，刘建绪为前敌总指挥，将湘籍部队第十五、十六、十九、三十四、六十二、六十三师编成“追剿”第一、第二两纵队，刘建绪兼第一纵队指挥官，陶广为第二纵队指挥官，着令探踪追击。

但国民党军的行动还是太迟了。

过江后，红6军团一鼓作气继续向西打，于子夜时分推进至离大庸城外，找到了一条由大庸南通沅江北岸大宴溪的大路。

澧水

21日清早，红6军团主力顺这条路向南前进了70里后宿营。一路上没有遇到敌机，十分顺利。但当红2军团主力在上午开始南渡澧水时，敌机飞来轰炸，遭受一些损失。

至此，红2、红6军团顺利突破了国民党军在澧水设置的第一道封锁线。随后，红2军团第4师和红6军团侦察队及第16师兵分两路，不顾疲劳，向沅江兼程疾进。

湖南有四水：湘、资、沅、澧。湘江最长，沅水最险。尤其中段沅陵一带，雪峰山脉和武陵山脉分别高耸于南北两岸，呈现出两山夹一水的雄奇景观。水流也更为湍急，只见惊涛拍岸，吼声震天。这里暗礁险滩密布，特别是大、小宴溪以下，巨石嶙峋，或突兀于急流之中，或潜伏于暗流之下，自古便有“三塪九洞十八滩，滩滩都是鬼门关”之说。

22日，红6军团急行军120多里，赶到沅江北岸的大宴溪渡口，找到几条小船，很快就渡过去2个营。这时，沅陵刘建绪部的1个营奉长沙何键总部的电令，赶来加强渡口的守备。

正在渡江的红6军团，远远望见敌人乘3只大船驶过来，就在沅江两岸埋伏起来。敌人做梦也没想到红军这样快就到了沅江，被打了个措手不及。红军没放几枪，这个营300余人全部缴械投降。随后红军乘坐缴获来的大船，利用从俘虏那里审问出的口令，一枪未发，顺利渡过沅江。与此同时，红2军团也由沅江北岸的大宴溪顺利渡过沅江。

解放战争时期，萧克与聂荣臻（中）、杨成武（右）在前线部署正太战役

萧克回忆道：

我们在中央苏区时有个口号，叫作“争取廉价的胜利”。这一仗真是“廉价的胜利”，没打几颗子弹，就消灭了敌人一个整营，而且顺利地渡过了沅江。

这次突围行动方向选得好，行军路线也选得好，保密好，称得上是得意之笔。当我站在沅水岸边，看到部队渡江，不禁长叹一声，如释重负。突破澧水和沅江，这意味着战略计划初步实现了。

29. 转战湘桂黔

1935年11月19日，贺龙、萧克率红2、红6军团1.7万余人由湖南桑植刘家坪等地出发，撤离湘鄂川黔苏区，实施战略转移。

20日黄昏，红军前卫第49团到达大庸（今张家界市）和溪口之间的澧水北岸张家湾附近，随即开始强渡澧水。当晚22时，成功强渡，并巩固了滩头阵地。红2、红6军团主力随即渡过澧水，突破了国民党军精心构筑的第一道封锁线。随后，红军顺利渡过沅江，于28日截断了长沙、沅陵间的交通，长驱直下，纵横300里。

红2、红6军团长征出发地——湖南省桑植县刘家坪

至28日，红2军团第4师进占辰溪、第5师进占溆浦、第6师进占浦市，红6军团东渡资水，第16、第17师相继夺取新化、蓝田、锡矿山，从而控制了湘中广大地区，获得了大量补充。

正当红2、红6军团在湘中捷报频传的时候，贺龙的女儿出生了。有人说，等贺龙来给她取个名字。红6军团政委王震说：红军打了胜仗，就

红 6 军团长征途中攻克湖南省新化城后部分干部合影（前排左起第三人王震，第四人夏曦，第五人萧克）

叫捷生吧！贺捷生在战火中出生，在襁褓中参加了长征。

红军自桑植出发以来，一路急行军，接连突破湘军第 19 师师长李觉吹嘘为“可保无虑”的澧水、沅水两道封锁线，使陈诚的第一期“进剿”计划化为泡影。陈诚大发雷霆，下令追查责任，李觉因此被记大过两次。李觉回忆道：

我们当时估计红军目的在北上，没有同我们决战的必要，所以对追堵任务也同前次对中央红军一样，抱着保存实力的态度，以避免部队的损失。但想到可能是一个长途的行军，将要远离省境，为了怕湘军出境后湖南局面会受影响，就有意识地把行动放慢，以为如果红军进入贵州后，问题有了交代，就可想法要求把部队调回来。所以当各部湘军在芷江集中后，我就把第十六师推进到便水，用稍事休整再行前进的办法来拖延部队的行动。但陈诚对于这次红军突围，要追查责任，电第四路军总部提出把我撤职查办。好在我已将布防情况及兵力单薄、要求增加部队呈报有案在先，第四路军总部也把详细经过电复。陈诚说他过去没有看到这个报告，既然事先已经呈明，可不必责我负责。但第四路军为了敷衍陈诚的面子，仍以防守不力的罪名给我记了两次大过。

在龙山、桑植、永顺地区“围剿”红 2、红 6 军团失败后，蒋介石连忙任命何键为“追剿”军总司令，指挥李觉、陶广、郭汝栋、樊崧甫、汤恩伯 5 个纵队共 12 个师又 1 个旅，分路“追剿”，企图将红 2、红 6 军团消灭在沅江、资水之间。其中，以李觉纵队 3 个师从沅陵、卢溪向辰溪、溆浦进逼；以陶广纵队 3 个师、郭汝栋纵队 8 个团进抵沅水西岸，堵截红军西进；以樊崧甫纵队 4 个师渡过沅水，向新化、溆浦推进；以汤恩伯纵队 2 个师 13 个团调至长沙、岳阳防守，作为预备队。另以徐源泉、孙连仲报部在湘鄂川黔革命根据地“围剿”红 18 师，并防止红 2、红 6 军团返回根据地。

时任国民党“追剿”军第三纵队指挥官的樊崧甫回忆道：

国民党“追剿”第三纵队，于红二、六军团突围的第三天，奉何键命令归刘建绪指挥，率部由慈利南下，在柳林汊渡沅水，通过雪峰山，进出溆浦以东的两下江。这个纵队兵力较大，计第二十八师（王懋德）、第四十三师（邹洪）、第七十九师（樊崧甫兼）、第九十七师（孔令恂）、第九十八师（夏楚中），共 18 个步兵团，近 6 万人。时第四十三、七十九、九十七三个师集中在慈利，第九十八师集中在澧州，第二十八师集中石门。我命令孔令恂率第四十三、九十七两师先行，自率其余三个师由驻地分途跟进，渡沅水到沅陵常德公路上之太平铺集中待命。旋蒋介石电令，夏梦中的第九十八师留驻澧州，另改隶属；以李必蕃（云杰）的第二十三师加入第三纵队战斗序列，径令先到太平铺待命。纵队主力行进路线为：慈利——大庄谷——二方坪——黄石铺——丁家坊——观音寺——麻衣袱——柳林汊——江上垭——仓音溪——太平铺——四路口——黄阳界——两下江。

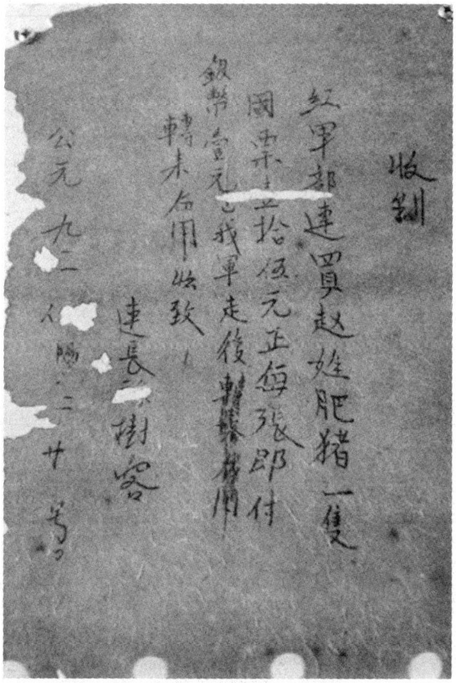

红军严守群众纪律，图为红军给群众写的买猪收条

时值秋麦登成，小雨初晴，泥路路面油滑，路底坚硬，行军极为艰苦。我纵队部及第七十九师第一天起早落夜，走一整天，只走了 60 余里。到了黄石铺（港）这个繁华市镇，红二、六军团曾经过此地，见不到破坏痕迹，我深为感动，对幕僚官兵说：我们所认为的“赤匪”，纪律如此严明，对地方没有一点破坏，我们自命

为官兵，应该更好一点，切勿贪小，免得造成更坏影响，致失民心。

面对敌军重兵逼近，军委分会召开会议研究对策。贺龙说："敌人追来了。我们再拖他们一阵。我们兵分两路向东南兜个大圈子，索性把这帮敌人全部吸引过来，让他们跟在我们屁股后头追，弄得他们人困马乏，我们再掉头去贵州。"

红2、红6军团决定退出湘中，转向西进贵州石阡地区。12月11日，红军从溆浦的潭家湾、底庄、桥江等地出发，采取声东击西的战术，向东南方向急进，摆出一副东渡资水的架势，以调动和迷惑敌人。

国民党军果然中计，立即调头猛追。红2、红6军团经过连续9天的急行军，于20日进抵湖南省武冈县以北的高沙和洞口地区。这时，国民党军大批"追剿"军被吸引过来，连桂军也开始向北调动，进行防堵，阻止红军东进。

时值严冬，北风呼啸，红2、红6军团指战员们忍着饥饿，顶着寒风，突然转向，沿着山间小道急速西进。两天后，红军到达瓦屋塘，与一天前进占此地的陶广纵队发生激战。

时任红2军团卫生部部长的贺彪回忆道：

敌人炮火十分猛烈，部队伤亡不少，拖延下去于我不利。这时，贺龙同任弼时、关向应商量后，决定调红五师从左翼加入战斗。红五师是部队转移时，由鄂川边、龙桑、龙山三个独立团组成，干部战士大部分来自地方部队，但在师长贺炳炎的带领下进步很快。贺炳炎接到命令后，立即率部队赶往前沿，部署战斗，

瓦屋塘战斗遗址

随即向敌人发起冲锋。贺炳炎知道，指挥员的榜样，就是战士的力量，尤其像刚由地方武装升级为正规红军的部队更是这样。他不顾警卫员的劝阻，夺过战士手中的一挺花机关枪，与战士们一道向敌人发起了冲锋。“一夫投命，足惧千夫”。指挥员英勇无畏，部队士气大增，一阵猛烈的冲击即将敌军压下山去。此时，红6军团绕过瓦屋塘，从敌人背后攻上来，敌遭我前后攻击，立刻溃败下去。

战斗中，敌人的一发炮弹在贺炳炎身边爆炸，贺炳炎倒在血泊中。警卫员立即把已陷入昏迷的贺师长抬进军团总指挥部卫生部，贺彪检查后发现：贺炳炎的右臂被炸断了，只剩下一层皮连着。

贺龙、任弼时得知贺炳炎负伤后，立即赶到卫生部。贺彪汇报，由于贺炳炎患有急性肺气肿，此时已经呼吸困难，若不立即做截肢手术，就会有生命危险。但敌人可能随时发起新的进攻，部队马上就要转移，没办法做手术。

贺、任二人商量一下，决定推迟转移，立即为贺炳炎做手术，同时派出警戒部队监视敌军行动。卫生部迅速搭起简易的手术台，在炮火连天、枪声不绝于耳的战线，为贺炳炎做了截肢手术。两个小时后，手术完成，部队立即转移。

此战，红军伤亡300余人。由于西进之路被国民党军堵截，红2、红6军团遂改道南进，进占武阳，经绥宁以北的竹舟、江麻塘渡过巫水，冒着漫天大雪，沿着高山峻岭间的崎岖小道向北急进，在黔阳的江西街、托口再渡沅江，于1936年元旦抵达芷江以西的冷水铺地区，把追敌全部甩到了后面。

贺炳炎截肢手术地点：湖南绥宁瓦屋塘牛栏冲村金牛寺

这时，“追剿”军中的樊崧甫、郭汝栋、汤恩伯三纵队都相继放慢了追击速度。其中，樊、郭二纵队与红军距四日以上路程，汤纵队则准备返回安庆，以防止桂军乘机进入湘境。只有陶广、李觉二纵队仍紧追不舍，特别是不久前因澧水、沅水两道封锁线被红军突破而受过记大过处分的李觉，急欲“将功补过”，亲率章基亮的第 16 师沿芷江至晃县（今新晃）公路疾进，纵队所辖的第 19、第 63 师随后跟进。

针对以上敌情，贺龙等人决定以一部兵力西取晃县和贵州省玉屏县作为临时后方，另以一部兵力向北活动，迷惑敌军，主力则集中在晃县、龙溪地区，寻机打击尾随的李觉部。

4 日，李觉命保安第 13 团的 1 个营首先渡过沅水，占领新店坪、便水地区，担任警戒，并架设浮桥，保障主力渡河。

5 日清晨 6 时半，李觉率第 16 师从岩田铺、裴家店地区出发，沿芷晃公路西进，准备渡过沅水，经便水、波州向晃县追击，第 19、第 63 师（各欠 1 个旅）同时由竹坪铺、芷江地区出发，在第 16 师后跟进，前后相距一日路程。

红军决定利用第 16 师突出于前的时机，集中主力，在运动中歼灭之。当日上午 8 时，红 2、红 6 军团分别从龙溪口、晃县出发。下午 14 时半，红 6 军团在上坪、对河铺之间与越赤字新店坪的第 16 师先头旅遭遇，双方展开激战。红 17 师第 51 团从左翼突入敌人纵深，处于敌右翼的红 16 师全力以赴，积极策应。但由于没有后续力量及时巩固与扩大胜利，结果在敌援兵的猛烈反击下，被迫退回原地。

16 时，红 2 军团赶来参战。与此同时，敌第 16 师另 1 个旅也渡过沅水，进至新店坪地区。红 4 师立即向敌先头旅右翼实施突击；红 6 师向敌军在便水的渡河点迂回，在新店坪西北地区遭敌阻击。红 6 师与敌 2 个旅持续激战至 6 日 3 时，仍呈胶着状态。这时，尾随第 16 师前进的第 19、第 63 师也渡过沅水，靠拢过来。

红军原计划把第 19、第 63 师阻隔于沅水以东，然后集中兵力打击孤立突出的第 16 师。不料，敌人的跟进速度很快，使这一计划未能实现。红军与国民党军 3 个师在便水地区激战两天，各伤亡千余人。其中，红 4 师参谋长金承忠、红 11 团团长覃耀楚牺牲。

便水战斗没有打好，原因是多方面的。最主要的是计划不周，事先没有预料到敌人正面 3 个师来得这样快，更没有想到陶广纵队会从龙溪口方向迂回。原本打敌 1 个师，结果变成了与 3 个师对决。其次是红 2、红 6 军团动作不够协调，进入战斗和撤出战斗都没能形成默契的配合。还有就是忽视了对翼侧的保护。

见与敌人打成了消耗战，而陶广纵队已从托口向红2、红6军团背后的晃县发起进攻，贺龙等决定退出战斗，继续向西北转移。至12日，先后占领了黔东石阡、江口。

李觉回忆道：

长征胜利结束后的贺龙

当第十六师向晃县前进，在通过便水约七八公里的地方时，大约是下午1时前后，在行进路的右侧方突然听到枪声，当时估计可能是搜索部队遇到了地方土匪。因为这一带经常有股匪出没，截击部队，夺取枪械弹药。不久，闻枪声激烈起来，知道有了情况。据搜索部队报告说是红军的掩护部队，当即令第十六师迅速占领阵地，掩护第十九师、第六十三师在便水以南地区集结待命。跟着前方已开始发生争夺战，且相当激烈，并不像掩护部队的战斗。于是令第十九师向第十六师左翼延伸，准备向红军的右侧背进攻。第六十三师除以一部掩护第十六师的右翼安全外，其余控制为预备队。从午后3时起发起冲锋，战况激烈，双方都有伤亡。

当时我们认为红军总是要撤退的，可能是由于我们追得太紧，红军为了主力行军的安全，故派出一部或大部占领侧面阵地，给我们以突然袭击，迟滞我们的尾追行动。我们妄想一劳永逸，也决心打一仗。因此，将第十九师全部和第六十三师的一部投入战斗。到黄昏以后，枪声逐渐沉寂下来，当时估计红军已开始撤退，但这一带山高林密，地形不熟，不敢前进。为防万一，只稍微调整阵地，准备第二天拂晓的战斗。到第二天拂晓，证实红军已经脱离战场，我除派一部向晃县搜索前进外，各部即着手清扫战场。到第三天全部到达晃县，先头部队已进入贵州的玉屏。

在此期间，留在湘鄂川黔苏区的红18师在师长张振坤的率领下，为掩护主力突围转移，与数倍于己的国民党军进行了浴血奋战，屡屡从绝境中杀出。

11月21日，红18师被国民党军10多个团包围于龙山的岩塘地区。鏖战四天后，红18师杀出了重围。28日，红18师又在桑植苦竹坪陷入孙连仲部6个多旅的围攻。奋战两昼夜再度冲出包围圈。12月2日，红18师在龙山招头寨与敌遭遇。激战10多个小时，红18师摆脱了敌人，向湘黔边转移。此时，红18师损失严重，由3000余人减至1200余人，师参谋长刘风、红52团团长樊孝竹等牺牲。经过20多天的长途跋涉和艰苦转战，红18师于1936年1月9日赶到江口，归还红6军团建制。此时，红18师仅剩下600余人，缩编为红6军团第53团。

萧克回忆道：

我们的运动方向是向西。为了迷惑敌人，则故意向东南，也就是古代兵法讲的“声东击西”。我们从桑植出发，走两天到大庸县城东三十里之兴隆街地区，乘夜突破了由敌十九师李觉部防守的澧水防线。再向南急行军两天，到沅江北岸之洞庭溪，突破了沅江防线，全歼敌一个营，继续向东南猛进，一下子插进湘中很富裕、人口很稠密的地区新化、锡矿山、辰溪、溆浦。经过十多天工作，才真向西走，到芷江、晃县之间的便水，与追敌十六师、十九师全部及六十三师之一部大战一场。这一仗虽然是个消耗战，但制止了敌人的急追，取得了在江口和石阡的短时休整，并迎回了我主力由湘鄂川黔苏区出发时留在革命根据地坚持斗争的部队——六军团第十八师之五十三团及地方武装。他们在强敌围攻下，不能立足，由师长张振坤同志（抗战时在新四军皖南事变中牺牲）率领，从苏区西面，采取迂回曲折、避实就虚的战术，突破敌人的重重包围，几经艰苦，经招头寨、黔江、酉阳、秀山、松桃一带，到江口与主力会合，全军为之庆幸。

贺龙十分动情地说：“你们是有功劳的，你们的行动牵制了敌人，使主力行动没有后顾之忧。你们胜利地完成了总指挥部交给你们的光荣而艰巨的任务。虽然你们人数不多了，但是，能从敌人的心脏里打出来，表明你们的坚强、勇敢！红军是打不垮的，同志们，你们了不起啊！”

这时，何键判断红2、红6军团还有返回湘鄂川黔根据地的可能，便调集樊崧甫、郭汝栋、陶广、郝梦龄4个纵队，以及桂军一部共15个师进行“追剿”：如果红军北移，即准备在乌江以东，铜仁、松桃以西地区围歼红军；如果达不成目的，就压迫红军南下至桂、黔边境，假借桂军之力消灭红军，以取一箭双雕之利。

19 日，中共湘鄂川黔临时省委和军委分会在石阡召开会议，研究下步行动方针。会议认为，由于便水战斗未能打开有利局面，敌军各路纵队已分别向红军围拢过来，形势十分严峻。而黔东的石阡、江口地区经济落后，人口较少，大部队在此长时间活动很难得到必需的粮食补充。这一带山河纵横，地形不便于大部队的机动。据此，决定放弃原定在石阡、镇远、黄平地区创建新的根据地的计划，向西进军，争取在黔西地区创立根据地。

休整一周后，红军于 20 日离开石阡，继续向西挺进。21 日，红军突破了国民党军第 23 师龙溪封锁线，进入余庆县境。24 日攻克瓮安，26 日夺取平越。在马场坪以北击退郭思演第 99 师的截击后，红军于 28 日折转向西，进占洗马河，夺取龙里，前锋直逼贵阳。

时任国民党军第 99 师第 295 旅第 590 团副团长的邱行湘回忆道：

1 月 25 日下午 6 时，我率领九十九师的先遣支队到达马场坪，部队拖得极度疲劳，生怕立脚不稳，我以两个步兵连分散据守 20 多个大小碉堡，到处烧起火烟，借以虚张声势。与此同时，与平越专员聂洸用电话联系，向他了解红军的西进情况，并派便衣侦察员向平越侦察情况。入晚据侦察员报称，平越城郊四周，已发现红军搜索部队。我又与聂洸联络，问聂城郊情况，聂说："迄今为止，红

1934 年 12 月，贵州军阀王家烈在福泉县马场坪主持召开军事会议与会人员合影

军尚未进入平越县境。平越通瓮安的要隘牛场，有我的保安副司令张福全率王玉衡的民团大队据守，张副司令一直和我保持联系，迄未发现共军南犯的情况。”以上两种截然不同的消息，引起我的怀疑，即拟派两个连连夜进平越城（距马场坪20华里），而聂洸的答复是：“今晚平越安谧如常，我已派民团入城守护，部队明晨进城不迟。”当时我对聂洸的话，并不信以为实，但考虑到平越城坚易守，聂洸既已调民团进城，第九十九师主力当晚也已赶到平越城东南15至20里内宿营，因而我答复聂洸：“26日拂晓前，我派队入城。”当时我判断：在这样态势下，平越不至马上落入红军之手。是晚，第二九五旅及第五九〇团（欠一营）到达距平越15华里之羊老鸡场宿营（平越东）。旅部所得聂洸的情报与我所得聂洸的情报完全一样。午夜后，我又与聂联络，仍无异状，我要聂继续弄清平越四乡特别是近郊情况。1月26日拂晓前，我与聂洸再次联络，聂在电话里说：“平越四周已到大部红军，希望你们立即率队入城。”仔细听来，并非聂洸本人口音。当时我很诧异，深恐平越县城已为红军占领。事实是红军拿下洸安后，巧妙地绕过牛场的正面，袭取平越县城。专署保安副司令张福全，对红军行动一无所知，红军主力越过牛场后，张福全所率之王玉衡民团大队被红军歼灭。

26日拂晓前，当红军已经攻进平越城时，聂洸还在做梦，和我最后通话并要我率队进城的不是聂洸，而是红军。当时，我不明真相，还是盲目地带了两个步兵连向平越城前进，进至距城5里之接官亭（山的垭口）时，先头的便衣队及尖兵排，即受红军的伏击，被红军全歼。我在搜索队的后面，立即指挥先头连，占领公路要点，逐次抵抗，迟滞红军前进，以掩护增援部队（一个营）占领公路左侧高地。在与红军进行两小时争夺后，全线被红军击溃，伤亡百余人，被逼退马场坪以北5里之吴家桥。红军继续以密集部队猛扑吴家桥，我亲见红军约有两三个团的兵力，由平越向吴家桥疾进。我在吴家桥指挥战斗，凭险顽抗，以待第九十九师主力西上。吴家桥系重安江上的一座石桥，是马场坪到平越必经之地。吴家桥的上下游都是悬崖峭壁，限制了红军无法实行包围攻击。如果没有吴家桥的天险，红军即可一鼓而下马场坪，而拒止第九十九师之西进。这时，我看到红军将进至马场坪之部队，立即沿原公路折回平越附近，改道向贵阳疾进。

1月26日的早晨，平越城内有许多居民，越城逃到城东15里之羊老鸡场。他们把红军攻进平越的情况向第九十九师部队传播了一番：“红军于拂晓前就打进了平越城，把城内的民团枪支全缴了，正在城内打土豪，专员聂洸在县政府里面已被红军镇压。”第二九五旅得知平越情况，红军又被我军阻于吴家桥，判断红军急于西上，不会在平越驻足。是日中午旋即决定要我率先遣支队沿湘黔公路，继续向贵阳急进。这时，第九十九师（欠第五八九团）均先后到达马场坪附近。红军虽然没有占领马场坪，绥靖副主任薛岳及第三纵队指挥官郭思演，对贵阳的得失，仍十分担忧。他们要我沿着公路利用既设长途电话线，每到一个要点，必须和他们密切保持联系，告知先遣支队每时到达的要点。尤其是黄平的郭思演在电话里一面探问我到达的地点，一面要我抢占贵定、龙里、观音山。他说：“由马场坪到贵阳之间，任何一个要点，绝不能落入共军之手。”这时，薛岳和郭思演生怕红军袭取贵阳。

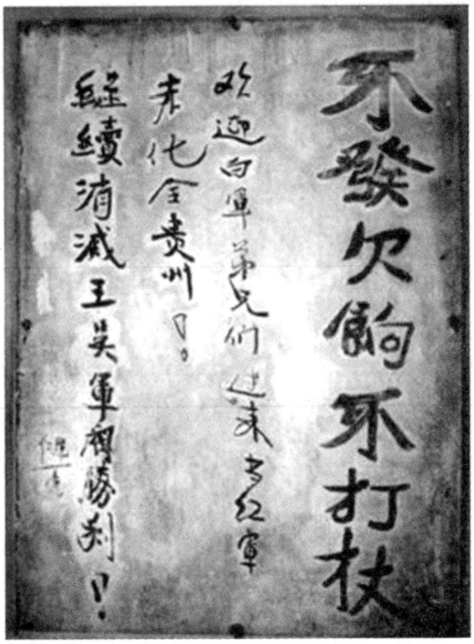

红军在贵州写的标语“不发欠饷不打仗”

此时，国民党军主力大部在红 2、红 6 军团以东和以北地区实施“追剿”、堵截，贵阳兵力空虚。惊慌失措的敌人立即收缩兵力，将防守乌江上游鸭池河渡口的第 99、第 23 师等部回撤贵阳地区布防。

这正好给红军西进让开了大路。为牵制遵义方面企图南下的国民党军 3 个师，使其不敢南渡乌江前来截击，红 2、红 6 军团从北面绕过贵阳，向西北急进，于 31 日在距贵阳以北 60 里的扎佐突破敌军封锁，击溃 2 个保安团，全歼 2 个营，俘虏 300 余人，缴获 300 多支枪。随后，继续西进，袭占修文县城，摆出准备经息烽北渡乌江之势。

国民党军判断：红军欲沿着中央红军的路线行动，企图渡过乌江攻占遵义，便立即在乌江南岸加强防守，并向遵义集结兵力。

见敌人中计，红军于 2 月 1 日晚乘虚由修文西进。为先敌渡过乌江，红军各师抽调 120 余名侦察员组成先遣队，冒雨急行军 120 里，在天亮前夺取了位于乌江上游的鸭池河渡口。

鸭池河是贵阳通往黔西的唯一渡口，曲折于陡壁之下，回旋于峻岭之间，激流滚滚，涛声震天。先遣队在当地群众和船工的帮助下，迅速搭起了浮桥。2日清晨，红2、红6军团主力赶到渡口，强渡乌江天险。下午，红军全部渡过乌江，将国民党数路“追剿”大军甩在了黔东。当晚，第99、第23师赶到时，但见滔滔乌江，红军早已渡河而去。

3日，红军进占黔西县城，国民党县长弃城而逃。5日，任弼时主持召开军委分会会议，讨论红军行动方针。

会议认为，位于贵州西北部的黔（西）大（定）毕（节）地区，地处云、贵、川三省要冲，无论在群众、粮食和地形及敌我力量等条件方面，均有利于红军在此创建根据地。毕节居西，与云南东北部毗邻，向北可通往川南，是黔西北政治、经济、文化中心；黔西居东，是黔西北的东大门，鸭池河附近的烂泥沟，设有四川省盐务局，管理八大盐号，存盐数十万斤，是川盐的集散地；大定（今大方）位于黔西和毕节中间。这一地区经济繁荣，物产丰富。

一年前，中央红军长征时曾路过此地，宣传党和红军的主张，发动群众，留下了革命的火种。中央红军走后，中共贵州省工委负责军运工作的邓止戈先后在毕节建立党支部，了解社会情况，搜集军事情报，在反蒋的少数民族武装和黔军残部中开展工作，这对红2、红6军团深入黔西北提供了有利的条件。

就在几天前，即1月28日，中革军委电示贺龙、任弼时、关向应：“建议你们的行动有二：(一)在黔滇川境广大区域与敌人在运动战中消灭敌之一部，争取根据地，与我们配合作战。(二)入川……”并表示“目前你们战略当以第

红二方面军一部在长征途中于贵州大定合影

一项为宜，第二项是带有决战性质，只是在极有利条件下采用”。

据此，会议决定结束中共湘鄂川黔临时省委，成立中共川滇黔省委，并建立根据地的政权机关——中华苏维埃人民共和国川滇黔省革命委员会，着手创建根据地工作。同时，立即实施战略展开。

6 日，任弼时、关向应、王震、夏曦、甘泗淇等率红 6 军团机关及红 16、红 5 师向大定、毕节进军；贺龙、萧克、李达率主力红 4、红 6、红 17 师向东北方向迎击万耀煌纵队；红 18 师留驻黔西城鸭池河，担任钳制任务。

当日凌晨，任弼时等到大定时，守敌已弃城而走，红军便在地下党组织的群众欢迎下，浩浩荡荡列队入城。这时，贵州省工委委员邓止戈派人前来联系，说毕节地区由地下党掌握的或和地下党有联系的地方武装共有三支：一支是川滇黔边游击纵队的毕节支队，由阮俊臣领导，两千余人；一支是席大明领导的彝族人民反蒋自卫武装；另一支是周质夫领导的川黔边团队武装，他们已控制了毕节周围的要塞，正等待红军到来。

任弼时、关向应等当即决定由王震率部进取毕节。9 日，王震、夏曦率红 16 师在席大明部接应下，不费一枪一弹轻取毕节县城。

黔大毕地区少数民族众多。红 2、红 6 军团严格执行党的民族政策和群众纪律，要求部队经过或居住少数民族村寨时，不许进入少数民族的祠堂，未经主人同意不许进屋，尊重少数民族的生活习俗和衣着打扮等。同时还派人深入少数民

1936 年 2 月，长征途中的王震（前排左一）与苗族群众合影

族村寨宣传党的抗日民族统一战线政策。王震亲自到大定县八堡的6个苗寨进行宣传，向他们赠送枪支，组建了一支苗族武装——苗族独立团。一些少数民族群众不知“共匪”是国民党对红军的污蔑，见到红军就竖起大拇指说：“还是你们‘共匪’好！”

在“取消一切苛捐杂税”“改善民众生活”“实行土地政策，没收地主阶级和一切卖国贼、汉奸的土地财产分给雇农、贫农、中农、士兵、失业者和难民”的方针指导下，各级革命政权建立后，领导群众开展了打土豪、分浮财的斗争，使黔大毕地区广大穷苦群众第一次吃上了饱饭，穿上了新衣，更加激发了群众的革命觉悟，踊跃参加红军。

红2、红6军团抓紧时间休整，扩大兵员，加强训练，提高部队的军事素质和作战能力。部队壮大到2万多人，抗日救国军的第二支队编入红6军团第18师第52团，红2军团组建了红5师第14团。红2、红6军团从桑植出发到黔大毕地区，长途行军已达6000多里，部队人数和出发时相比，非但没有减少，反而增加了20%，可谓创造了奇迹。

在根据地建设中，红军坚决执行党的抗日民族统一战线政策，广泛开展了统一战线工作，取得了很好的效果。萧克回忆道：

在毕节，当地旧知识分子和开明绅士周素园先生与红军交了朋友。周素园是清朝末年的秀才，在贵阳办报，后来又在北洋政府供职，在袁报铭的云贵川总司令部当过秘书长。红军快到毕节时，国民党专员莫雄叫他走，他说：“我没有多少家当，不必走。”红军到后，在他家发现有许多马列主义的书，翻开一看，圈圈点点。政工人员立即把这种情况报告王震和夏曦。他们马上找他，问过他的经历后，又问他为什么读马克思主义书籍。他说：“我相信马克思主义。我研究马克思列宁主义10年了，我觉得马克思讲得对，你们共产党、红军，是讲马克思列宁主义的，所以我用不着走……”王震、夏曦告诉他说：“你研究马克思列宁主义好，我们共产党的政策是根据马克思主义制定的。现在我们的政策是抗日反蒋，你赞成不赞成？”他说：“赞成，完全赞成。”我们就请他出来，当贵州抗日救国军司令，时间很短便发展到1000余人枪。

为了在黔大毕站住脚，我们请周素园给驻威宁的云南国民党纵队司令孙渡写信，因为他和龙云、孙渡等上层人物都认识。他把共产党和红军的政治主张告知孙渡，并说：“蒋介石派中央嫡系万耀煌、樊崧甫等进入云南、贵州来打红军，

设在毕节城区中山路 12 号原安息会会址的红 6 军团政治部

也叫你打红军，红军是不好打的。退一步说，即便你把红军打掉了，也是两败俱伤，万、樊挟天子以令诸侯，人多势大，那时的云南还是你的？‘假道灭虢’，史有明鉴。”

由于龙云当时的处境及周素园给孙渡写信，很有说服力。孙渡在威宁、昭通按兵不动，固然出于利害考虑，但其中也有周的影响。这种态势，有利于我们集中主力对付正面来的敌人，在毕节地区停留 20 天，休整补充。

蒋介石对此非常恐慌和不安，于 1 月 28 日亲自飞赴贵阳，将正在四川对红四方面军作战的万耀煌纵队火速调往贵州，并重新调整部署：命令重庆行营主任顾祝同坐镇贵阳，指挥万耀煌、樊崧甫、郝梦龄、李觉和郭汝栋 5 个纵队由东向西进攻红 2、红 6 军团；命令川军杨森、李家钰等部在高县、珙县、叙永、扎西地区防堵红军渡过金沙江；命令滇军孙渡纵队进入威宁、盘县地区，与郭思演纵队从东西两面防堵红军入滇。

在蒋介石的严令下，各路国民党军加快了进攻的步伐。2 月 6 日，万耀煌纵队在占领黔西县以北的打鼓新场后，先头部队到达三重堰。郝梦龄部紧随其后，郭思演纵队所辖第 99、第 23 师也向鸭池河靠拢过来。

这时，萧克率红 17 师进至牛场，贺龙率红 6 师主力开赴大协厂，一部前出新开田，红 4 师进驻沙窝。考虑万耀煌部可能南移，红 6、红 17 师便在樱桃坪以北设伏。但万部止于三重堰，未能打成。

10日，为调动敌人，创造在运动中歼敌的机会，萧克率红17师深入敌后，占领打鼓新场。战斗中，红17师师长吴正卿牺牲。与此同时，红4、红6师绕到三重堰北面设伏，准备乘三重堰之敌回援打鼓新场时截歼之；红18师留驻黔西，严守鸭池河渡口和烂泥沟并继续开展地方工作。

不料，万耀煌还是没有上当，反而乘红2、红6军团主力转向东北、正面兵力薄弱之机，于14日袭占黔西县城，并把被红军阻于乌江东岸的第99、第32师接应渡过鸭池河。

17日，红2军团回师大定。次日，万耀煌、郝梦龄纵队围攻大定。红军奋起抗击，在黄家坝重创郝梦龄纵队先头第54师，缴获机枪1挺，长短枪60余支。

然而，敌众我寡，大定于当晚失守。贺龙率军团直属队和红6师向鸡公山开进，红4师向沙树坪进发。在羊场、乌溪西设伏不成后，于26日返回毕节城。

得知大定失守后，萧克率红17师于19日由打鼓新场撤出，准备在大定城西的将军山阻滞国民党军的进攻。

将军山，又称老鹰岩，是大定通往毕节的门户。这一带地势险峻，从南向北依次排列着数十座巍峨的山峰，由清镇通往毕节的公路从山间蜿蜒穿过。

是日上午，红17师进至将军山、七家田一带，与万耀煌部敢死队遭遇。这支敢死队是万耀煌手里的一张王牌，经过多年的苦心经营，由6个连组成，颇具战斗力。该部从袭占打鼓新场、进犯黔西到攻占大定一直冲锋在前，气焰十分嚣张。

萧克当即命令红55团和红51团一部从公路东侧攻击，红49团从公路西侧攻击。激战一个半小时，红军全歼敌敢死队，击毙100余人，俘虏300余人，缴获步枪300余支，机枪9挺，随即占领将军山，构筑工事，阻敌前进。

25日，郝梦龄纵队进至锅厂，威逼红军将军山阵地北侧。万耀煌立即组织部队从正面对将军山发起猛攻。红17师居高临下，依托工事，打退了敌军的多次进攻。

萧克回忆道：

离开湘黔边时，我们就打算在贵州省的西部创建新的根据地，这时军委也来电报，指示我们“速转黔西、大定、毕节地区，群众地形均可暂作根据地”。到黔、大、毕后，我率红6军团17师去遵义西之打鼓新场（现为金沙县）游击，

红军用过的手雷

钳制贵阳方向敌人向西。这时，敌万耀煌部13师追来，占了大定。我即率部回师大定，刚到将军山，正遇大定敌人先头部队7个连向毕节挺进，敌处在我之侧面及正前，我军立即将敌包围，仅一个半小时就将敌全部消灭，制止了敌渡鸭池河后向我急追的不利形势。

战斗结束后，我登上将军山，看到这条山脉横跨大定与毕节间10余里，如果控制住将军山，就可形成建立以毕节为中心的游击根据地的东西屏障。我立即决定控制将军山。在山上做工事，我和大家一道在茅篷中露营，严守阵地。几天后，敌人两路向我仰攻。我令部队隐藏在工事内，不发出任何声响，等敌人逼近后，手榴弹一甩，一个反冲锋，敌人溃退，我立即追击到敌主力展开地带，一下子就缴到了百十支步枪，万余发子弹，得到补充，敌人短时间不敢再来。

郭思演纵队第99师这时也进抵将军山，奉命归郝梦龄指挥。当晚，郝梦龄与第99师师长傅仲芳商议，决定第二天晨以第54师占领原阵地，掩护第99师向红军阵地发起进攻。

时任第99师第295旅参谋主任的洪智云回忆道：

傅仲芳接受命令后，即召集全师团长以上的军官开会。傅在会上说："第九军攻不下老鹰岩，叫我们来攻，我们要下一把劲，把老鹰岩攻下来，保持我师的荣誉。"

傅仲芳这次在湘黔道上被红军牵着团团转，往返奔驰千余里，二十多天没有同红军主力接触，有些恼羞成怒。他以往只领受过红一方面军的教，没有同红二、六军团交过手，以为红二、六军团是临时组成的队伍，战斗力没有红一方面军强，加以红军跋涉数千里，装备不及第九十九师，因此毫不犹豫地接受命令，想出点风头。

会后，傅仲芳即令参谋长姜敦亨下攻击令，以第五九四团当前敌，其余各团作本队，向老鹰岩红军阵地推进。第五九四团由老鹰岩左前方占领高地后，即以迫击炮、重机枪向红军阵地猛烈射击。打了一个多钟头，没有听到对方还击的枪声，团长孙织天用望远镜一看，始知红军设的是“空城计”。适才看到老鹰岩的人影，原来是红军的几个哨兵，大队已走了。原来红军歼灭郝梦龄军的两个团后，即向毕节方向前进。

战至26日，红17师主动撤出将军山，向毕节转移。当行至距将军山20里的响水河地区时，发现河东有一股敌军正在渡河。红17师立即出击，将该敌先头部队歼灭，并将该敌阻于响水河东岸。战至傍晚，红17师撤出战斗，继续向毕节转移。

此时，国民党各路“追剿”军重兵逼近，近120个团云集黔西、大定、毕节地区，已形成包围圈，大有“黑云压城城欲摧”之势。

在贵州的红军烈士墓

27 日，中共川滇黔省委和军委分会共同研究认为，红 2、红 6 军团在黔大毕地区虽然取得了很大成就，但“未能给敌以致命打击，东面敌占黔西、大定，三路靠拢，逼近毕节城（地形上毕城不利），周围约一百二十个团的敌人包围线（圈）内之活动范围狭小，而（且）短期内地方工作基础薄弱，给养条件困难”，为摆脱困境，决定放弃在黔大毕创建根据地的计划，撤出毕节城，向黔南素有“黔之腹、滇之喉”的安顺地区转移，实施机动作战，待机再东向湘黔边境转移。

听说红军要撤离，周素园坚持要同行。贺龙称赞说：“好啊！有骨气，我佩服，我就赞成这样的人，就是拿出 18 个人不去打仗专门照顾他，我也要抬着他长征。我们就同患难，生死与共喽！”

当红军进入滇境后，红 2、红 6 军团领导考虑到周素园已年届 56 岁，体弱多病，恐怕他不能适应紧张频繁的行军作战，准备给他一笔钱，送他去香港做统战工作并治病。当邓止戈将这一决定告诉周素园时，周坚决不同意，表示：“我在中国的黑暗社会里摸索了几十年，到处碰壁，现在参加了红军，才找到了光明。请告几位首长，我周某就是死也要死在红军里！”

就这样，周素园老人硬是随红军长征到达陕北。毛泽东称赞他是“我们的一个十分亲切而又可敬的朋友与革命的同志”。

2 月 27 日，红 2、红 6 军团退出毕节，又踏上了转战的征途。

30. 乌蒙山回旋战

1936年2月27日，红2、红6军团面对国民党军近120个团“追剿”大军的围堵，主动撤出毕节，放弃刚刚创建的黔大毕根据地，进入乌蒙山区。

黔滇边的乌蒙山位于云南东北和贵州西部，平均海拔2400多米，是贵州的乌江、南北盘江和云南牛栏江的分水岭，由三列东北至西南走向的山脉组成，逶

红二方面军（由红2、红6军团改编而成）长征路线图

迤千里，群峰壁立，气势磅礴。红军虽可利用山险回旋转战，但此地经济落后，人烟稀少，给养困难。时值三月春寒，岩崖上峡谷里冰雪未融，终日细雨蒙蒙，浓雾笼罩。指战员们常常饿着肚子，冒着霏霏细雨，顶着料峭的寒风，绕行在崎岖的山路上，与追敌苦苦周旋。任弼时曾说，撤离黔大毕后“为我军长征中处境困难时期”。

红2、红6军团计划先向黔南的安顺地区转移，争取在那里创建临时根据地，然后待机东进至湘黔边境。但由于国民党军10个师又1个旅紧随在红军的后面和左侧后，不能直接从毕节去安顺，遂沿毕节、威宁大道向西前进，以调动敌军，造成其疲惫和错觉，然后再突然摆脱敌人，折向东南去安顺地区。

这时，坐镇贵阳的顾祝同企图把红军压迫到金沙江以东的云贵川边境，进行围歼。于是，他命令万耀煌、樊崧甫、郭汝栋三个纵队沿毕节大道平行向西逼近，协同李觉纵队，抢占威宁和水城一带，堵截红军南进安顺的道路；命令滇军孙渡纵队在威宁、昭通地区堵截红军入滇；又以川军10个团沿金沙江北岸布防，防堵红军入川。

3月2日，红2、红6军团领导在赫章的野马川召开紧急会议，针对当前敌情，决定改变行军路线，向西北乌蒙山区的奎香、彝良方向行动，将敌军尽量向西北方向调动，然后再转向南行。红2、红6军团进入乌蒙山地区，大有在此扎根之势，可急坏了“云南王”龙云。

龙云，字志舟，原名登云。国民党陆军二级上将。自古英雄多磨难。龙云的经历也颇具传奇色彩，有谁能想到他曾是金沙江畔的一个流浪汉。

1884年，龙云生于云南昭通一个彝族奴隶主贵族家庭，取彝名纳吉乌梯。不久父亲病逝，家境沦落。幼年的龙云只好流浪于云南昭通与四川凉山的金沙江两岸，拜江湖术士马得胜为师，学了一手好拳法。

辛亥革命爆发后，龙云投入滇军，不久入云南陆军讲武堂第四期骑兵科。1914年秋，一个自称打遍天下无敌手的法国大力士在陆军讲武堂摆擂台三天。前两天，法国人无人可敌。第三天，龙云登台打擂，用“和尚撞钟”之法将其撞翻打败。当时他做梦也没有想到打败法国大力士，不仅为自己赢得了同学们的敬佩，而且还引起云南军阀唐继尧的注意，并最终影响了他的一生。

是年底，龙云毕业分配到昭通独立营任排长。如果没有在讲武堂比武打擂获胜的话，龙云的军旅生涯很有可能前景暗淡，毕竟他在30岁时才在滇军中出任最下层的排级军官，而在那个风云变幻的年代，许多军界大鳄在这个年龄早就当上了团长、师长，甚至军长、司令。

一年后，龙云任唐继尧副官处侍从副官，很快又提升为唐的警卫军大队长，成为唐的心腹，从此开始发迹生涯。

1920 年，唐继尧在川滇战争中失败。龙云亲自率领卫队，护送唐继尧离开昆明。唐即任命龙云为近卫第 11 团团长，驻蒙自地区，为将来重返云南创造条件。同年秋，龙云借响应孙中山讨伐桂系军阀陆荣廷的名义，进军广西，攻克柳州后，任柳州警备司令。1922 年春，率部由桂回滇，帮助唐继尧重掌云南大权。他也因功升任第 5 军军长兼滇中镇守使，后任昆明镇守使。

龙云惨淡经营了 12 年，靠唐继尧发迹，掌握了滇军的实权，成为滇军中举足轻重的人物。这时，羽翼丰满的龙云走上了军阀前辈走过的老路，开始不满唐继尧的专制独裁。

1927 年 2 月，龙云联合蒙自、昭通、大理镇守使，发动“二六事变”，扳倒唐继尧，成立云南省务委员会，任委员兼云南讲武学校校长。同年 6 月任国民革命军第 38 军军长。不久，与滇系军阀胡若愚、张汝骥爆发内讧。在击败胡张联军后，兼代云南省政府主席，并重新改组了云南省政府。1928 年夏再次击败胡张联军，张汝骥被俘后枪毙，胡若愚只身逃往上海。从此，龙云统一了云南，确立了在云南的统治地位，成为名副其实的“云南王”。

“云南王”龙云

当时在西南主要军阀中，蒋介石认为最不好琢磨、也最难控制的，便是龙云。

其一，龙云是彝族人，蒋介石总感到他行事诡异；其二，龙云基本上是靠自己的努力，控制了整个云南，蒋介石并没有帮上什么忙。

于是，蒋介石开始寻找机会拉拢龙云。1928 年 1 月，蒋介石正式任命龙云为云南省政府主席兼国民革命军第十三路总指挥。

这一招果然奏效。

一年后，蒋桂战争爆发，蒋介石任命龙云为讨逆军第十路总指挥，令其出兵广西，抄袭李宗仁的后路，并允诺给滇军开拔费大洋 100 万元，攻占南宁后，委派卢汉为广西省政府主席。

重赏之下必有勇夫。龙云欣然领命，出兵讨桂。结果，滇军大败而退，自此滇桂结怨。

1930 年蒋冯阎战争中，龙云奉蒋介石之命派卢汉率滇军 3 个师 2 万余人入桂，同桂张（发奎）联军作战，誓报一箭之仇。

事情往往不遂人愿。滇军把南宁城围了个水泄不通，强攻 3 月仍未能得手。这时，白崇禧率军驰援南宁，滇军腹背受敌，再次大败。

与桂军交锋两度惨败，龙云痛定思痛，提出“废师改旅”的整军方案，借机削弱异己力量，直接指挥团长。但这也引起了卢汉、朱旭、张风春、张冲等 4 个师长的强烈不满，进而爆发了“倒龙政变”。

不久，四师长内部发生分歧，形势突然逆转，龙云重新主持全省军政。此后，他通过成立军官学校培养军事人才，向法、德、比、捷等国购买军火装备部队，逐步建立起效忠自己的滇军系统，从而更加巩固了自己“云南王”的地位。

虽说龙云听命于蒋介石，两度与桂军血战，但同时他也看清了老蒋欲剪除异己的野心，与其始终保持着一定的距离。

在接到蒋介石命他“追剿”红军的电令后，龙云和粤桂黔地方实力派人物一样，也陷入了不可避免的双重恐惧之中。

对共产党，龙云并不陌生。他曾追随蒋介石在云南进行过“清党”活动，抓捕了不少共产党员。

对红军，龙云也有所了解。虽没有交过手，但他早就耳闻红军英勇善战；人称“红军之父”的朱德，早年曾在云南陆军讲武堂学习，后在讲武堂任军事教官，与他既是校友，又有师生之谊；红 5 军团军团长罗炳辉更与他同为彝族同胞，并在滇军服过役，是他的旧部。

贺龙的名声他也早就听说过。这位生于湖南桑植洪家关的贺龙，人称“贺胡子”，曾手持两把菜刀，率乡邻青年捣毁盐局，夺取枪支，组织农民武装，参加革命，成为当时著名的左派将领。

蒋介石、汪精卫集团相继叛变革命后，时任国民革命军第 20 军军长的贺龙参与领导了“八一”南昌起义。后来回家乡桑植创建了湘鄂西革命根据地和红 2 军团。为策应中共中央和红一方面军长征，贺龙指挥红 2、红 6 军团于 1934 年

护国战争时期的贺龙

10月发起湘西攻势，连克大庸（今张家界市）、桑植、桃源、慈利诸县城，创建了湘鄂川黔苏区。随后挫败了国民党军80余团的六路“围剿”，先后占领石门、澧县、津市、临澧等县城。

有趣的是，龙云与贺龙有许多相似之处：其一，两人姓名中都有一个“龙”字；其二，两人都属猴，龙云比贺龙整整大12岁；其三，两人都是少数民族，龙云是彝族，贺龙是土家族；其四，两人都是少年历经磨难而成大器的，龙云曾在云南昭通与四川凉山的金沙江两岸流浪，贺龙则在14岁起就与人结伴出外运盐；其五，两人都参加过讨袁革命，并逐渐在军界崭露头角的，龙云先后出任滇中、昆明镇守使，贺龙则相继任澧州、湘西镇守使。

这些相似之处，令龙云对贺龙既敬佩又害怕。如今贺龙率红2、红6军团在自己的家门口发动当地百姓，组建抗日救国军，轰轰烈烈地闹起革命来，这怎不叫他心惊胆战，坐卧不安。

2月17日，在致电蒋介石的电文中，龙云说出了自己心中的担忧：

据报，萧、贺股匪自窜黔北后，与贵之叛军、土匪裹成一片，扰乱区域扩大，等情。如果属实，则将来共匪被击退出黔境，土匪、叛军势不能随之俱去，留伏黔地，妨碍甚大。

龙云既怕红军在黔川滇地区生根发芽，更怕尾追在贺龙身后的蒋委员长的十几万中央军。一年前，朱毛红军进入贵州，蒋介石大批中央军也尾追而至，没有把红军搞垮，却趁机把贵州省主席王家烈给搞垮了。如果让贺龙进了云南，蒋介石如法炮制，按整治王家烈的办法照方抓药，搞垮了自己这个云南省主席可比消灭贺龙要容易得多。

其实，龙云在内心里始终不相信红2、红6军团会大举入滇，毕竟云南穷山

红 2、红 6 军团长征经过云南省时写在木板上的标语

恶水，从长远看难有所图。他当即召集身边的智囊人物开会商议对策。谁知文臣武将们高论纷纭，莫衷一是。

以周锺岳、丁兆冠、马伯安等省务委员为代表的政系派，认为红军目前已成为流寇，四面逃窜，唯求生存。西南只有天府之国的四川才可抢吃抢用，而云南地处边隅，无回旋余地，来这种贫瘠地区只能是自找苦吃，陷入绝境，何况还有当年石达开在大渡河全军覆灭的历史教训，红军又岂能不知？因此估计红军也不一定会来，倒不如以静制动，以保境安民为上策。

以参谋长孙渡、团务督练处第一副处长高荫槐等滇军将领为代表的军系派，则持相反意见，认为四川江面宽，渡江难，交通便利，蒋介石调兵堵截容易，红军不可能不考虑这些因素而选择在四川渡江；反之，云南则无这些累赘，他们很可能入境西渡金沙江，再寻求出路。

孙渡，与龙云一样，也字志舟。国民党陆军中将。1898 年生于云南陆良。1915 年入云南陆军讲武堂步兵科学习。1917 年在滇军任排长。1922 年，唐继尧重新统治云南，孙渡被任命为滇军直属独立团团长。1924 年，调任云南烟酒公卖总局局长，旋任云南省宪兵司令官。龙云任第 38 军军长兼代理省务委员会主席后，孙渡积极为其出谋划策，取得了龙云的信任，从此步步高升，相继出任云南省政府委员、第 98 师第 3 旅旅长、滇军参谋长等职，成为滇军中举足轻重的人物。

为了自己的云南半边天下坐得牢靠一些，龙云命令孙渡率滇军第 2、第 5、第 7 旅和第 5、第 17 团，共 8 个步兵团，配属工兵第 1 营为纵队警卫营以及其他机炮等特种兵，赶赴滇东北切实部署，并派第 3、第 4 补充队为第 3 纵队总

在“云南王”心里防蒋胜于防共。图为一身戎装的龙云

预备队。

时任滇军第2旅旅长的安恩溥回忆道：

我为了巩固滇东北方面的统治，几年前曾请以昭通为中心架设东昭十一属长途电话网一案，虽然经省府批准办理，但拖了下来，未予实施。到了这时，龙云自动提出要积极办理，命我会同电报局长萧阳勋、电话局长赵述完负责进行，构成滇东北通讯网。但由于红军入滇甚为迅速，此事仍未完成。……龙云严令各县积极训练常备队、保卫队，召回退伍的保卫队员进行训练，各区乡的力量集中县城，积极修葺城垣碉堡，各县地方负责人战时须与县长共同死守县城；团务处、督练处召集退伍兵，成立战时两个保安团；由滇中各县成立两个补充大队。又派团务督练处第一副处长高荫槐为昆明城防司令，指挥驻昆明的所有步兵部队、宪兵、警察以及教导团的学生防守昆明。

龙云不惜血本，把看家老底子的部队都拉了出来，就是要阻拦贺龙的红2、红6军团入滇。他指示孙渡，务必集中兵力于昭通、威宁地区进行防堵，将红军阻截于云南境外，逼使红军北走四川。同时又致电顾祝同：“萧、贺股匪现既已窜入滇黔之交，山峦层叠，交通梗阻，侦察匪踪，非赖得力飞机，不克收效。该间正谋截击，为便利军事计，拟请派遣飞机，多则两队，少则一队，迅速来滇，以便应用。”

3月4日，龙云再电顾祝同催促：“现在共匪西窜入滇将成事实，可否请派飞机一队，克日到滇补助协剿。”两天后，蒋介石亲自复电：“为侦［察、轰］炸便利计，已饬空军第三队即派达机三架飞驻昆明，归兄指挥助剿。”

9日，龙云致电顾祝同，试图引诱红军进入绝地：

此匪拟窜绥江，各方皆如此传说。此处地形，系属河套，若竟窜入，即易歼灭。盖三面包围，前迫大江，可收事半功倍之效。顷奉庚亥电，杨军已派兵阻于盐津，如是匪即不能窜绥，而昭通方面，又有角奎河扼阻，亦属不易。恐或逼入威信，以窜川南，再折窜黔北，则又费手矣。可否止令杨军防守牛街，留盐津一面，令其溃窜，陷入绝地。

云南王梦想将红 2、红 6 军团压迫到地险粮缺的绥江地区，以收当年歼灭石达开之效。然而事与愿违，红 2、红 6 军团西进深入乌蒙山区，同国民党“追剿”大军展开了山地回旋战。

3 月初，红军抵达赫章、平山堡、七星关、野马川、杨家湾，先头部队与第 3 纵队派出的游击队接触后，推进至浑水塘、小河口。

这时，滇军第 5 旅折回威宁，以威宁城为中心，利用草海和附近山势向东北构筑半月形的阵地。红军绕过威宁城，转回小河口循小路到了镇雄的牛场。镇雄县长和国民党追击部队判断：红军必经五眼洞大道攻镇雄。

谁知，红军取道八卡出牛场坝。12 日，红 2、红 6 军团获知万耀煌亲率第 13 师经得章坝向镇雄推进。贺龙、任弼时当机立断，决定改变原定计划，命红 4 师第 11 团在左、第 12 团在右，火速向得章坝方向迎敌；命红 6 师在第 11 团左侧平行前进，准备侧击来敌。

得章坝属赫章县，位于赫章、镇雄两县交界处，距镇雄县城仅 50 里。受领任务后，红 4、红 6 师立即冒雨疾进，于上午 11 时许，先敌赶到得章坝北三锅桩。红 6 师在干沟梁子设伏，红 4 师直插大丫口，执行截击任务，军团部设在大屋基。

没过多久，第 13 师前卫第 37 旅的 3 个团大摇大摆地进入了红军的伏击圈。红 6 师第 18 团在团长成本新（成钧）、政治委员余秋里的率领下，突然开火。敌人措手不及，丢下上百具尸体，狼狈逃窜。

成钧见状，纵身跃出战壕，带头冲锋。余秋里伸出胳膊一把将成钧拽了回来。就在这时，敌人机枪射过来一串子弹，正中余秋里的右臂，顿时白花花的骨头从负伤处露了出来。后来因伤势恶化，余秋里的右臂没能保住，不得不截肢处理。

与此同时，红 4 师直插大丫口，将万耀煌部本队和后卫第 38 旅拦腰隔断，迫其第 38 旅退入桃园居民地。随后，红 4、红 6 师合围第 37 旅及第 13 师师部，歼其一部，毙伤俘 320 余人，缴获长短枪数百支、机枪 7 挺、弹药 300 余挑。

红 2、红 6 军团长征经过云南省时留下的手榴弹

战斗中，红 12 团冲入了敌军司令部，万耀煌见势不妙，换上士兵的服装，在溃乱中只身逃走。但第 13 师主力还是乘机逃脱。这时，郝梦龄纵队第 47 师和万耀煌纵队第 99 师由镇雄折回增援。

见战机已逝，红军当即脱离战斗，再次改向西行。

13 日凌晨，红军进至财神堂时，遭到郭汝栋纵队先头优势兵力的拦截。红军充分发挥夜战特长，硬是用刺刀和手榴弹杀出了重围。

此时，形势对红 2、红 6 军团万分危急。前有郭汝栋纵队拦截；后有郝梦龄、万耀煌纵队紧追不舍，进至安耳洞以东地区；左有李觉纵队集结于水塘堡和赫章地区；右有樊崧甫纵队跟随。敌人越聚越多，总兵力达到 10 万人，包围圈也越来越小。红军被困在纵横约 30 里的狭小区域里，风餐露宿，别说吃饭，就连饮水都很困难，大有山穷水尽之势。

危境中，指挥员的主观判断正确与否往往决定着部队的生死存亡。贺龙和任弼时等领导保持着高度的冷静。在军委分会召开的紧急会议上，贺龙分析："我们情况不妙，敌人 100 多个团的情况更不妙。他们从湖南、湖北、四川让我们拖起跑，比我们更难受"，"敌人对我们永远估计不足。这一个月转来转去，敌人会以为我们垮得差不多了，也增加了他们的骄气。现在是时候了，我认为应该以迅雷不及掩耳的速度隐蔽地从敌人的结合部钻出去"，敌人主力东调后，南面的兵力必然减弱，应当立即紧急动员，向南实施秘密突围。大家都同意贺龙的意见。

为了便于突围行动，红 2、红 6 军团再次进行轻装，丢弃一切可以丢掉的辎重装备，并把在桃子溪战斗中缴获的两门山炮中的一门埋掉了。另一门山炮一直跟着红二方面军（由红 2、红 6 军团组成）长征到达陕北，在抗日战争和解放战争中屡立战功。新中国成立后，这门山炮被中国人民革命军事博物馆永久收藏，供人参观。

红 2、红 6 军团在长征作战中使用的山炮，也是长征红军拉到陕北的唯一一门山炮

红军采取虚虚实实、布设疑兵的战法，巧妙地从郭汝栋和樊崧甫纵队结合部处突围，跳出了敌人的包围圈，于 15 日到达毛姑、青山一带。16 日，红军第三次进入云南彝良县奎香地区。

从 3 月 7 日，红军第一次进入奎香，短短十多天，红军三进奎香，在云贵两省边界声东击西、神出鬼没。这下可把尾追在后的敌军难住了：共军主力到底在哪里？

时任国民党军第 99 师第 295 旅第 590 团副团长的邱行湘回忆道：

第九十九师被红军牵着在滇黔边境之得胜坡、奎香等附近荒无人烟之丛山中绕了一个月的圈子，一枪没打上，部队几乎拖垮。3 月初，发现红军主力又折回镇雄，第七十九师即向镇雄跟踪追击。约在 3 月 7 日前后，樊崧甫在滇黔边境镇雄县属之奎香，追上了红军的后卫。樊崧甫当时的决心是：①命第七十九师主力迅速渡过以则河向镇雄追击；②命第九十九师迅速向奎香前进。3 月 8 日樊崧甫纵队进至奎香，被红军抓住，在以则河附近被迎头痛击。听说第七十九师此役除被歼灭一个整营外，伤亡数百人。樊急电第九十九师即向奎香靠拢，与第七十九师协同向镇雄追击。红军把樊崧甫纵队吸引到镇雄后，又折回奎香，捉了一个星期迷藏，红军主力又出现在贵州境内赫章、威宁的西部地区。这时，龙云、薛岳、樊崧甫，谁也弄不清红军的意图。红军在滇黔边境把国民党军拖得疲惫不堪，而蒋介石要龙云和薛岳协力把红军歼灭于滇黔边境。樊崧甫和薛岳都不断向我们打气，他们说："云南龙云的部队，都已到达滇黔边境，聚歼共军，为期不远了。"几个月没有盐吃的国民党军官兵，人人都不愿在这荒无人烟的山区里生活，听了这些吹嘘，无论胜败，只有一个希望，早日脱离苦海。

就在敌军总也摸不着红军的踪影，不知所措之际，21日，萧克率红军主力经几天急行军，挥师进入宣威境内。

宣威是滇东北的重镇，又是川黔两省通向云南的要冲。一年前，中央红军长征时就曾在这里与滇军进行过战斗。

龙云顿时慌了手脚。此时，滇军主力正由孙渡率领在黔滇边境"追剿"红军，昆明实际上成了一座空城，一旦宣威有失，红军必将威逼昆明。于是，他急调各县团队临时编成2个保安团，委派罗廷标、和吉光为团长，统归第1旅旅长刘正富指挥。

22日，刘正富率领第1旅第1、第2团以及新编的2个保安团、补充第3大队李崧部、广富独立营龙奎垣部，共约5000人兼程赶赴宣威布防。当行至来宾铺时，红军已占领宣威的虎头山一带高地，两军随即遥相对峙。

23日，天刚刚放亮，刘正富指挥所部向红军阵地攻击，虎头山战斗就此打响了。激战至午后1时许，滇军渐渐不支。

就在这时，滇军第3纵队主力尾追红军而来。孙渡回忆道：

民国时期昆明市区街景

第三纵队正在昭通、彝良之间行军途中，忽闻向镇雄前进的红军，又回师经滇黔边境向云南的宣威进发，于是，第三纵队也不得不回头跟踪尾追。在途中我曾接萧克等来函一件，建议双方缔结抗日停战协定。我一面转报龙云，一面仍继续尾追。追至宣威北方的途中，左边有一条岔路，红军已由这一条岔路走了。但我到此并未尾追，只派兵一部在岔路附近警戒，以掩护后续部队通过，主力部队仍径向宣威南进。因为我所走的这条路，可以利用会泽通宣威的电报线路，尽先搜集情报，以便酌定行动。

当行至距宣威县城约四十里附近时，据当地老百姓说，相隔三四里就有电话线。我即令通讯兵去挂电话，随即找宣威县长范捷正询问情况。范云，第一旅现正在虎头山附近与红军接触，闻尚有红军继续到达云云。我即着范迅速通知旅长刘正富，说我们部队已经到达，随即可以参加战斗。

刘正富闻听此讯，好比落水人捞到了一根救命稻草，急派副官飞马请援。第5旅旅长鲁道源亲自带领队伍跑步前进，赶到来宾铺的山脚。刘正富的指挥所就设在山脚的一个凹地小水沟边。

见到鲁道源，正急得焦头烂额的刘正富喜出望外，连连拱手称谢："老弟，你可来了！再迟些，我这条老命恐怕就保不住了！"

鲁道源说："不要讲这些了，快把前面的敌情告诉我。"

刘正富擦去额头上的冷汗，心有余悸地说："今早8点多钟就与共军交火，双方互相冲杀了几次，第1旅的第1、第2团伤亡不小。现在情况略有缓和，正面大部分处于对峙中。李崧的补充大队全是新兵，一触即溃，据报退到曲靖去了。罗廷标、和吉光的两个保安团全是由县团队临时拼凑成的，没有什么战斗力，就没有使用到正面火线上，只用他们当当警戒。现在我把机关枪全部集中在一起，打算把机枪子弹打完，留最后一颗来打我自己。"

当鲁道源问起当面红军的情况时，刘正富支吾了半晌，也说不出什么来。于是，鲁道源干脆带上第9团团长冯云、第10团团长侯振邦和旅参谋长常绍群等人，亲自到高地上去观察。

下午4时许，红军向滇军左翼阵地发起了猛攻。

鲁道源命第10团火速增援。该团第3营刚刚冲到双方阵地的中间地带，就与红军展开了肉搏。

滇军哪里是红军的对手，没过多长时间，便溃不成军，2个连长被击毙，连营长也被活捉了。鲁道源慌忙令第9团第2营增援上去，并下达了“不准后退半步”的死命令，才算打退了红军的进攻，把左翼阵地巩固住。

此时，第3纵队各部相继赶到。孙渡素知红军的厉害，担心刘正富旅有被吃掉的可能，即亲率警卫营一个连赶到虎头山的虎头上，观察红军部署的态势。

只见在观音堂左侧，满山遍野的红军正在展开猛烈攻击，滇军阵地岌岌可危。孙渡即派萧本元的第5团增援观音堂左侧阵地。但于事无补，没过多久，萧团就招架不住，败象已露。直到马继武的第14团也增援上去，滇军的虎头山阵地才算稳固下来。

天色渐渐暗下来，红军一路一路地退回正面高地上的方形据点里去了，枪声渐稀，战况随即沉寂下来。

孙渡深知红军擅打运动战，“打得赢就打，打不赢就走”，如今一时吃不下刘旅，必撤围而去。

果然，萧克见滇军主力陆续增援上来，再打下去恐难以奏效，徒增伤亡，便于当夜撤围东进，经水坪子循海岱冲、龙场分成两路：一部向东由宝山等地入黔境，一部向南经马街去平彝。

孙渡遂命刘正富旅暂留现地清理战场，其余各部于次日午后出动，向平彝方向追击前进。

安恩溥回忆道：

此役，第三纵队重伤送昆明甘美医院、陆军医院治疗的营长董文英等以下官兵二百余人，死亡、轻伤统计数字尚未详知。红军的伤亡，经滇黔“剿共”总司令部政训处派人将红军阵亡尸体反复照相，大肆宣传说，击毙红军第十七师师长刘转屯、政委汤释锋、主任陈文彬、赤卫队营长马秋得及其他团营长以下一千五六百名，照相后掩埋九百余名。

红2、红6军团在云南虎头山与滇军激战后，当地群众冒着生命危险将阵亡烈士掩埋，筑坟纪念

虎头山战斗后，龙云自我陶醉地认为已把萧克部彻底击溃，立即向蒋介石报喜，并四处吹嘘："一担桶已经打烂了一只，剩下一只好打了。"

28、29日，红2、红6军团先后进占黔西南的盘县、亦资孔地区，到南北盘江之间。至此，红2、红6军团历时一月，转战千里的乌蒙山大回旋宣告结束。

贺龙、任弼时、关向应在给中革军委的报告中称："因粮困难，气候太寒，居民房屋很少，急行军和多半时间露营，故部队相当疲劳，减员亦颇大，以则河、则章坝及宣威城北总共伤亡一千人左右，落伍和开小差总共在二千人左右。"

但国民党军也被拖得精疲力竭，李觉纵队伤亡过半，樊崧甫、万耀煌、郝梦龄等纵队叫苦连天。结果，顾祝同的"围剿"计划落空，重蹈陈诚的覆辙，红2、红6军团却绝处逢生，争得个柳暗花明又一村！

1936年11月，毛泽东在陕西保安（今志丹）会见红二、红四方面军部分领导人时，高度赞扬红二方面军在长征中为中国革命保存了大量有生力量。

毛泽东高兴地说："二、六军团在乌蒙山打转转，不要说敌人，连我们也被你们转昏了头，硬是转出来了嘛！出贵州，过乌江，我们付出了大代价，二、六军团讨了巧，就没有吃亏。你们一万人，走过来还是一万人，没有蚀本，是个了不起的奇迹，是一个大经验，要总结，要大家学。"

1936年12月，红二方面军干部在陕西富平县庄里镇合影。前排左起：贺龙、朱瑞、李井泉、王震、关向应、贺炳炎、甘泗淇；后排左一张子意，左五陈伯钧

31. 北渡金沙江

1936年3月28日，红2、红6军团在乌蒙山区灵活机动地回旋作战月余后，跳出了国民党“追剿”大军的重围，进占黔西南南北盘江之间的盘县、亦资孔地区。

黔西南的盘县、兴义地区，是黔滇桂三省交界处，东隔北盘江与安顺相邻，南临南盘江，是黔桂的界河；西接云南，有乌蒙山为屏障，物产丰富，敌人统治力量较薄弱。

此时，国民党军李觉纵队进至郎岱；郝梦龄纵队进至北盘江沿岸的白义河、铁索桥、茅坪坡渡，与在白层的郭思演纵队沿北盘江东岸联合布防；樊崧甫纵队和郭汝栋纵队集结于水城、土城；孙渡纵队进至白龙洞、迤后所一带，与红6军团对峙。

红军长征在云南时留下的标语

被红2、红6军团拖得疲惫至极、士气沮丧的各路国民党“追剿”大军企图就地休整，然后再对红2、红6军团发起新一轮围攻。

在运动战中得到锻炼和提高的红2、红6军团士气旺盛，进入滇黔边境后物质生活得到了很大改善。而牛栏江以东，南北盘江之间广大地区，位置偏僻，交通不便，反动统治力量薄弱，利于红 2、红 6 军团活动。

据此，中共湘鄂川黔军委分会决定在盘县以南兴义一带创建根据地，如不行，则利用全国正在兴起的抗日救亡高潮和正在发展的蒋介石与两广军阀之间的矛盾，挥师向东，与敌周旋，求得存在与发展。

然而就在几天前，3 月 23 日，红军总司令朱德、总政治委员张国焘致电贺龙、任弼时、关向应，建议“在你们渡江技术有把握条件下及旧历三月水涨前，设法渡过金沙江”，“到巴安与我们会合”，提出可在蒙昭、皎平渡、鲁车渡、元谋龙街等地渡河，但同时又指出“如果你军并不十分疲劳，有把握进行运动战时，则在滇黔边行动亦好”。

这封电报对红 2、红 6 军团下步行动的指示模棱两可，是北渡金沙江与红四方面军会师，还是继续留在滇黔川边坚持游击斗争，都没有明确。

贺龙、任弼时、关向应等一时也摸不透朱德、张国焘来电的意图，于 29 日 24 时复电请示行动：

一、我军自离开毕节后，在彝良、镇雄地区直至进入滇境之先的不［长］时期内因粮食缺乏，气候奇寒，居民房屋稀少，急行军和多半时间露营，故部队已相当疲劳，减员亦颇大（以则河、得章坝及宣威城北战斗共伤亡千人左右，落伍、开小差总共在二千人左右），惟近日又在恢复中。

二、在目前敌我力量下（即包括敌之樊、郝、万、郭、孙、李等纵队），于滇黔川广大地区内求得运动战中，战胜敌人，创立根据地的可能，我们认为还是有的。

三、我们渡河技术是很幼稚，但如在第三渡河点或最后路线通过在春水未涨之前，未［或］不至感到大的困难。

四、最近国际和国内事变新发展情况，我们不甚明了，及在整个战略上我军是否应即北进，及一、四方面军将来大举北进后，我军在长江南岸活动是否孤立和困难，均难明确估计。因此，我军究应以此时北进与主力会合抑或应留在滇黔川边活动之问题，请军委决定，并望在一二天内电告。

五、我军于昨二十八日进点盘县，集结在盘县、亦资孔之线。

30 日，朱德、张国焘复电：

一、依据国际国内情况，民族革命高潮在生长，苏维埃运动有些发展，但不能过分估计。蒋敌虽削弱，亦不能计算他在何时崩溃。

二、最好你军在第三渡河点或最后处北进，与我们汇合一同北进，亦可先以到达滇西为目的，我们当尽力策应。

三、在困难条件下可在滇黔川广大地区活动，但须准备较长期的运动战。

四、究应如何请按实况决定，不可受拘束。

直到这时，贺龙、任弼时、关向应、萧克、王震等才弄清，朱德、张国焘“复电虽未肯定决定，但其意是以北渡为妥，故决定北渡金沙江与主力会合”。

经慎重研究，军委分会决定立即行动，争取经昆明城北百余里的普渡河，在元谋渡过金沙江，沿华坪、永北北上，同红四方面军会师。同时还作了一个预案：万一过不了金沙江，即向澜沧江方向进行游击活动。萧克在回忆这段历史时曾说：

本来我们是想在滇黔边站住脚的，接到总部北渡金沙江的指示后（当时我们并不知道一、四方面军会合后张国焘闹分裂的情况，电报署名是总司令朱德、总政委张国焘），曾在 3 月 29 日向总部询问，要我们北进，是从战略上考虑必须渡江会师北进，还是怕一、四方面军北进后，二、六军团在长江南岸陷于孤立，

金沙江

或是军委估计我们现在处境困难而要我们北上。3月30日，总部第二次来电，还是说最好北渡金沙江与他们会合一同北进，如条件困难也可以在滇黔广大地区活动。电报的最后说："究应如何请按实情决定，不可受拘束。"

我们认真研究了总司令部的指示，并对当时战争态势和全国形势进行分析。虽然查明来包围滇黔边地区的敌人比进攻黔西、大定、毕节地区少了，但还在50团以上，时间久了，敌情也可能变化，能否在这地区站住，是未知数。从全国形势看，日本帝国主义不断向华北进逼，全国人民特别是华北青年学生，群情激奋，要求抗日。现在总部要我们北进同四方面军会合北上，可见全国革命大势转向了北方，应执行总部的指示。盘县这次会议，对二、四方面军会师甘孜起了决定作用。对尔后三大主力会师陕北，也有重大意义。

31日，红2、红6军团离开盘县，在平彝附近冲破孙渡纵队所部防线后，即兵分两路向西疾进：红2军团在右，计划经沾益、寻甸，红6军团在左，计划经曲靖、马龙，直趋普渡河渡口。

这时，蒋介石觉察红军的意图是北渡金沙而不是返湘黔边，急令刘建绪指挥樊崧甫、郭汝栋、孙连仲和李觉4个纵队追入云南，同时任命龙云为滇黔"绥靖"主任，统一指挥。

4月2日，蒋介石在给龙云的急电中说："应从速设法紧追，乘其根蒂未深，喘息未定之时，努力歼灭，以为一劳永逸之计。务严饬各纵队兼程追剿，并代悬重赏以鼓励之。"

6日，红6师攻占寻甸。正在昆明城里的龙云获悉后，判断红2、红6军团有可能沿红一方面军的路线从元谋渡江北上，便调集滇军的全部兵力扼守普渡河，企图在寻甸地区全歼红军。

龙云全力防堵红2、红6军团入滇自有他的如意打算。在军阀混战多年的龙云能爬上"云南王"的宝座，自然不是酒囊饭袋，早就看出蒋介石心怀不轨，对云南虎视眈眈。

就在一年前，中央红军长征进入贵州，蒋介石派大批嫡系部队尾追入黔，结果没能"剿灭"红军，却趁机搞垮了贵州军阀、省主席王家烈，抢占了王家烈的地盘。如果贺龙进入滇境，蒋介石肯定会照方抓药，搞垮自己。龙云既怕红军深入云南腹地，更怕中央军入滇，"假途灭虢"，成为王家烈第二。

因此，龙云命令滇军倾巢而出，即使消灭不了红军，至少要把红军堵在普渡

中央红军长征过云南寻甸时中革军委总参谋部旧址。图为会战室

河东岸，将其压迫走向会理，不经过昆明，同时也有理由阻止蒋介石的中央军进入云南，或者只能以少量部队进入云南。同时精心部署，让郭汝栋、樊崧甫两纵队到远离滇中的元谋、永仁至金沙江一线，奔命于山林之间；以滇军为先锋沿滇西大道追堵红军，湘军李觉纵队则尾随于滇军之后。

在龙云看来，防蒋与防共同样重要。于是，他急派督训处长卢汉赶到杨林，要孙渡率第3纵队加快追击速度，务必要把红军堵在普渡河东岸；命令第9旅旅长张冲率近卫第1、第2团和工兵大队、警卫营4000余人，从昆明星夜出动，迅速赶到普渡河铁索桥西岸设防。待兵力集中后，将红2、红6军团歼灭于普渡河以东、功山以南地区。

张冲率所部由昆明出发，星夜兼程，于7日到达普渡河。部署如下：工兵大队在索桥东西构筑桥头堡，近卫第2团除派第3营过河东占领阵地，掩护工兵大队构筑阵地外，控制于普渡河西岸索桥上下，近卫第1团占领乐宰、千山一带阵地。

7日，孙渡率部到达嵩明地区后，卢汉召集孙渡及各旅长到杨林镇开会。

会上，卢汉夸夸其谈："虎头山一战击溃萧克匪部七八千人，打死2000人以上，现在所剩贺龙匪部和萧克匪部万余人，和我们现在集结的滇军实力比较，相差20倍。只要大家硬干、蛮干、沉着三者结合起来，消灭共匪指日可待。"

随后，他大讲龙云的作战部署："龙总司令的意思是要消灭共军于普渡桥附近，现已派第9旅张冲旅长率总司令的直属团队日夜兼程赶赴普渡河西岸一带防堵。普渡河上只有一座小桥，共军绝不能通过。只要孙指挥官率第 3 纵队加紧追上，一定可收歼灭之功。”

孙渡则不以为然，反驳道：“许多大江大河都阻挡不了共军，小小普渡河起不了什么阻拦作用。他真正要过，你堵的地方他不过，折头一转，从别的地方过去了。如果堵的人不小心，会反而吃亏的。再说，即使堵好了，他不同你打，大转起来，问题就多了。不如压迫他快点走为好。”

在座诸将不住地点头称是，大有“将在外，军令有所不受”之势。

卢汉气呼呼地说：“龙总司令说了，大家是知道纪律的。如果这次再不努力，那就难逃纪律的制裁。”

随即转身离去，会议不欢而散。

鲁道源冲着卢汉的背影，愤愤不平地骂道：“他妈的！千辛万苦干到今天，得这样一个结果，还有什么干场！”

明知在普渡河围歼红军的计划过于荒唐，但军令难违，孙渡只好硬着头皮照办，将所部分作两路追击：以第 7 旅为一路，从寻甸、羊街尾追；以第 1、第 3 旅为一路，由孙渡亲率，由嵩明直插款庄地区，与张冲部配合，形成对红军的夹击之势。

8 日，红 2 军团前卫第 4 师抢渡普渡河。时渡口已被张冲部封锁，铁索桥上的桥板也均被拆除。拂晓前，红 4 师大部在铁索桥下游不远处涉过普渡河，随即向敌军控制的制高点音翁山发起攻击。战斗中，红 4 师政治部主任肖令彬中弹牺牲。

卢汉

孙渡率第 3 纵队由嵩明县城出发数小时后，即接到报告：红军已过普渡河向滇西大道走去。待第 3 纵队气喘吁吁地赶到普渡河畔时，只见河的上下游到处可以徒涉，红军早已渡过河，不见踪影了。孙渡回忆道：

龙云之所以有此计划者，实由于宣威虎头山之役，他曾谎报蒋介石邀功。现更认为普渡桥的地形比虎头山险要得多，所谓“天赐良机”，可以邀得蒋介石进一步的宠幸。但是，他的直属部队太不争气了。据第九旅旅长张冲在安宁见我时说：“在行军中，看见山上被野火烧焦的灌木，就认为有共军，进行了好久的射击，以致延宕了抢占渡口的时间。”

同日，红6军团从可郎出发，准备随红4师渡过普渡河。当红17师进至款庄、小松园时，突遭滇军第1、第3旅4个团的拦阻。

敌人抢先占领了有利地形，依托工事和优势火力，在蒋介石派驻昆明的多架飞机轮番轰炸扫射的掩护下，向红6军团发起攻击。红6军团与敌展开激战，相互攻击，打成了胶着状态。战至黄昏，萧克见无法打退敌军，遂下令撤出战斗向东转移到可郎西北的胡家村。

这时，形势对红2、红6军团十分不利。西面普渡河受滇军阻击，柯渡以东滇军龚顺壁的第7旅紧追不舍，只有一日路程；柯渡以北金沙江沿岸，川军杨森、李家钰部正在巧家、宁南、蒙姑、盐场各要点加紧布防；李觉、郭汝栋两纵队进抵马龙、曲靖一线；樊崧甫纵队正由宣威向沾益疾进。

贺龙、任弼时、关向应、王震紧急磋商，决定放弃从元谋渡金沙江的原定计划，改由滇西金沙江上游渡江。但这样一来，红军面临的最大威胁就是能否阻止住龚顺壁第7旅的追击。否则，一旦第7旅进至可郎附近，红2、红6军团将被困于方圆不足几十里的狭小区域，从而陷入四面被围、前后受敌的危险境地。

红军长征时在云南元谋渡江边哨房墙上留下的标语

9日凌晨，贺龙、任弼时命令已进抵甸尾、可郎一带的红6师星夜兼程返回六甲，坚决阻击第7旅，掩护大部队行动。

六甲，位于普渡河以东，左为怪石嶙峋的贾白山，右侧山峦起伏、灌木丛生。9日上午9时许，红6师在师长郭鹏、政治委员廖汉生率领下，经一夜急行军折返六甲地区。当前卫红18团刚刚到达六甲的石腊它丫口，就与第7旅遭遇。

红18团当机立断，以第2、第3营由正面向敌发起冲击，第1营迅速抢占左侧制高点后，从侧翼向敌发起攻击。

第7旅立即调集兵力和火力，在猛烈炮火的支援下向红军发起反扑，企图以1个团攻占右侧的高山，以1个团抢占左侧的丘陵。一场激战就此在六甲打响。双方各不相让，拼死争夺，形成拉锯战。

这时，红6师主力已全部进抵六甲地区。郭鹏、廖汉生命红16团占领左侧贾白山，牢牢控制住制高点，红17团在后布成第二道防线。在一连打退了第7旅数次冲锋后，红18团团长成本新（成钧）、政治委员杨秀山率全团向敌发起反冲锋。

时至下午，双方激战正酣。红军的弹药几近告罄，战士们一面收集阵地上敌人丢弃的枪支弹药，一面堆砌滚木礌石，构筑工事，继续坚守。就在这时，天空中传来隆隆的轰鸣声，由昆明飞来的数架敌机突然飞临六甲上空，向红军阵地狂轰滥炸，疯狂扫射，第7旅趁机发起猛攻。

危急关头，贺龙派红5师一部前来增援，从第7旅的左翼发起突然攻击。敌军被杀得措手不及，顿时阵脚大乱，全线后撤至七甲。

六甲阻击战整整打了一个白天。红军歼敌600余人，迫使滇军不敢紧追，从而为红2、红6军团调整部署、争取主动赢得了宝贵的时间。但红6师也付出了巨大代价，师长郭鹏，红18团政治委员杨秀山、参谋长陈刚都挂了彩，红18团3名营长牺牲1名、负伤1名，9名连长更是伤亡了8人。

同日，萧克、王震红6军团由胡家村出发，经鸡街、大古村向柯渡转移。孙渡纵队尾随追击。红军一面阻击，一面前进，入夜后到达柯渡，与红2军团会合。

在红2军团部，贺龙、任弼时、关向应与萧克、王震研究下步行动。萧克提出：“敌人主力在普渡河堵我们，昆明只剩4个团，兵力不足，我们进到昆明附近，再向西，就把滇军主力甩到后面了。”

贺龙点点头，说：“龙云把老本都掏出来押在普渡河，他那个云南省会变成了空城。他唱空城计，我们又不是司马懿，没那么胆小，我们就打昆明。龙云，

巧渡金沙江（国画）

还有那个顾祝同准会吓得魂灵出窍，调兵去保昆明。然后，我们一掉头，甩掉敌人，到石鼓、丽江过金沙江。江是死的，人是活的，何必一定要过普渡河到元谋过江呢？”

大家都表示赞同，认为：在强敌围追堵截的不利形势下，灵活机动，抓住时机，抢在樊崧甫、李觉、郭汝栋三个纵队围拢上来之前佯攻昆明是上策。

龙云在昆明大唱“空城计”，偏偏贺龙不是司马懿。

10日凌晨，红2、红6军团佯攻昆明的行动开始了。红军以急行军掉头南下，巧妙地穿过了孙渡、张冲两部间隙，如蛟龙摆尾，直逼昆明。

红2军团第6师在前，以第18团为前卫，迅速进至昆明以北的阿子营、羊街和鼠街一带，并派小部队到距昆明30余里的厂口、沙郎附近活动。

11日，红18团迅速占领了距昆明40里的富民县城，全歼守敌。当晚，红2军团全部到达富民城内及附近地区集结。

萧克、王震也率红6军团以连续的急行军，经羊街、可郎、平地，于11日上午9时到达富民的赤鹫。萧克回忆道：

我们立即从普渡河向南，转向昆明附近，摆出一副“攻其所必救”的架势，然后转向昆明以西。在昆明北30里处的羊街，还发生了这样一件事。我们到那里时，天已黑了，在一间房子里发现有很多伤兵，开始以为是自己人，就挤在一起住。但后来发现，那些伤兵不是红军，而是在普渡河与我们作战时负伤的国民党兵。我们的医务人员以革命人道主义精神为他们治伤，并热情地宣传红军的宗旨和共产党的抗日救国政策。经过我们的宣传，都表示友好。有些人还说，身体好了，还愿当红军。半天前，我们还是战场上的对手，这时已尽释前嫌了。这件事也说明了红军的政治工作深入人心。

红 2、红 6 军团出敌不意突然云集昆明城外，摆出了一副攻城的架势。昆明城防空虚，一时间人心惶惶，鸡飞狗跳！

红军兵临城下，而手中无兵可调，龙云顿时惊慌失措，坐立不安，接二连三打电报向蒋介石求救，并把军官学校的学生都拉出来守城，又电令守在普渡河的张冲、孙渡率部十万火急回救昆明。

时任云南省团务处副处长兼昆明城防司令的高蕴华回忆道：

当时，代龙核阅文件的胡道文，到城防司令部对我说，昆明为首善之区，关系甚大，现将军队全行派出，只余宪兵、警察及教导团学员防守，恐有疏虞，望不可大意云云。我回答说："龙主席此次对红军入境，比上次更加重视，使用部队可谓全力以赴，盖有鉴于贵州王家烈前车之覆，深惧蒋介石假途灭虢，夺取云南地盘。至于昆明城防，四围碉堡现已构成，由数百名久经作战的教导团学员扼守，三几天可保无虞。蒋介石部队虽不可靠，我第三纵队各部，与红军接触，距离不远，红军不会攻坚，请你放心。"次日清早，即见警卫大队调回省城，当系胡道文向龙进言之故。

滇军主力急如星火地从普渡河驰援昆明，正中了贺龙的调虎离山之计。

红 2、红 6 军团突然甩开追兵，在富民、赤鹫渡过普渡河。这时，前面已没有国民党正规军堵截，后面的追兵也被抛得很远。为争取早日渡江，红军分为左右两路，日夜兼程向滇西挺进。

楚雄、镇南（今南华）、祥云、宾川、盐兴（今属禄丰县）、牟定、姚安、盐丰、鹤庆等县城都是民团防守，兵力单薄且战斗力不强，而且这些地区又较为富庶，官僚地主搜刮的财物甚多。因此，红军每天行军百里以上，或强攻或奇袭或智取，几乎不费吹灰之力，便横扫滇西，下楚雄、破祥云、攻宾川、克鹤庆，进军神速，势如破竹。同时缴获颇丰，得到了充足的给养，体力有很大恢复，士气高昂，迅速成为一支粮弹充足、体力充沛的大军。

长征到达陕北的红二方面军一部

参加过这一时期斗争的老战士回忆说：当时红军受到群众的拥护、支援，生活得到极大的改善，连有名的云南火腿，在那些天里都吃腻了。

17 日，贺龙、任弼时、关向应电告朱德、张国焘：“我们决采鹤庆、丽江中间路线前进，现我们已抵镇南、姚安之线，估计快则十天迟则两星期可赶到金沙江边。”

直到这时候，敌人才发觉上了贺龙的大当，但是，再拼命也赶不上了。龙云尝到了贺龙的厉害，惶惶不可终日，暗地里叮嘱手下诸将：“切忌穷追，只需把红军送出滇境。”

滇军诸将心领神会，果真严守龙总司令的命令。常绍群回忆道：

滇军尾追着红军，经过禄丰、楚雄、盐丰、姚安、大姚、宾川、祥云、洱源、鹤庆都没有与红军接触。每天都是第五旅充当前卫部队，同红军的后卫部队相隔不远，保持一定的距离。到楚雄时，红军在楚雄保马街宿营，滇军的第五旅只好在保马街后面的公路露营。次晨出发时，红军后卫部队的红小兵一面走一面唱歌，我们都听得见。红军走得快，我们也走得快，红军走得慢，我们也走得慢，一直到达丽江县境，红军便由丽江的石鼓渡口渡过江去了。

萧克回忆道：

虽然后有追兵，但前无堵敌，行动就主动得多了……我们分两路前进，先头部队猛打猛冲，攻占禄丰、楚雄、盐兴、姚安、祥云、宾川、鹤庆、丽江等数城和无数碉堡，吃的穿的，无所不有。“因粮于敌”，士气旺盛，虽然日行百里，士气高昂，从盘县东进才二三十天，就到了金沙江畔的石鼓圩，渡过金沙江。

当孙渡率第3纵队各部一路尾随红军进抵宾川附近时，蒋介石亲临昆明督战，邀龙云同乘飞机前往滇西上空，观察追击行动情形。

连日来，龙云被贺龙的红军搞得焦头烂额，丧魂失魄，已有数夜没有合眼，精神萎靡不振。坐上飞机好久后，也没有搞清东南西北，对地面上的道路城镇更是辨别不清。

突然，一个不祥的念头涌上心间。

“不好！我中计了。这很可能是老头子设的一个圈套，以视察滇西前线为名，把我骗出云南，成为王家烈第二！”

龙云越想越后怕，顿时心情紧张，惶恐异常，惊出了一身冷汗。

就在这时，飞机飞抵第3纵队上空，蒋介石令人将他所写的亲笔信装进通讯袋里，投给孙渡。龙云始知飞机仍在滇境，才松了一口气。

蒋介石自然不晓得坐在他身旁的龙云想些什么，正欲与之商议下步“追剿”计划，忽见龙云哈欠连天，泪涕交流，痛楚难当，简直无法抑制。他还以为龙云是坐飞机不惯所致，就命人用飞机上的热气管在龙云的头部熏来熏去。

殊不知龙云是因一时紧张过度，犯起了大烟瘾，而热气管又怎能管用。

4月24日，红4师从鹤庆出发，经丽江，于次日抵达金沙江上游的重要渡口石鼓，立即沿江寻找船只，动员船工并组织工兵、民工赶扎竹筏和木排。红2、红6军团主力于26日先后到达石鼓。

石鼓，位于丽江县中部，距金沙江上游的巨甸120里，是通往康藏地区的重要门户。咆哮奔腾的金沙江在此自西北直泻东南，迎头撞着海罗山，急转东北，回流200里，呈一个“V”字形，为长江第一弯。两岸山崖壁立，飞瀑如练，峡谷里江水势如万马奔腾，这便是令人胆寒的虎跑峡。

红军在石鼓一带共动员了28名船工，开设了木瓜寨、木取独、余化达、格子、士可等5个渡口，自25日夜开始渡江。

红军利用找到的7只小船，连同自制的竹筏和木排，昼夜不断地抢渡金沙江。至28日黄昏，全军1.7万人除一只船翻落江中外，全部胜利渡过了金沙江，

石鼓渡口

踏上了与红四方面军会师的征途。

当尾追的滇军刘正富旅匆忙赶到金沙江畔时，红军早已没有踪影。敌人唯一的收获是亲眼看见了红军留下的大幅标语，上边写着："来时接到宣威城，走时送到石鼓镇，费心，费心，请回，请回！"

龙云见红军已渡过金沙江，"把红军送出滇境"的意图也已达到，便令滇军不再过江跟追。至此，滇军"送行"的任务也就宣告结束。而蒋介石为围歼红2、红6军团精心炮制的种种计划全部破产了。

红2、红6军团在贺龙、任弼时、关向应、萧克、王震等指挥下，历经湘、黔、滇诸省，进入藏区，一路上有力地打击了敌军，保持了自己的实力。

朱德、张国焘得知红2、红6军团已胜利渡过金沙江后，于4月27日发来贺电："金沙既渡，会师有期，捷电传来，全军欢跃，望以此转达我万里长征所向无敌的红二、六军团全体战士。"

32. 甘南战役

1936年6月1日，震惊中外的“两广事变”爆发了。桂军首领李宗仁与粤军首领陈济棠联合反蒋，要求国民党军北上抗日，并将其部队改称为“抗日救国军”，通电表示要誓率所部“为国家雪频年屈辱之耻，为民族争一线生存之机”。

蒋介石自然不会答应，立即调集大军，围困广西，企图逼迫李宗仁就范。蒋桂大战一触即发。

国民党军第1军胡宗南部奉命南调后，甘南敌军兵力空虚，而红一、红二、红四方面军则形成三大主力红军会聚甘肃境内，互为犄角、互相策应的有利态势。为此，中共中央连电张国焘，要红四、红二方面军乘机迅速北上甘南，同红一方面军共同创建西北抗日根据地，促进抗日民族统一战线的实现。

3日，红6军团军团部和红16师在四川理化以南之甲洼地区，与前来接应的红四方面军第32军一部会合。24日，在甘孜附近的普玉龙召开会师大会。朱德和刘伯承向连以上干部做了报告。

红2、红6军团与红四方面军会师地——甘孜

30日，红2军团在甘孜以西的绒坝岔与红四方面军第30军一部会合。

7月1日，红2、红6军团全部集结于甘孜地区，同红四方面军胜利会师。朱德、张国焘、陈昌浩、刘伯承等也都从前方赶到甘孜，与贺龙、任弼时、关向应、萧克、王震等人会面。贺龙见到了曾经共同领导南昌起义的老战友朱德、刘伯承还有张国焘，分外高兴。

同日，中共中央发来贺电：

我们以无比的热忱庆祝你们的会合，欢迎你们继续英勇地进军，北出陕甘与一方面军配合以至会合，在中国西北建立革命的大本营，与全国抗日人民、抗日军队、抗日党派建立抗日救国的统一战线，组织人民的国防政府与抗日联军，向着日本帝国主义及其走狗卖国贼，开展神圣的民族革命战争，挽救中国于危亡，解放中华民族于日本帝国主义的铁蹄之下。

红2、红6军团进入甘孜地区后，受到红四方面军广大指战员的热烈欢迎。他们筹集了粮食、牛羊，腾出了住房，备下了木柴和开水，还赶织了数千件毛衣、毛袜来慰劳红2、红6军团的兄弟，沿途张贴的标语上写着：“欢迎横扫湘鄂川黔滇康的红二、六军团！”“欢迎善打运动战的二、六军团！”

2日，两大主力红军为庆祝会师在甘孜举行了盛大的联欢会。会上，朱德总司令发表了热情洋溢的讲话：“同志们，我祝贺你们战胜了雪山，也欢迎你们来与四方面军会合。但是这里不是目的地，我们要继续北上。要北上就必须团结一致，不搞好团结是不行的。此外，在我们前进的道路上，还有荒无人烟的草地，我们要有充分准备，克服一切困难。”

在介绍完甘孜地区的情况后，朱德又宣布了一个好消息：“中央去年带着一方面军胜利地通过草地，到达了抗日前哨阵地——陕甘地区。现在，陕甘边根据地巩固、扩大了，红军也扩大了。”

任弼时代表红2、红6军团在会师大会上旗帜鲜明地指出：目前形势很好，中央已经到了陕北，根据地有了发展，中央红军东渡黄河也取得了胜利。现在中央提出了抗日民族统一战线的口号，提出了争取东北军、西北军的问题，我们唯一的道路是北上与中央会合。

然而，北上并非一帆风顺的。

早在一年前，即1935年6月18日，中央红军与红四方面军在四川懋功（今小金）胜利会师。两大主力红军会师后，根据全国形势和当时情况，中共中央制定了北上创建陕甘苏区的战略方针。但张国焘却主张红军继续向青海、新疆或西康等偏远地区转移。

26日，中共中央政治局为统一战略思想，在两河口召开会议，做出《关于一、四方面军会合后战略方针的决定》，指出："在一、四方面军会合后，我们的战略方针是集中主力向北进攻，在运动中大量消灭敌人，首先取得甘肃南部，以创建川陕甘苏区根据地，使中国苏维埃运动放在更巩固、更广大的基础上，以争取中国西北各省以至全中国的胜利。"据此，中革军委制定了夺取松潘的战役计划。

中央红军与红四方面军会师地——四川懋功会师桥

然而刚刚会师的红军内部出现了裂痕。张国焘自恃红四方面军人多枪多，公然向党中央争权夺利，借口"统一指挥"和"组织问题"没有解决，故意拖延行动，致使红军丧失了夺取松潘的有利时机。

8月上旬，中共中央决定改道经草地北出甘南，将红一、红四方面军混编为左、右两路军，进取甘肃南部的夏河、洮河流域，而后向东发展。其中，红一方面军第5、第32军和红四方面军第9、第31、第33军编为左路军，由红军总司令朱德、总政治委员张国焘率领，经阿坝北进；红一方面军第1、第3军和红四方面军第4、第30军编为右路军，由前敌总指挥徐向前、政治委员陈昌浩率领，经班佑北上。中共中央和中革军委随右路军行动。

15日，左路军从卓尔基出发，向阿坝地区开进。21日，右路军从毛儿盖地区出发，越过人迹罕至、鸟兽无踪、气候变幻无常的茫茫草地。

经过近一周的艰苦行军，至8月底，右路军终于走出被视为生命禁区的茫茫草地，胜利到达班佑、巴西地区。

8月底，红四方面军第30军主力发起包座战斗，共毙、伤敌4000余人，俘敌800余人，缴获长短枪1500余支、轻机枪50余挺以及大批粮食、牛羊，打开了红军向甘南进军的门户。

右路军到达班佑地区后，中央一再致电左路军向右路军靠拢，以便抓住甘肃南部国民党军兵力薄弱的有利时机，共同迅速北上，开创新局面。

然而，张国焘公然对抗中央，制造各种借口，拒绝执行北上方针，不仅提出了“右路军即乘胜回击松潘敌，左路军备粮后亦向松潘进”的南下计划，而且还背着中央电令陈昌浩率右路军南下。

在此危急形势下，中共中央在巴西村召开政治局会议，决定率领红一方面军主力第1、第3军和军委纵队先行北上。

9月12日，中央政治局在俄界召开扩大会议，通过了《关于张国焘同志的错误的决定》，决定将红一方面军主力改编为中国工农红军陕甘支队，继续北上，同时致电张国焘“服从中央电令，具体部署左路军与红四军、红三十军继续北上”。

张国焘是铁了心闹分裂，反诬中央率红一方面军主力北上是无止境的逃跑，诡称北上“战士无冬衣，不掩死也会冻死”，“只有大举南进，消灭川敌残部，才是真正的进攻路线，才是真正的配合全国红军的行动”。

在张国焘的欺骗和强令下，红四方面军第4、第9、第30、第31、第33军和红一方面军第5、第32军先后从阿坝和巴西、包座地区南下，二过草地，于9月下旬全部集结于党坝、松岗、马塘地区。

巴西村

就这样，会师不足百日的两大红军主力被分成了北上和南下两部分。

10月5日，张国焘在理番县卓木碉另立“中央”，公然走上了分裂党和红军的道路。随左路军行动的朱德、刘伯承同张国焘的分裂活动进行了坚决斗争。

南下红军先后进行了绥崇丹懋、天芦名雅邛大战役，相继落点了宝兴、天全、芦山，歼灭川军一部。11

月下旬，在名山东北百丈地区同川军10多个旅激战7昼夜，虽歼敌1.5万余人，但自身伤亡近万人。在敌重兵压迫、堡垒封锁的不利形势下，南下或东出已不可能。红四方面军总部决定放弃原定计划，从进攻转入防御。

时值隆冬，在天寒缺粮的困境中，南下红军与强敌对峙两个多月后，陷于绝境。

1936年2月初，张国焘也认识到南下失败已无可挽回，被迫率红军遂撤离天全、芦山、宝兴地区，向西转移，翻越海拔5000多米的折多山，于3月进入西康道孚、炉霍、甘孜地区。此时，红军已由南下时的近8万人锐减至4万余人。

6月23日，红6军团到达甘孜附近的普玉隆，朱德、刘伯承赶来与萧克、王震会面。7月1日，红2军团进抵甘孜的甘海子，朱德、刘伯承又与贺龙、任弼时、关向应会面，秉烛长谈，告诉他们近一年来党中央和张国焘的斗争经过，红一方面军与红四方面军会师的情况、分歧，以及张国焘另立“中央”，分裂党和红军的活动等，详细地告诉了贺龙他们。

朱德还给贺龙他们看了中央政治局两河口会议、毛儿盖会议的文件和中央严令张国焘率部北上的电报，并说：由于张国焘的错误，红四方面军在南下后遭受严重挫折，最后不得已退到甘孜一带。张国焘搞分裂，另立中央，是大错误，这个人有野心，但是今后还要对他注意争取、团结，促使他一起北上抗日。

王震回忆说：“我们到甘孜，刘元帅就来通消息了。他说对张这家伙不能冒火，冒火要分裂。中央在前面，不在这里。”

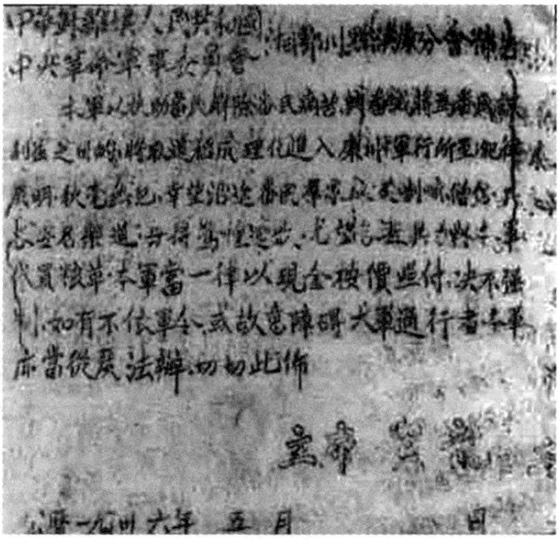
中央革命军事委员会

代买粮草，本军当一律以现金按价照付，决不强

如有不依军令，或故意障碍大军通行者，本军

当从严法办，切切此布

红2、红6军团长征途经西康省写下的布告

但此时，张国焘还在反对毛泽东、周恩来、张闻天、博古等中共中央的主要领导人，派出工作组积极活动，借欢迎红2、红6军团之机，煽动对中共中央的不满，散发《反对毛、周、张、博逃跑主义路线》的文件，在红军指战员中大搞分裂。

任弼时告诉红2军团政治部主任甘泗淇：四方面军来的干部，只准讲团结，介绍过草地的经验，不准进行反中央的宣传。

贺龙看了张国焘派人送来的《干部必读》的小册子，发现内有攻击党中央和红一方面军北上是“逃跑”，是“左倾空谈掩盖下的退却路线”，指名道姓地诽谤毛泽东、周恩来、张闻天、博古等领导人的内容，严肃地说：“张国焘分裂中央是错误的，这个材料不能发。”立即打电话通知红2、红6军团各部队把小册子统统收起来。

会师后，张国焘想召开联席会议，企图以多数压少数的办法，迫使红2、红6军团就范。任弼时针锋相对，提出：“谁做报告？如果有不同意见，结论怎么做？”

一句话问得张国焘张口结舌，再也不提召开联席会议的事了。

随后，张国焘又准备换掉红2、红6军团4个师以上的政治委员，也被贺龙、任弼时等人否决，未能如愿。王震回忆说：“和四方面军会合后，张有阴谋瓦解二、六军团。贺、任、关是老旗帜。贺是南昌起义的总指挥之一，是革命旗帜；任、关是中委。张认为我们是娃娃，想把我和萧克及六军团买过去，反对毛、周、张、博。”“在甘孜休息时，张一个一个把我们召去谈话，送给我四匹马，给我们戴高帽子，说我们勇敢、能打。他那个军阀主义呀，简直不像话。”

王震对张国焘说：“我们这个部队是井冈山的，是毛主席领导成长的，不能反毛。”

1961年，贺龙在对有关人员谈话，回忆与张国焘的分裂行为做斗争时说：

朱老总、伯承向我们讲了张国焘搞分裂的事，我们以前并不知道。不过，张国焘这个人，我还是有所了解。南昌起义前两天，他作为中央代表来到南昌阻止起义，我还和张国焘发了脾气。后来，在瑞金我入了党，又和他编在一个党小组里，整天走在一起直到潮汕失败才分手。到了甘孜，他人多，我们人少，我们又不听他的，得防备他脸色一变下狠手。我有我的办法，我让弼时、向应和朱老总、伯承、张国焘，都住在一幢两层的藏民楼里。那时，在甘孜组织了一个汉藏政府，叫“巴博依得瓦”。我们大家就住在主席府，整个住处的警卫是我亲自安排的，警卫员每人两支驳壳枪，子弹充足得很呢！你张国焘人多有个大圈圈，我贺龙人少，搞个小圈圈，他就是真有歹心也不敢下手！张同焘搞分裂，我们搞团结，可是对搞分裂的人不得不防呀！还有开庆祝会师大会，张国焘是红军总政治委员，自然要讲话。在主席台上，我坐在他身旁。他刚刚站起身要讲话，我半开玩笑半认真地给了他一句悄悄话，我说："国焘啊，只讲团结，莫讲分裂，不然，小心老子打你的黑枪！"张国焘就没敢讲不利团结的话。其实，我哪里会打他的黑枪，他自己心里有鬼嘛！

朱德后来回忆说："任、贺来了，我和他们背后说，如何想办法会合中央，如何将部队分开，不让他指挥。""贺老总对付张国焘很有办法，不争不吵，向他要人要枪要子弹，硬是要过来一个军，尽管人数并不多。张国焘对弼时、贺龙都有些害怕呢！一起北上会合中央，贺老总是有大功的！"

5日，根据中革军委的电令，红2、红6军团与由红四方面军划归的红32军合编为红二方面军。贺龙任总指挥，任弼时任政治委员，萧克任副总指挥，关向应任副政治委员，下辖第2、第6和第32军，共1.3万余人。

经过朱德、刘伯承、贺龙、任弼时、关向应、王震等同志的坚决斗争和党中央的再三督促，张国焘被迫取消另立的"中央"，复电中共中央，表示同意北上。

上旬，红四方面军分为左、中、右三个纵队，分别从甘孜、炉霍、绥靖出发北进。其中，徐向前率中央纵队由炉霍向毛儿盖前进；朱德、张国焘率左纵队由甘孜向包座、班佑前进；董振堂率右纵队由绥靖、崇化地区向毛儿盖、包座前进。红二方面军则分为两个梯队，在贺龙、关向应率领下由甘孜出发，在红四方面军左纵队之后跟进，拟经日庆、西倾寺、阿坝、包座等地向哈达铺地区前进。

几经曲折后，红二、红四方面军终于按党中央的意图进军了。

甘孜北上，经过的最艰苦地段是人迹罕至、鸟兽无踪的茫茫大草地。这里地处高原，空气稀薄，气候变幻异常，忽而晴空万里，忽而阴云密布，忽而大雨淋淋，忽而风雪交加。举目望去，天地相接，荒野一片，不见村庄，杳无人烟，仿佛到了另一个世界。据说这里每年无霜期只有5天，7月的气温是10摄氏度多一点，因此没有夏天。只有延长的冬天。红军进入时正是草原雨季，时而细雨蒙蒙，时而大雨倾盆，部队需宿草地，帐篷不够，只好用床单撑着挡雨，在湿漉漉的草地上度过寒夜。

最大的困难是粮食奇缺。出发时，部队只筹集到七八天的口粮，由于气候恶劣，红军官兵体力异常虚弱，结果走了二十多天才到阿坝。开始每人每天还能分到三两青稞粉子，后来就断粮了。

新中国成立后曾任总参谋部第三部部长的彭富九少将回忆说：到噶曲河（又称白河）时，我们没有吃的了。找弼时同志，他给了我们一口袋粮食，让我们和

哈达铺老街

着野菜吃。

因沿途没有粮食补充，全军上下尽一切可能寻找可以食用的东西，与饥饿斗争，有的以野菜、牛羊皮和牛羊骨来充饥。走在左纵队后面的红二方面军困难就更大了。前面的队伍把可吃的野菜都挖尽了，他们连野菜都难于找到，只好把身上的皮带、帽檐上甚至草鞋上的牛皮筋收集起来，割碎、煮熟或烤焦，用来果腹。不少红军将士口含着野草献出了宝贵的生命。

萧克回忆道：

从甘孜向北，是一望无涯的大草地。草地人烟稀少，即使有些村落，也没有多少粮食。当地群众以畜牧业为生，反动土司常常把牛羊牵走。四方面军走在前面，对后面虽有照顾，但他们自己也很困难。我们虽然努力准备粮食，常常不能完成计划。部队因缺粮疲劳，体力下降。我们的口号是：“走出草地，就是胜利”。大家用野菜代粮，许多人牺牲在草地。

从阿坝往西的五六天行程里，走的是一段水草地，遍地是混浊的污水，长年累月的腐草积成的沼泽地，人在上面行走，一步一摇晃，像是走在摆动的浮桥上，稍一不慎，踩入腐草坑，立即就会陷下去。越是挣扎陷得越快，以至不能自拔，许多红军战士为此葬身沼泽。

饥饿、疲惫、风雨雪雹交替出现的恶劣气候折磨着红军指战员们，体力每况愈下，疾病、掉队、死亡的人数不断增加。7月22日，下了一整天的雨夹雪，仅红6师抵达绒玉的当晚，死亡的人数就达140人。

看见指战员一个个倒在草地里，贺龙心情十分沉重，多次向部队下达命令：在任何艰难困苦的情况下，都决不能丢掉一个伤病员，活着的同志只要有一口气的，都要抢救战友！

各师、团都组织了收容队，全军所有的骡子、马匹都驮着伤病员，贺龙也把自己的坐骑让出来驮伤病员。有的人就是因为抓着牲口的尾巴才走出草地的。

粮食断绝了，贺龙组织大家去挖野菜。草地里的野菜许多有毒的，吃了很快就会全身浮肿甚至死亡。

贺龙要求组织共产党员、共青团员和干部成立野菜检验组。在没有任何化验仪器的情况下，只能冒着生命危险，去尝各种野菜，从中选出能吃的通报全军。有些指战员因此献出了自己的生命。

草地的小河里有许多鱼。贺龙亲自钓鱼给大家吃，还组织人员去为部队钓鱼充饥。贺龙说："只要是能吃的东西，都要抓来吃，不好吃也要吃。要革命就得吃！"

下旬，红四、红二方面军终于克服重重困难，以惊人的毅力战胜了饥饿与疲劳，先后走出了被视为生命禁区的茫茫草地，到达班佑、包座地区，取得北上的重大胜利。

中共中央对红二、红四方面军共同北上表示出极大的欣慰和关怀，于7月22日电示"以迅速出至甘南为有利。待你们进至甘南适当地点，即令一方面军与你们配合南北夹击，消灭何柱国、毛炳文等部，取得三个方面军的完全会合，开展西北伟大局面"。

红军长征经过的草地

30日，中共中央批准成立中共中央西北局，任命张国焘为书记，任弼时为副书记，统一领导红二、红四方面军的北上行动。

8 月 1 日，中共中央来电对红二、红四方面走出草地表示“无限欣慰”，指示“四方面军到包座略作休息宜迅速北进，二方面军随后跟进，到哈达铺后再大休息”。

尽管刚出草地的指战员们体质羸弱，形容憔悴，朱德、张国焘、任弼时联名电复中央：“我二、四方面军全体指战员对三个方面军的大会合和配合行动，一致兴奋，并准备牺牲一切，谋西北首先胜利奋斗到底”，“俟兵力稍集结后即向洮、岷、西固，约八月中旬主力可向天水、兰州大道出击，以消灭毛炳文、于学忠部为目的来配合你军”。

3 日，中共中央来电称：“接八月一日电，为之欣慰。团结一致，牺牲一切，实现西北抗日新局面的伟大任务，我们的心和你们的心完全是一致的”，“我们已将你们的来电通知全苏区红军，并号召他们以热烈的同志精神，准备一切条件欢迎你们，达到三个方面军的大会合。”

这时，蒋介石的重庆行营急忙命令在甘南的王均、毛炳文、鲁大昌等部构筑从西固到洮州、兰州到天水两道封锁线，阻止红二、红四方面军北上与红一方面军会合，并从川、康（西康，今分属四川、西藏）两省抽兵“分途追击”。由于两广事变已经解决，蒋介石命令胡宗南返师北上，参加甘南战役，力图凭借天然险要和碉堡线封锁，消灭红二、红四方面军于川、康、青、甘边境。

中共中央鉴于敌军仓促布防，主力集中需要时日，岷县地区仅鲁大昌部 6 个团，毛炳文部到岷县需一周以上行程，而胡宗南部尚在长沙，远不济急，电令红

哈达铺红军长征纪念群雕

也属必要。”

根据中共中央和中革军委的计划，贺龙于9月7日在哈达铺制定了成（县）徽（县）两（当）康（县）战役计划，决定部队分为左中右三路纵队向上述地区国民党军发起进攻作战。

8日，红二方面军总部发布了《第二方面军基本命令》，提出：“我方面军决乘甘陕敌人分兵据城的弱点，通过其封锁线，打击成县、徽县、凤县、略阳、康县之敌而袭取之，建立临时根据地，配合一、四方面军行动，求得三个方面军会合，战役任务期于九月底完成。”

13日，毛泽东、周恩来、彭德怀电告红二、红四方面军：关于战略方针“彼此意见大体一致”，为滞阻胡宗南西进，对东路敌军作战“宜以二四方面军为主力”，红二方面军的支队“直出宝鸡、郿县以东”，红四方面军“宜迅以主力占领以界石铺为中心之隆（德）、静（宁）、会（宁）、定（西）段公路及其附近地区，不让胡敌占领该线，此是最重要着”，红一方面军“可以增至一个军协助之”。

次日，张浩（林育英）、张闻天、周恩来、博古、毛泽东联名电朱德、张国焘、任弼时，恳切地希望“在这一对于中国红军之发展与中国抗日战争之发动有决定意义的战略行动中，三个方面军须用最大的努力与最亲密的团结以赴之，并与甲军（东北军）取得密切之配合”。

哈达铺红二方面军总指挥部旧址

为完成中央赋予的任务，红二方面军不顾刚走出草地未及休整、部队减员很大、官兵们体力虚弱等种种困难，于9月11日、12日，按计划发起甘南战役。

由于红二方面军进攻方向恰为国民党第3军王均部与川军孙震部之间的结合地带，守备相当薄弱，加之红二方面军行动迅猛，气势如虹，因此战役打响后，进展顺利，势如破竹。

左路纵队红6军团沿礼县崖城、红河、罗家堡，天水县娘娘坝，徽县高板一线，向两当迅速推进。14日，红17师在途经礼县罗家堡时，发现第3军王均部护送电台的第21旅1个连，当即发起攻击，将其全歼，共俘虏40余人，缴获枪支40多支及电台1部。

16日，红16师在娘娘坝再歼敌1个连。在与敌反扑的战斗中，红16师师长张辉不幸中弹，壮烈牺牲。

17日，红6军团进至徽县马家庄后分兵两路。一路以红18师南下徽县永宁，一路以红16、红17师直捣两当县城。

18日凌晨，红16、红17师先头部队，在事先打入保安队内部的中共党员配合下，占领两当城，一枪未放，俘获保安队和警察97人，缴获步枪200余支、子弹40箱，服装300多套。清晨，红16、红17师主力进驻县城，随即开展群众工作，张贴标语，宣传党和红军的政策。与此同时，红18师攻克徽县县城。

20日，红6军团领导机关在两当县城召开群众大会，宣布成立两当县苏维埃政府，组织了两当县农会和两当县义勇军。同日，红16、红17师东进，强攻陕西凤县县城，因敌众我寡且缺乏攻城重武器，久攻不克，遂返回两当县境开展群众工作。

21日，红二方面军总部在徽县县城召开群众大会，成立了徽县苏维埃政府，并组织了东河、东关、东关口、东柳沟抗日委员会，组建了一支拥有千余人的徽县工农游击大队。

中路纵队红2军团第4师和红32军，于11日由理川出发，经礼县上坪、洮坪、江口，西和县姜席、十里，成县纸坊镇等地，长驱直入，奔袭成县县城。

17日，中路纵队攻克成县县城，歼国民党第3军王均部1个营，缴获各种枪支300余支。随后，红4师接替红18师防务，驻守徽县。红32军在成县一带活动。

19日，红二方面军总部在成县召开了数千人参加的群众大会，成立了成县苏维埃政府，组织了陇南抗日游击队。

红二方面军总部在徽县旧址（天主教堂）

右路纵队红2军团第6师，于12日从宕昌镇出发，沿礼县之白河、桥头、肖良和西和县之大桥一线，跋山涉水，风餐露宿，进击康县。

19日，红6师攻克康县县城。随后迅速东进，威逼陕西略阳县城。而后，红6师兵分两路，第16、第18团由略阳进至徽县，第17团留驻康县一带开展群众工作。

至20日，甘南战役结束。红二方面军在历时10天的进攻作战中，长途奔袭，英勇作战，共歼国民党军第3军王均部近2个营，俘100余人，缴获枪500余支，相继占领了成县、徽县、两当、康县4座县城和陕西略阳、凤县的部分地区，圆满完成了成徽两康战役计划。

战后，红二方面军各部在所占领的地区积极发动群众，宣传中国共产党和红军的抗日民族统一战线政策，半月内扩大红军2000多人，并建立革命政权，筹集物资，为红军三大主力会师创造了有利条件。

参考书目

中国军事百科全书编审委员会：《中国军事百科全书》，军事科学出版社，1997年

《中国人民解放军军史》编写组：《中国人民解放军军史》（第一卷），军事科学出版社，2010年

军事科学院军事历史研究部：《中国人民解放军战史》（第一卷：土地革命战争时期），军事科学出版社，1987年

军事科学院军事历史研究部：《中国工农红军长征史》，山西人民出版社，1996年

中共中央文献研究室：《毛泽东年谱》，人民出版社、中央文献出版社，1993年

《毛泽东传（1893—1949）》，中央文献出版社，1996年

《毛泽东军事文集》：军事科学出版社、中央文献出版社，1993年

《贺龙传》，当代中国出版社，1993年

《任弼时》，中央文献出版社，1999年

《任弼时传》，中央文献出版社，1996年

《萧克回忆录》，解放军出版社，1997年

《星火燎原全集》，解放军出版社，2009年

中共中央党史研究室第一研究部：《红军长征史》，辽宁人民出版社，1996年

解放军政治学院第一军事教研室：《中国人民解放军战役战例选编》（一），中国人民解放军政治学院出版社，1984 年

中国人民政治协商会议全国委员会文史和学习委员会：《文史资料选辑》合订本，中国文史出版社，2010 年

侯树栋、范震江、刘波、杜福增：《长征纪实》（上卷），人民出版社，2006 年

王树增：《长征》，人民文学出版社，2011 年

姚有志、李庆山主编：《红军举世罕见的二十大战役》，白山出版社，2008 年

王健英：《中国红军人物志》，广东人民出版社，2000 年

刘秉荣：《中国工农红军全传》，人民出版社，2007 年

刘秉荣：《贺龙元帅》，解放军文艺出版社，2007 年

王清魁：《中国人民解放军战役集成》，解放军出版社，1987 年

廖国良：《中国工农红军事件人物录》，上海人民出版社，1987 年

朱滨、刘庆文、延胜编著：《战斗的历程》，海潮出版社，2006 年

张宇中、柳泉：《铁流二万五——中国工农红军长征纪实》，中共党史出版社，2006 年

王志军：《中国革命战争纪实》，人民出版社，2007 年

李涛：《大围追——国民党军围堵中央红军长征揭秘》，中国文史出版社，2012 年

郭德宏、阎景堂：《红军史》，青岛出版社，2006 年

张少宏、李阳、李涛：《中国人民解放军战例》，黄河出版社，2014 年

谢远学、郭山文：《红二方面军征战纪实》，湖北人民出版社，2007 年

刘秉荣：《红二方面军纪实》，知识出版社，1996 年

许福芦：《红二方面军长征纪实》，解放军文艺出版社，2006 年

声　明

本书在编写过程中，参考引用了大量的图片资料。由于资料的来源广、头绪众多，在客观上难以逐一进行核实。特在此郑重声明：希望图片资料版权的所有者予以谅解，并向他们致以衷心的感谢。凡认定自己是本书所使用的某张图片资料的版权所有者，请提供可靠的证明材料，并请及时与作者或出版社联系，我们将根据有关规定，合理支付报酬。

图书在版编目（CIP）数据

战典 .2，红二方面军征战纪实 / 李涛著． — 北京：作家出版社，2016.6
ISBN 978-7-5063-8978-5

Ⅰ．①战… Ⅱ．①李… Ⅲ．①纪实文学 – 中国 – 当代 Ⅳ．① I25

中国版本图书馆 CIP 数据核字（2016）第 138008 号

战典 2：红二方面军征战纪实

作　　者： 李　涛
责任编辑： 张　平
装帧设计： 北京高高国际文化传媒
出版发行： 作家出版社
社　　址： 北京农展馆南里 10 号　　**邮　　编：** 100125
电话传真： 86-10-65930756（出版发行部）
86-10-65004079（总编室）
86-10-65015116（邮购部）
E-mail:zuojia@zuojia.net.cn
http://www.haozuojia.com（作家在线）
印　　刷： 北京盛兰兄弟印刷装订有限公司
成品尺寸： 170×240
字　　数： 310 千
印　　张： 19
版　　次： 2016 年 7 月第 1 版
印　　次： 2016 年 7 月第 1 次印刷
ISBN 978-7-5063-8978-5
定　　价： 45.00 元